개는 온몸으로 웃는다

시 읽는 수의사의 더불어 사는 이야기

개는 온몸으로 웃는다

이정섭 지음

문학의숲

1999년 4월경, 아직 연한 초록색이 대지에 흩뿌려질 때, 임상 수의
사로 처음 개업할 지역을 찾고 있었다. 당시, 남양주와 양평 사이 한강
변에는 여러 채의 새로운 아파트들이 지어졌고, 입주할 주민들을 모
으고 있었다. 아파트들을 벗어나 한강 쪽으로 이어지는 작은 개울들
을 따라 가면, 봄꽃들이 연두색의 들판 사이에서 고개를 들고, 따뜻한
봄햇살 아래 드문드문 여러 색깔의 지붕들이 모여 있는 전형적인 농
촌마을들이 있었다. 오래된 마을 길은 마치 미로처럼 불규칙하게 이
어지고, 고개를 넘어가면 새로운 풍경과 집들로 이어졌다. 이 지역은
서울 외곽의 도시와 농촌의 경계지역이었다. 이 아름다운 마을에 나
의 첫 동물병원을 개원한 것은 너무나 큰 행운이었다.

돌돌이였다, 개원한 동물병원의 첫 손님인 강아지 이름은. 돌돌이
보호자님은 강 건너 미사리라는 카페촌에서 노래를 부르는 가수분이
셨다. 한강 산책길이 아름다워 이사오셨다고 하셨다. 이 부부의 바람
은 서울에서 다소 떨어진 양평 쪽에 작은 카페를 마련해 자신의 카페

에서 공연하는 것이었다. 아이들은 없지만 앞으로 아이가 생기면 숲 속 가까이에서 자유롭게 자라게 하고 싶어 하셨다.

어떻게 보호자분들과 이런 내밀한 사적 사연들을 나눌 수 있었을까? 그 이유는 보호자님과 수의사 사이에 돌돌이가 있었기 때문이었다. 돌돌이는 오래전에 알았던 이웃처럼 우리들 사이를 이어주었다. 돌돌이 이후, 동물병원을 방문한 수많은 동물들은 처음 멀리서 바라보았던 마을의 아름다움 풍경 안에서 내밀한 사람들의 살내음을 향내 맡게 해주었다. '사람들 사이에 섬이 있다'면 적어도 동물병원에서 그 섬은 우리들의 동물이었던 것이다. 동물병원 전자 차트 안에 수많은 동물이름들은 이런 작은 섬들의 이름들이었다.

엘자라는 잡종견도 그즈음에 왔다. 엘자는 보호자님에게 깊은 감동을 준 〈야성의 엘자〉라는 영화에서 빌려온 이름이었다. 녀석은 처음과 마지막을 온전히 우리 동물병원에서 같이했다. 이 녀석이 20년을 넘게 살았으니, 우리 동물병원보다 조금 적은 수명을 산 것이다. 그 세월은 엘자를 안고 온 작은 아이가 건장한 청년으로 자란 모습을 보면 느낄 수 있다.

그 아이의 추억에는 동물병원이 가득했다. 오래된 동물병원은 동물병원에 찾아온 사람들의 이야기뿐만 아니라 동물병원 자신의 이야기도 품게 된 것이다. 사람들은 큰 거리 왼쪽에 있는 동물병원을 그들 삶 속에 자연스럽게 자리 잡게 했다.

돌돌이와 엘자처럼, 20년이 넘게, 동물들이 열어준 사람들 사이의 작은 통로를 통해 동물병원에서는 수많은 이야기들이 오고 갔다. 이 이야기들을 소재로 이 책을 기획하게 되었다.

우리의 동물들은 운명처럼 자신의 보호자들과 자신의 환경을 진심으로 사랑한다. 거기엔 어떤 조건도 없으며 어떤 원망도 없다. 우리는 어떻게 이런 동물들의 사랑을 이해할 수 있을까?

우리는 이들의 진심과 사랑을 인간적인 합리성이나 논리에 의존해서는 가늠할 수가 없다. 이들의 사랑은 원초적이고 무조건적이기 때문이다. 합리성과 논리는 항상 어떤 사태가 벌어진 후에나 평가하거나 판단할 수 있는 것이다. 햇살이 감싸는 들판에 서서 햇살이 쏟아지는 합리적 이유와 논리적 근거를 찾기 이전에 우리는 햇살 아래 우리의 삶을 먼저 살아내야 한다.

이성이 아니라면, 우리는 어떤 감성을 통해 우리들의 동물을 느낄 수 있을까? 아마도 그것은 시인의 직관이리라. 시인의 직관만이 그들과 우리를 만나게 하는 접촉점을 허락한다. 시인은 합리성과 논리로 모든 사태를 오염시키기 이전에 동물들과 온전히 마주하게 한다.

이 책에서 필자는 이런 시인들의 감성에 의존해 필자가 임상 수의사로서 만난 동물들과 보호자분들의 삶의 이야기를 담으려 했다.

우리 동물들의 진심과 사랑에 전염된 탓일까? 이 책의 이야기들에는 이런 진심과 사랑이라는, 우리의 치열한 현실 속 일상 삶에서는 발견하기 어려운 나름 소중한 가치들이 담기게 된 것 같다. 기실 우리의 삶에 행복과 의미를 주는 것은 이런 진솔한 가치들이다.

이 책을 읽는 독자들이 자신의 삶과 그들의 동물들을 더욱더 진심으로 사랑하기를 바란다.

차례

작가의 말 **4**

1부

걱정 말아요. 그대!

2부

나, 여러분의 반려동물 이름

걱정 말아요. 그대!

오랜만에 책을 손에 쥐거나, 살아온 배경이 너무나 판이한 누군가와 마주칠 때, 혹은 감당할 수 없는 슬픔이 닥치거나, 안갯속에 홀로 남겨진 것처럼 외로움에 몸을 떨 때. 가수 전인권은 세상 먼지 다 삼킨 듯한 거친 목소리로 최대한 진중하게 우리를 위로한다.

"걱정 말아요. 그대!"

그리고 우리가 걱정하지 말아야 할 이유를 다음 소절에 부드럽게 설명해준다.

"지나간 것은, 지나간 대로 그런 의미가 있죠~"

지나간 것은 어떤 것이든 지나간 것 이상의 의미를 가지지 않는다. 추억의 그림자가 그것의 최대치이다. 지나간 것과 앞에 오는 것은 근본적으로 다르다. 앞에서 오는 것, 즉 미래에서 오는 시간은 결코 지나간 것으로 축소되지 않는다. 만일 그렇게 모든 시간이 지나간 것으로 환원된다면, 우리 삶에는 어떤 새로운 이야기도, 희망도 있을 수 없을 것이다.

세상은 단 한 장의 도화지처럼 첨삭만 할 수 있는 곳이 아니다. 마치 스케치북처럼 우리가 의지만 있다면 세상에는 넘길 수 있는 다음 장이 언제든 준비되어 있다. 새로움은 항상 탄생할 수 있는 것이다.

개는 온몸으로 웃는다

이 장에서 우리들의 동물 이야기는 이런 삶의 새로운 탄생을 담고 있다. 이들 이야기 속 사연처럼 우리 모두는 삶에서 슬픔이나 시련을 지울 수 없다. 하지만 우리의 동물과 보호자님들은 그 아픔에 매몰되지 않았고 그 아픔을 재료로 삼아 다음 도화지 위에 새로운 삶의 사연을 그려나가셨다.

"우리~, 다 함께 노래합시다."

행복이

산책은 산책로가 있어야 할 수 있는 게 아니다. 산책하려는 마음이 있어야 한다. 그 마음은 홀로 있다면 자신의 걸음걸이를 따라 자신을 타고 가는 어떤 흐름일 것이고, 둘이 혹은 셋이 있다면 서로 간섭하지 않지만 깊이 이어진 공감의 영역일 것이다. 수십 년, 살 비비고 살았던 부부가 어느 한적하고 아름다운 산책로 앞에 서 있더라도 그 흐름과 공감이 없다면 산책은 애당초 불가능하다. 자기 마음에 산책할 준비가 없다면 산책을 향해 우리 감각을 열지 못한다. 누군가와 산책하는 마음을 나눌 수 있다면 이미 그 삶이 산책이고 그 삶 안에서 산책의 모든 아름다움이 경험되고 느낄 수 있기에, 지혜로운 사람은 그 마음을 찾는다.

행복이를 키우기로 결심한 햇님이 보호자님이신 그 부부는 산책하고 싶었던 것이다. 저 깡마르고 지저분한 그리고 겁많은 진돗개에서 두 부부는 아름다운 산책로의 동무를 발견한 것이다.

개는 온몸으로 웃는다

퇴근을 위해 동물병원 전원스위치를 내리려고 할 때 햇님이 보호자님이 오셨다.

"원장님, 전에 말씀드렸던 그 진돗개를 오늘 구조하기로 했어요. 원장님이 도와주실 거죠?"

햇님이 보호자님이 사시는 아파트 뒷산은 다소 깊은 골짜기를 이루고 있다. 그 골짜기에 오래된 비닐하우스가 있었고, 그 옆 철창 안에 진돗개가 살았다. 몇 주 전부터 햇님이 보호자님이 진돗개 걱정으로 애를 태우셨다. 비닐하우스 주인으로 추정되는 사람이 가끔 오는데, 그날만 개에게 음식이나 물을 던져 주고 아예 신경을 안 쓴다는 것이다. 최근에는 주인조차 오지 않아 몇 주째, 진돗개는 햇님이 보호자님이 주는 사료와 물만 먹었다고 하셨다.

진돗개는 햇님이 보호자님이 다가가면, 두려움에 떨며 구석에서 작은 목소리로 끊임없이 짖는다고 하셨다. 사료는 햇님이 보호자님이 있으면 절대 안 먹고, 홀로 있을 때 조심스럽게 먹는다고 말씀하셨다. 아무리 철창 안에 있더라도 진돗개는 진돗개. 커다란 그 개가 사료를 줄 때 달려들지도 모른다는 두려움에 몇 번 가기를 망설였지만, 아침에 비어 있는 사료통을 보면 다음에 또 가게 된다고 말씀하신다.

그런 인연도 반복되면 정이 싹 트나 보다. 이 부부는 결국 일을 벌이기로 했다. 그 개를, 찾아오지도 먹을 것을 주지도 않는 주인에게서 구출하기로 한 것이다. 일단 구출하면 부부는 자신들의 아파트 발코니에서 돌보겠다는 정말 야무진 꿈을 꾸셨다. 이 무모한 구출 작전에 나를 끌어들이신 것이다. 며칠 전부터 설득하더니 기어코 나를 끌고 가겠다고 대기 중이시다.

어스름한 골짜기는 점점 어둠이 짙어져 손전등이 없으면 한 치 앞도 보이지 않았다. 비닐하우스는 밭 중간에 있어 길도 없는 밭 사이를 헤매며 가야 했다. 운동화도 안 신고 가볍게 온 게 실수였다. 연실 진흙에 미끄러지며 겨우 진돗개가 있는 철창 가까이에 도달했다. 이미 소식을 들은 동네 분들이 여럿 계셨다. 모두 우리 병원과 인연이 있는 분들이라 간단히 인사를 나누었다. 이분들 모두가 진돗개를 진심으로 걱정하신 것이다.

햇님이 보호자님 중 남편분이 굵은 목줄을 준비하셨다. 그 목줄을 이 진돗개에 걸어 집에 끌고 가실 요량이었다. 진돗개는 몰려든 사람들에 놀라 사납게 짖어댔다. 깜깜한 밤 손전등 앞에서 으르렁거리며 짖어대는 진돗개에게 목줄을 거는 것은 불가능해 보였다. 그런데 모두가 다 나만 쳐다보고 있었다. 마치 '네가 수의사인데 이런 진돗개 하나 못 감당하냐?'라는 눈치였다. 물론 그랬다는 게 아니라 내 자의식이 그렇게 말하는 것이겠지만 말이다.

일단 손전등을 끄라고 말씀드렸다. 그리고 준비해 간 간식을 철창 안에 던져놓았다. 그 개는 전혀 먹지 않고 계속 짖었다. 시간이 지나자 짖는 목소리가 작아졌다. 나는 간식을 들고 가까이 다가갔다. 진돗개는 나를 보고 움찔했다. 순간 나는 직감적으로 이 녀석이 나를 공격할 의사가 없음을 확신했다. 다행히 철창은 손을 넣으면 안에서 열 수 있었다. 목걸이도 있었다. 이제 그 목걸이에 목줄만 연결하면 되었다. 그렇지만 아무리 나를 공격할 의사가 없다고 확신해도 성견 진돗개의 철창 안에 손을 집어넣는다는 것은 두려운 일이었다.

수의사가 이 짓을 하지 않으면 누가 하겠는가! 나는 손을 철창 안에 넣고 안쪽에서 잠긴 문을 열었다. 그리고 다가가 겁에 질려 짖어대는 진돗개에게 목줄을 연결했다. 천천히 끌고 나오면 된다. 사람들은 박수를 치고 그 박수소리에 진돗개는 더 놀랐다. 다시 조용히 하라 당부드리고 나는 줄을 서서히 당겼다. 녀석은 전혀 반응하지 않았다. 철창 안에서 완강하게 버티며 나오기를 거부했다. 결국 장정 몇이 철창 밖에서 줄을 당기고 아주머니들이 긴 장대로 녀석을 밀어 밖으로 나오게 했다.

햇님이 보호자님의 아파트 발코니로 가는 여정은 상상에 맡기겠다. 넘어지고 자빠지고 구르고 신발은 날아가고…! 어쨌든 그날 밤, 햇님이 보호자님 발코니에는 덩치 큰 진돗개가 머리를 파묻은 채 웅크리고 밤을 지새웠다.

다음 날 아침 간호사님과 채혈도구 등, 간단한 검사장비를 들고 햇님이 보호자님의 발코니를 찾았다. 거세게 반항하는 녀석에게 먼저 입마개를 씌우고 채혈에 성공했다. 혈액검사 결과, 다행히 심장사상충 양성반응 이외에 특이사항은 없었다. 아직 나이가 많은 것 같지 않아 심장사상충은 치료할 수 있으리라 생각했다.

구조 후 많은 시간이 지났지만 녀석은 좀처럼 낯을 허용하지 않았다. 발코니 안에서도 철창 안에서처럼 인기척이 없는 밤에만 사료를 먹었다. 목욕이라도 시키고 철창 안에서 자란 발톱이라도 다듬어야 하는데 불가능했다. 과연 이 녀석과 같이 살 수 있을까?

그동안 진돗개의 신상에도 변화가 생겼다. 진돗개의 원래 주인은 읍사무소에 민원 넣어 비닐하우스를 철거시키겠다는 동네 주민들의 협박(?)에 녀석의 권리를 포기했다. 그리고 이 녀석에게 이름도 생겼다. '행복이'이다. 참, 낭만적이고 소박한 이름이라 생각했다. 이 부부의 마음이 그랬다. 자녀가 없는 이 부부의 소원은 햇님이와 같이 키우시는 장군이, 둥이 그리고 행복이와 더불어 산책 나가는 것이었다. 한데 그 소박한 소원이 이루어지기 위해선 엄청난 노력이 필요했다.

잘생긴 진돗개만큼 멋진 견종이 있을까? 일반적으로 대형견들은 그 외모에서 성격을 짐작하게 해준다. 진돗개는 외모가 늑대를 닮아 어떤 야생성을 감추고 있는 듯하다. 그 야생성 덕분에 진돗개의 표정은 신비롭다. 그 성품도 조심성이 있고 청결해 자신과 자신 주변을 항상 깨끗하게 보존한다. 반짝반짝 윤이 나는 베이지색 모질의 황구가 가볍고 기품 있게 걸을 때는 모두가 쳐다보지 않을 수 없다. 햇님이, 장군이, 둥이 그리고 나이는 가장 어리지만 이 녀석들보다 서너 배는 더 큰 행복이가 순하게 이 작은 견들을 지키며 걷는 것은 멀리서 봐도

개는 온몸으로 웃는다

참으로 아름다웠다.

보호자님 중 남편분은 행복이를 돌보기 위해서 애견 훈련까지 직접 배우셨다. 보호자님께 훈련받은 행복이는 예전의 철창 안 진돗개라고는 누구도 생각할 수 없을 것이다.

이문재 시인의 〈산책로 밖의 산책〉이란 시가 있다. 일부분을 옮겨보자.

나의 꿈은 산책로 하나
갖는 것이었다 혼자이거나
둘만의 아침일 때에도
언제나 맨 처음의 문으로 열리는
그 숲에선 혼자가 나를
둘이 서로를
간섭하지 않을 것이었다
(중략)
홀로이거나 둘만의 저녁이라고
믿었던 그 숲 가쁘던 날들은
휘발되어 버리고 돌아보면
은자의 꿈 일찍이
부숴지고 말았으니 산책은

산책로 밖으로 나아가려는
불가능인 것 기어이 산책로의
바깥에서 주저앉는 무모인 것을

산책은 산책로 밖에 있어야 했다

시인의 직관에서는 산책과 산책로는 다르다. 보다 정확히 말하자면, 산책로 안의 산책과 산책로 밖의 산책은 구별된다. 산책로는 한적한 마실길처럼, 남모를 휴식과 달콤함의 유혹 같은 어떤 내밀한 은자의 길이다. 이런 산책로 안의 산책은 우리에게 익히 익숙한 어느 광고 채널 안의 산책과 유사하다. 그런데 시인에겐 산책은 산책로 밖에 있어야 한다. 이 산책은 산책로의 휴식 같은 길이 아니라, 산책로 밖의 탐욕과 공포가 양립하고, 서로 갈등하며, 끊임없이 새로운 사건들이 발생하는 우리 삶의 한가운데서 찾아야 하는 어떤 가치 같은 것이다.

산책로 밖을 향하는 산책의 무모! 이 부부가 사랑한 산책은 이런 산책이 아니었을까? 이 부부의 산책은 품에 안은 햇님이, 장군이, 둥이와의 은밀하고 달콤한 산책로의 산책이 아니었다. 짖는 소리조차 두려움에 떨리고, 굶주렸지만 공포 때문에 먹지도 못하는 비쩍 마른 진돗개를 향한 불가능할 것 같은 무모였다.

개는 온몸으로 웃는다

잘생긴 진돗개만큼 멋진 견종이 있을까?
일반적으로 대형견들은 그 외모에서 성격을 짐작하게 해준다.
진돗개는 외모가 늑대를 닮아 어떤 야생성을 감추고 있는 듯하다.
그 야생성 덕분에 진돗개의 표정은 신비롭다.
그 성품도 조심성이 있고 청결해
자신과 자신 주변을 항상 깨끗하게 보존한다.

이분들은 태안으로 이사 가신단다. 인테리어를 업으로 하셨던 분들이라 태안에서 새로 개업한다고 하셨다. 이 부부는 행복이, 햇님이, 장군이, 둥이와 산책할 마음으로 가득 찼다. 태안의 긴 해변을 따라 이 식구들이 걷는 것은 상상만으로 기분 좋은 일이다.

개는 온몸으로 웃는다

짭짭이

　박씨 할아버님이 키우시는 짭짭이는 시골 발바리다. 홀로 사시지만 박씨 할아버님은 동네에서 짭짭이 때문에 어깨를 펴신다. 모두가 놀라고 부러워하기 때문이다.

　멀리 짭짭이와 박씨 할아버님이 걸어오시면 잠시도 한눈팔지 않고 제 주인 뒤꽁무니를 바짝 쫓아오는 짭짭이를 마을 사람들은 볼 수 있다. 박씨 할아버님이 슈퍼를 들러, 슈퍼 사장님과 이런저런 말씀 나누실 때도 그 곁에 서서 주인에게 누가 해코지하는지 살피듯 두리번거리는 짭짭이를 사람들은 다시 보게 된다. 박씨 할아버님이 동네 어르신들과 국밥집에서 막걸리 섞어 대낮부터 음주하실 때 밖에서 움직이지 않고 지키고 서 있는 짭짭이를 또 볼 수 있다. 언젠가는 은행에 들어가 밖에 주차한 박씨 할아버님 자전거를 짭짭이가 눈 두릅 뜨고 지키고 있었다.

　저녁 어둠이 깔리기 시작하면 멀리서 박씨 할아버님 흥겹게 노래 부르는 소리 들을 수 있다. 짭짭이가 그 노랫소리에 장단은 못 맞추지만, 그 녀석을 가까이서 보면. 제 주인이 기분이 좋다는 것을 알고, 그기분을 마치 자기 기분인 양 들떠 있는 것을 단박에 눈치챌 수 있다. 이런 풍경을 마을 사람들이 매일 보니, 사람들은 "짭짭이, 짭짭이" 하며 소문을 퍼트릴 수밖에! 동네 명견이 나타난 것이다.

이런 짭짭이가 무슨 대단한 혈통을 타고 난 게 아니다. 장날, 양수리 장에서 박씨 할아버님이 데려오신 장마당 출신이다. 처음 병원에 온 날 짭짭이는 장터 출신답게 각종 기생충을 몸에 품고 있었다. 나는 짭짭이를 구충하고 치료했다.

평소 박씨 할아버님은 고지식하고 자기밖에 모르는 노인네로 소문났다. 과연 이날도 치료비가 비싸다고 푸념을 늘어놓으셨다. 예방접종을 말씀드렸으나 역시나 예방접종은 필요 없다고 안 하신단다. 솔직히 나는 과연 이런 분이 '개를 키울 수 있을까?' 하는 의심이 들었다.

박씨 할아버님의 사정을 안 것은 한참 후였다. 다른 동네 어르신께 우연히 들었다. 갑작스럽게 도로가 생기면서 할아버님이 가지고 계셨던 논밭이 금밭이 되었단다. 그 후 모든 게 다 잘될 것 같았는데, 그놈의 돈이 원수라. 아들들이 그 많은 재산을 탕진하고 서울로 내뺐다. 돈의 맛을 들인 자녀분들은 예전처럼 아버님을 도와 농사일하는 그런 착한 아들로 돌아올 수는 없었다. 계산기의 숫자판 놀이에 박씨 할아

개는 온몸으로 웃는다

버님의 혈연 가족은 산산이 으깨진 것이다. 그 과정에서 서로 원수가 되고 말 못할 깊은 상처만 박씨 할아버님께 남았다. 밖으로는 돈벼락 맞은 노인네처럼 으스대지만 속은 외롭고 고단하셨다.

상처를 상처로 갚다 보니, 박씨 할아버님의 말도, 행실도 거칠고 험했던 것이다. 내게도 "동물병원 수의사도 개고기 먹나?", "개가 사람이냐, 음식이지."라고, 부러 헛짓거리로 내뱉으신 것이었다.

그런 겉마음과 속마음은 너무나 다르셨다. 짭짭 짭짭, 이 이름은 박씨 할아버님의 군침 넘어가는 소리에서 이 양수리 장마다 강아지를 하루에도 수십 번 짭짭거리듯이 부르는 이름이 된 것이다. 짭짭이는 또 어땠는가? 장날 길바닥에서 박씨 할아버님께 안기면서 처음 마주친 시선을 마지막 순간까지 거두지 않았다. 한결같이 온 마음으로 짭짭이는 박씨 할아버님과 하나가 되길 원했다.

박씨 할아버님은 짭짭이를 좋아했고 때론 의지했지만 예방접종이나 심장사상충 구충은 안 하셨다.

그런데 짭짭이는 나이를 먹으면서 서서히 건강에 이상이 생겼다. 언제부터 사료도 안 먹었다. 짭짭이의 하복부가 조금씩 부풀더니 결국 팽팽해졌다. 기력도 현격히 떨어져 잠만 잔다고 했다. 결국 우리 병원에 짭짭이를 데려오셨다.

짭짭이의 팽대된 배는 복수가 찬 것이었다. 심장사상충 검사에서 양성으로 나오고, 간 수치가 높았다. 아무래도 심장사상충이 원인으로 복수가 찬 것 같았다.

　우리가 아는 심장사상충은 엄밀히 말하면 잘못된 명칭이다. 심장사상충은 심장에만 기생하지 않기 때문이다. 심장사상충은 심장의 우심방에서 대정맥을 따라 신체의 구석구석에 퍼져 있다. 간에서도 초음파를 이용하면 꿈틀대는 심장사상충을 볼 수 있다. 이런 심장사상충이 원인이 되어 복수가 찰 수 있다. 이미티사이드Immiticide라는 약을 주사하면 심장사상충을 비외과적 방법으로 제거할 수 있다. 하지만 약 자체의 부작용과 심장사상충이 죽으면서 생기는 색전증 등의 갑작스러운 발병으로 사망할 수도 있다. 이 과정 자체가 다소 위험을 안고 있어 보호자의 동의가 절대적으로 필요했다. 처치동의서 작성 후 복수를 서서히 빼내면서 심장사상충을 프로토콜에 따라 제거했다.

　박씨 할아버님은 짭짭이가 이렇게 된 게 자신 탓이라고 여기셨다. 수의사인 내가 예방접종을 하라고 권면했을 때 따랐어야 했다고 진심으로 후회하고 계셨다. 그동안 짭짭이와 박씨 할아버님의 정이 서로를 단단하게 얽은 것이다. 다행히 짭짭이는 회복됐다. 6개월 후 재검했을 때 짭짭이에겐 심장사상충이 더 이상 발견되지 않았다. 그리고 복수도 사라졌다.

　그러나 그 후 짭짭이는 예전처럼 건강하진 않았다. 심장에도 문제가 생겼다. 짭짭이는 박씨 할아버님과 산책하며 그럭저럭 지낼 순 있었지만, 예전의 총기는 엷어졌다. 박씨 할아버님은 이렇게 나이 들어

　　　　　　　　　　　　　개는 온몸으로 웃는다

가는 짬짬이를 안타깝게 여기셨다.

어느 날 산책하다 갑작스럽게 의식을 잃은 짬짬이를 할아버님이 허겁지겁 안고 오셨다. 걱정한 대로 판막에 문제가 있어 뇌 쪽 산소 공급에 순간적인 장애가 생겨 기절한 것이다. 산소 공급 후 상태는 호전됐지만 이젠 평생 심장약을 먹고 살아야 한다. 약 먹는 몇 년을 박씨 할아버님은 짬짬이를 지극 정성으로 돌보셨다. 약은 반드시 12시간 간격으로 꼭 먹이셨고 만약을 위해 집엔 응급 산소도 준비해두셨다. 처음 박씨 할아버님을 따른 것은 짬짬이지만 지금은 박씨 할아버님이 짬짬이를 더 사랑하는 것 같았다.

모든 운명은 우리와 무관하게 다가왔다. 새벽 응급전화가 왔다. 박씨 할아버님이셨다. 짬짬이가 이상하다고 말씀하셨다.

병원에 왔을 때 이미 짬짬이의 몸은 차갑게 식어 있었다. 박씨 할아버님은 혹시 아직 따뜻한 곳이 남지 않았느냐고 거듭 말씀하시며 나를 간절히 쳐다보셨다. 할아버님은 짬짬이 없는 세상으로는 갈 엄두가 나지 않으신 것이다. 마지막까지 조금이라도 따뜻한 곳이 남아 있는 곳이 있는지 거푸 물어보신 후, 체념한 듯 짬짬이를 안고 나가셨다. 걱정이 들었다. 슬픔은 그때 당시보다 앞으로의 시간에서 더 절실하게 다가오기 때문이다.

다음 날 병원 앞에서 할아버님은 나를 기다리고 계셨다. 짬짬이를 묻어주고 그 위에 꽃나무 한 그루 심어주고 오셨단다. 그렇게 말씀하시면서 격렬하게 몸을 떨며 흐느끼시는 것은 어쩔 수 없었다. 며칠 동안 할아버님은 짭짭이를 묻어둔 꽃나무 주변을 돌아보시고 병원에 오셔서 짭짭이와의 추억을 되뇌셨다. 그런데 어느 날부터인가 박씨 할아버님은 병원에 나타나지 않으셨다. 내심 박씨 할아버님이 걱정이었지만 나는 박씨 할아버님의 강건함을 믿었다.

2년은 족히 넘었을 것이다. 불쑥 박씨 할아버님이 오셨다. 예전보다 확연히 활기차지셨다. 동물병원에 그동안 안 오신 것은 이곳에 오면 짭짭이 생각이 나 견딜 수 없었기 때문이라고 말씀하셨다. 짭짭이가 죽은 후, 다행히 박씨 할아버님은 자녀분들과 화해하셨다. 아드님들의 입장을 조금 더 잘 이해하게 되었단다. 짭짭이가 준 슬픔이 역설적이게도 사람을 받아들이는 통로가 된 것이다. 그동안 가족들 사이의 앙금도 조금씩 풀려고 노력하셨단다. 아들들도 할아버님을 이해하시고 달라지고 있다고 하셨다. 그리고 지금 그 꽃나무는 봄이면 많은 꽃들이 만개한다고 촉촉한 눈빛을 머금고 말씀하셨다. 짭짭이는 저 꽃들 사이에 있는 것 같다고 말씀하셨다.

짭짭이는 박씨 할아버님에게 어떤 존재일까? 가족일까 혹은 단지 가족 같은 소중한 반려동물일까? 가족은 할아버님과 아드님들처럼 혈연으로만 형성되는 것일까? 이런 혈연의 가족 이외에 다양한 인연으로 만들어진 가족은 상상할 수 없을까?

양수리 장에서 우연히 어느 강아지를 만나, 이름을 짭짭이라 지은 후, 녀석이 죽을 때까지 할아버님과 짭짭이는 대부분의 시간을 같이 보냈다. 다른 가족분들은 박씨 할아버님과 짭짭이만 남기고 서울에서 따로 살던 분들이셨고, 가끔 만날 때는 할아버님에겐 반복과 불신의 대상들이었다. 박씨 할아버님은 짭짭이가 없었다면 그 시절의 외로움과 절망감을 극복하지 못했을 것이다. 짭짭이가 죽던 날, 그분의 슬픔은 어느 가족 구성원의 죽음보다 가볍지 않았다. 이런 짭짭이를 어떻게 박씨 할아버님의 가족이 아니었다고 할 수 있을까?

2018년 개봉된 고레에다 히로카즈의 감독의 〈어느 가족〉(원제 〈좀도둑 가족〉)이란 영화가 있다. 그해 칸 영화제에서 이 영화는 황금종려상을 수상했다. 그런데 이 영화에 대한 일본 사회의 반응은 우호적이지만은 않았다. 당시 보수적인 아베 정권의 영향하에서 이 영화는 일본 사회의 어두운 면을 묘사했다는 이유로 비판받거나 애써 무시당하는 분위기였다. 이 영화가 다룬 일본 사회의 어두운 면이란 무엇일까? 바로 가족이었다.

이 영화에 등장하는 가족은 소위 정상 가족이 아니다. 죽은 남편의 연금으로 생활하는 하츠에 할머니 집에 모여 사는 이 가족들은 가계에서 물건을 훔치기도 하는 일용직과 비정규직 노동자인 노부요와 오사무, 그리고 이들이 파친코 주차장에서 데려온 쇼타, 섹스숍에서 일하는 고등학생 아키이다. 어느 날 노부요와 쇼타가 방치된 어린 소녀 유리를 집으로 데려오면서, 서로 간 낯선 이방인들이었던 이들이 수상한 가족의 분위기를 풍기면서 살아가게 되는 이야기이다. 결국 하쓰에가 사망하고, 쇼타가 좀도둑질을 하다가 경찰에 붙잡히는 바람에 이 가족은 뿔뿔이 흩어지게 되면서, 이들 가족의 비밀이 세상에 드러난다. 이 비정상적인 가족의 이야기를 고레에다 감독은 마치 다큐멘터리처럼 가감없이 조명하면서 관객들에게 가족이 무엇인지 대해 묻는다.

만일 이 영화가 던지는 혈연 중심의 정상 가족에 대한 문제 제기를 수용한다면, 우리의 짭짭이도 박씨 할아버님의 가족이라 판단할 수 있지 않을까?

짭짭이는 죽어서까지 할아버님의 복덩어리였다. 짭짭이가 아니라면 어떻게 아들들을 포용할 수 있었겠는가? 짭짭이를 통해 박씨 할아버님의 혈연 가족은 회복될 수 있었다. 사정이 이렇다면 두 아드님과 할아버님의 관계만큼이나 짭짭이와 할아버님의 관계 역시 소중한 가족관계였었다고 말해야 한다. 짭짭이와 박씨 할아버님이 같이 살았던 세월을 옆에서 지켜봤던 사람들은 이런 나의 생각에 반대하지 못할 것이다.

개는 온몸으로 웃는다

산들이

김명기 시인의 〈인도주의적 안락사〉라는 시는 유기동물 구조사의
일상에서 겪는 안락사에 대해 그리고 있다. 일부분을 읽어보자.

감당할 수 없는 버림에 대한
보호소의 준칙은
괄호 속 짤막한 지문 같은 한 줄
(인도주의적 안락사)
버려진 목숨을 앗아가는 일이
어떻게 인도주의인지 알 수 없지만
오늘도 개 몇 마리가 영문도 모른 채
인도주의적으로 죽었다.
(중략)
어떤 날은 견사에 갇힌 개들을 다 풀어주고

목줄을 맨 내가 갇혀 있는 인도주의적인 꿈을 꾸기도 한다

사실 안락사는 동물 구조사만큼이나 수의사의 가장 큰 딜레마 중 하나이다. 대부분의 수의사들은 자신들이 수의사가 되기로 결심했을 때 안락사에 대해 추호도 생각하지 않았다. 그들은 수의사란 직업은 온전히 동물을 치료하고 구하는 것이라 여겼다. 하지만 졸업 후 현장에선 안락사는 수의사의 주요한 임무 중 하나가 된다. 안락사 후 혹은 조류인플루엔자AI, 아프리카돼지열병ASF, 구제역FMD 등과 같은 가축 전염병이 퍼져 대량의 가축들을 살처분한 이후, 수의사의 트라우마는 엄청나다. 그 트라우마 때문에 환청과 환각에 시달리고 심지어 자신의 목숨을 포기하는 분들도 계셨다.

내게도 이런 안락사의 딜레마는 예외가 아니었다. 특히 우리 동물병원에 들어온 유기동물과 관련해서 안락사는 피할 수 없는 현실이 되었다.

유기동물은 주로 동네 주민분들이 데려오셨다. 산책하시다가, 연고 없이 방치된 창고 안에서 발견되기도 했고, 아이들은 부모 잃은 새끼 고양이를 상자에 담아 데려왔다. 햄스터는 보호자님이 사정이 있어 못 키우게 된 것을 병원에서 맡아 분양해주었다. 성묘 때 발견된 고슴도치 새끼들을 한 아름 데려온 경우도 있었다. 새들도 자주 왔다. 주로 산비둘기였는데 창에 부딪혀 부상당한 경우나 날개 등이 부상당해 날

개는 온몸으로 웃는다

지 못하는 개체들이었다.

병원에 오면 먼저 간단한 건강 검진을 하고 응급치료가 필요한 경우 적절히 조치했다. 앞에 이야기한 고슴도치는 온몸에 진드기를 달고 와 진드기 구제제를 발라주니 수십 마리의 진드기가 기어 나와 모두를 놀라게 했다. 고슴도치나 새들 같은 야생동물은 어느 정도 회복되면 자연으로 돌려보냈다. 입양이 필요한 경우엔 병원 앞 게시판을 두어 품종, 성별, 추정나이 등을 기록해 두면 관심 있는 분들이 병원 문을 두드려 입양해 가셨다.

유기견들 중에도 작고 어린 개체들은 입양대기자들이 줄을 섰다. 문제는 너무 나이 많거나, 기왕력이 있고, 너무 어려 전문적이고 헌신적인 도움이 필요한 경우들이었다. 아주 어린 개체들 중 가장 많은 경우가 어린 새끼 고양이들인데, 다행히 우리 병원 간호사님이 고양이를 좋아하셔서 직접 집에 데려가 초유를 먹여 돌보셨다. 그렇게 자라면 그 고양이들은 다른 분들께 입양됐다. 우리 병원에서 가장 큰 어려움은 이제 수명이 얼마 안 남고 병든 견들을 돌보는 문제였다. 이 유기동물들은 아무도 찾지 않으신다.

동물들을 대상으로 처음에는 안락사를 고민했다. 하지만 살겠다고 바둥거리는 모습을 보면서 차마 실행할 수 없어 매번 미루게 되었다. 결국 몇몇 개체는 병원에서 수년을 넘게 살다가 죽는 경우도 생겼다. 나중에는 병원엔 나이 든 유기견이 넘쳐나게 되고, 그 유기견들이 퍼뜨리는 특유의 냄새와 기왕력 때문에 발생하는 질병의 치료비까지 소요되면서 병원에는 상당한 부담이 되었다.

내가 아직도 자부하는 것은 이런 사정에도 우리 동물병원에선 유기동물들 중 단 한 마리도 안락사를 시키지 않았다는 사실이다. 대개 유기동물센터에서는 1~2주의 기한을 두고 입양이 안 된 동물에 대해선 안락사를 공개적으로 혹은 암묵적으로 실시하는 게 일반적인데 말이다.

우리 동물병원이 이렇게 할 수 있었던 것은 병원이 이 동물들을 잘 돌봐서 그런 것이 절대 아니다. 온전히 동네 주민들의 도움 덕분이었다. 몇몇 동네 주민분들이 우리 병원의 어려운 소식을 듣고 이런 나이 들거나 병든 동물들을 책임져주셨던 것이다. 본인들이 입양을 못 하실 경우는 주변의 지인들에게 알려서 입양할 수 있게 도와주셨다. 그리고 사료 등 필요한 용품들도 일부러 우리 병원에 오셔서 구입하셨다. 동물병원에서는 사료나 용품 등을 대량으로 구입하시는 경우 가격을 할인해드리는 경우가 있었는데 오히려 우리의 보호자님들은 병원의 이런 호의를 거부하셨다. 그리고 그 비용을 병원의 유기동물을 위해 사용해달라고 당부하셨다. 이분들의 이런 격려와 도움이 없었다면, 나 역시 안락사의 딜레마에서 헤어 나오지 못했을 것이다.

그때 우연히 산들이 보호자님들을 알게 되었다. 나이가 지긋하신 부부셨다. 항상 해맑고 일 년 전 사망한 산들이와의 추억을 곧잘 말씀

개는 온몸으로 웃는다

해주셨다.

이 부부는 산들이를 보낸 후 산들이와의 추억도 아름답지만 그 동물의 마지막을 지켜주는 게 소중한 것이라 생각하셨다. 사랑한다는 것은 무엇보다 가장 힘들 때 같이하는 것이라고 판단하신 것이다. 그 후 이 부부는 앞으로는 강아지를 분양받지 않고 입양하리라 결심하셨다. 입양하는 견들은 산들이처럼 나이 들고 병든 개들이 우선이었다. 그들의 마지막을 편하게 보낼 수 있게 지켜주고 싶었던 것이다. 다행히 이 부부의 경제적 사정은 나쁘지 않으셨다. 아무리 병원에서 저렴하게 책정해도 기왕력이 있는 심장병이나 당뇨의 환축견들 병원비도 만만치 않을 것이기 때문이었다. 어쨌든 이 두 부부는 우리 병원의 고민을 일정 부분 해소해주셨다. 그리고 이렇게 두 부부에게 입양된 개들의 이름을 부부는 모두 산들이라 지으셨다.

병들고 나이 많은 유기견을 입양해 갈 때 우리의 선입견에는 이 동물들을 키우는 게 굉장히 힘들고 고통스러울 것이라 생각할 수 있다. 아픈 짐승을 매일 본다는 것 자체가 평범한 사람에게는 엄청난 스트레스일 수 있을 테니 말이다. 하지만 사실은 그 정반대였다. 입양되는 견들은 엄청난 삶의 의지를 가지고 마지막 짧게 남은 자신의 운명과 싸우고 있었다. 그 모습 자체만으로도 감동적이었다. 게다가 나는 확신하는데, 입양되는 유기견들은 자신이 입양되는 것을 알고 있다. 특히 나이 든 유기견들은 자신의 사정을 더욱 절절히 느끼고 있었다. 그래서 그 녀석들은 산들이 보호자님 같은 새로운 보호자에게 더욱 살 갑게 달려들었다.

산들이들의 마지막은 때로는 보호자님의 무릎 위에서, 때로는 그분 들이 주무시는 이불 위에서, 어떤 경우는 병원에서 숨을 거두었다. 보 호자님 부부를 한 번씩 번갈아 보고 잠자듯이 사망하거나, 밖에서 보 호자님 방의 문을 긁어 열어주니 보호자님의 무릎으로 마지막 힘을 다해 올라와 편안하게 사망하는 경우도 있었다. 응급으로 병원에서 사망하는 경우도 있지만 대부분 평온한 죽음이었다. 그 장면 하나하 나 잊을 수 없다고 하셨다.

이런 죽음을 보면 죽음은 결코 끝이 아니라는 것을 확신하게 된다. 죽음은 다른 삶의 연장이다. 우리 안에 사라지지 않고 남은 깊은 잔상 으로 그 녀석들은 사라지지 않는 것이다. 남은 육체들은 자그마한 나 무의 거름이 되었다.

그래서 산들이 보호자님의 웃음이 해맑으신 것이었다. 맑은 웃음은 삶의 번뇌를 극복하고 산다는 것의 의미를 몸으로 체화한 웃음이다. 부처님의 웃음 같기도 한, 그 부부의 웃음은 우리 사는 세상의 가장 소 중한 날들을 가리켰다. 그날들은 작고 약한 것들과 더불어 사는 나날 들이었다. 생각해 보면 우리 동물병원에서 가장 행복하고 보람 있었던 순간들도 바로 그 동물들과의 인연들 때문에 있을 수 있었다. 산들이 보호자님처럼 사회적 약자들을 향한 연대의 몸짓은 그 약자들을 위한 것이 아니었다. 궁극적으로는, 연대를 하려는 사람들을 위한 것이었다.

개는 온몸으로 웃는다

돼지

한곳에서 동물병원을 오래하면 가장 좋은 게, 아이들이 자라는 걸 볼 수 있다는 것이다. 1999년 초에 개원했으니 그 당시 초등학교 아이들이 이젠 어른이 되었다. 그 아이들은 잘 모를 것이다. 자신들의 어린 시절이 얼마나 해맑고 사랑스러웠는지. 목소리가 바뀌고 인상과 걸음걸이가 달라졌어도 내겐 당시의 어린아이들이 살아 있다. 그 아이들 중 유독 선하게 기억되는 아이들이 있다. 동물병원이다 보니, 그 아이들은 그들과 뛰어놀던 동물과 같이 연상된다.

동물병원에서 버스로 30분 이상 떨어져 있는 양수리 안쪽의 다소 외진 마을에서 두 자매가 강아지를 데리고 왔다. 당시에도 어린 두 자매가 멀리서 강아지를 데리고 오는 것은 드문 일이었고, 첫 만남에서 전혀 주눅 들지 않은 자매들의 표정에서 예사롭지 않은 순박한 아이들의 맑은 기운을 감지할 수 있었다.

이 자매가 사는 마을에는 학원이 없어 동물병원이 있는 이곳에 일주일에 2~3번은 이렇게 자기들끼리 온단다. 부모님은 농사짓는다고 했는데, 나중에 안 것은 조경일이 본업이고 농사는 일종의 부업이었다. 어쨌든 동물병원에 오는 날은 버스를 타고 시내까지 와서 동물병원에 강아지를 맡기고, 학원에 갔다가 저녁때 아버님이 오시면 차를 타고 양수리 집으로 가는 시스템이었다. 그때 언니는 초등학교 5학년, 동생은 2학년인데 어른의 도움 없이 자신이 할 일을 척척 잘해냈다.

슈나우저종의 수컷 강아지였다. '돼지'라고 이름을 붙였다. 언니의 주장이 관철된 것이다. 사실 동생도 돼지라는 이름이 싫은 게 아니었다. 단지 언니와 다른 이름을 짓고 싶은 것뿐이었다. 그렇게 두 자매는 티격태격하며 그 슈나우저 강아지를 '돼지'라고 불렀다.

어른인 내겐 '돼지'라는 이미지가 좋은 이미지는 아니었다. 사실, 어른이라서 그런 것보다 사실 돼지는 우리에게 부정적인 뉘앙스를 풍기는 동물 아닌가? 지저분하다, 먹을 것만 안다, 꿀꿀거린다 등등. 좋은 이미지는 단지 '고기가 맛있다' 정도인 것 같다. 그런데 '돼지'라는 이름을 자신들의 사랑하는 반려견에 이름 붙인 이 자매에겐 나 같은 어른이 가진 이런 분위기는 전혀 없었다. 그 아이들에게 돼지는 귀엽다, 호기심 많다, 영리하다, 장난치기 좋아한다 등등 긍정적이고 사랑스러운 이미지로 가득 찼다. 도대체 이런 돼지에 대한 감정을 어떻게 가지게 되었을까? 아이들과 나의 돼지에 대한 뉘앙스의 차이를 어떻게

개는 온몸으로 웃는다

설명할 수 있을까? 참 궁금한 일이었다.

그 비밀은 아이들이 사는 마을에 있었다. 양수리에서 안쪽으로 한참 들어간 이 마을은 한강 변 양수리 마을이 카페 등으로 널린 것과 달리 생태 공동체적인 분위기가 그득했다. 내가 동물병원을 개원하기 한참 전부터 시인이나 음악가분들이 이 마을에 정착해 그런 분위기에 일조했다. 당시 시골 마을에서는 드물게 매달 마을 주민들을 대상으로 낭송회 혹은 음악회를 정기적으로 개최했다. 가끔 이 마을을 지나갈 때 보이는 몇 월 며칠 어디서 몇 시에 정기 음악회를 한다는 플래카드가 시골길에 낯설 게 걸려 있는 것을 볼 수 있었다.

이 마을에 살지 않는 외지인에겐 이 모습이 신기하고 부러운 일이었다. 이 마을의 시골 초등학교에서도 이분들이 일일 강사나 교사로 활동하셨으니 그 영향력이 작지 않았을 것이다. 이분들뿐만 아니라 그 후에 여러 풀뿌리 대안 공동체를 꿈꾸는 분들이 점점 이 마을로 모였다.

마을에 처음부터 사셨던 원주민분들도 개방적이셨다. 마을 주민들은 새로 오신 분들이 편안하게 적응하도록 정착을 도왔다. 지나다가도 자기 밭 남의 밭 가리지 않고 갈아주셨고 품앗이가 필요하면 마다하지 않고 도와주셨다.

그런 사연들을 들으면 텃세라는 것은 이런 농촌 마을에서 나온 개념이 아니라 철저히 도시인들이 고안해낸 개념 같았다. 우리는 옛 마을 사람들이 낯선 나그네를 대접하는 것을 미덕으로 알고 있었다는 사실을 잘 알고 있다. 농촌이 커지면서 텃새가 생긴 것이 아니라, 도시가 발달하면서 텃새도 생겨난 것이다. 어쨌든 이분들은 마을이 외지인들과 더불어 공동체적으로 발전하는 것을 마다할 이유가 없으셨다. 그래서 외지인과 원주민이 서로 협력하면서 나름 생태적인 마을 문화를 만들어갈 수 있었다.

이런 문화의 결과를 단박에 알아볼 수 있는 게 아이들이었다. 이 마을의 아이들은 이 자매같이 당당하고 생각이 긍정적이고 무엇보다 생태적인 사고에 젖어 있었다.

김용택의 〈짧은 이야기〉라는 시가 있다.

사과 속에 벌레 한 마리가 살고 있었습니다.
(중략)
누가 사과가 사람들만의 것이라고 정했습니까.
사과는 서러웠습니다.
서러운 사과를 사람들만 좋아라 먹습니다.

아마도 이 시의 감성은 이 자매가 '돼지'라고 부른 그 이름에서도 반복되는 것 같다. 아이들은 돼지를 일반 도시아이들처럼 '돼지고기'와 연관시켜 이해하지 않았다. 돼지는 돼지고기 이전에 하나의 독립된 생명이고 자연이었다. 이 독특한 생명으로서의 돼지는 또한 아이

개는 온몸으로 웃는다

들의 친구이기도 했다. 그러니 이 자매들처럼 자신의 반려견에 '돼지'라고 이름 붙이는 것이 이 아이들에겐 전혀 낯설지 않았다. 그 마을 아이들 중 이 이름을 이상하게 생각하는 아이들은 없었다.

　돼지라는 생명만 그랬을까? 아이들의 사는 방법도 확연히 달랐다. 특히 놀 때, 아이들은 처음부터 끝까지 자연과 더불어 자연 안에서 뛰어다녔다. 아이들의 놀이터에는 나무, 풀, 벌레, 흙 등으로 채워졌고, 그것들 사이사이에는 새벽의 어스름한 안개와 밤하늘이 별들이 충만했다. 자연에서 상상한 것이 자연으로 돌아가는 어쩌면 그것은 극히 정상적인 삶의 순환일 텐데, 이 아이들은 그 순환을 거리낌 없이 향유하고 있었다.

　내가 이 자매들을 보면서 가장 감동한 것은 아이들이 단순히 개구지지만 않았다는 것을 확인할 때였다. 자유롭게 컸지만 그만큼 책임감도 자존감도 강했다. 그리고 침묵할 줄도, 조용히 지켜볼 줄도 알았다. 쉽사리 흔들리지 않는 무게감이 아이들에게 있었던 것이다. 이런 모습은 도시의 아이들과는 너무도 달랐다. 이 자매가 가진 생태적인 자유로움과 다르게 가끔 침묵하는 저 무게감이 무엇인지 항상 궁금했다.

　이 자매가 오는 날은 내가 더 행복했다. 자매와 나는 대화가 통했다. 아이들이 자신들이 키우는 강아지 '돼지'에 대한 궁금증을 한 아름 쏟아내면, 나는 내가 아는 한 재미있게 설명하려 노력했다. 나는 아이들에게 그 주에 무슨 일이 있었고 어떻게 놀았는지 한 바가지 물어보면 아이들은 즐거웠던 일들을 반복해서 들려주었다.

이렇게 묻고 대답하는 사이 아이들이 자랐다. 큰아이는 어느새 고등학교를 졸업하고 대학생이 되어 아버님을 따라 조경학과에 입학했다. 작은아이는 서울로 가 이모네 집에서 고등학교를 다녔다.

조경학과에 입학 후 큰아이가 돼지를 데리고 병원에 놀러 왔다. 이젠 그때 그 초등학생이 아니었다. 이미 어른이 된 아이와의 반가운 대화 속에서 나는 이제야 어린 시절부터 이 자매들에게 느껴지는 무게감의 의미를 알게 되었다. 그것은 바로 나무의 이미지였다. 그 자매는 나무처럼 조용하고 흔들리지 않은 습성을 어릴 적부터 본능적으로 준비하고 있었다. 아버님을 따라 나무를 가꾸면서 자연스럽게 침묵하고 관찰하는 능력을 가질 수 있었던 것이다.

언니가 조경학과에서 석사과정을 마칠 무렵, 자매의 아버님이 돌아가셨다. 그리고 몇 개월 후 돼지도 신부전으로 사망했다. 이제 아이들은 정말 어른이 된 것이다. 그런데 나는 이 자매에 대해선 하나도 염려하지 않는다. 그들은 언제나 앞으로도 행복하게 잘 살 것이란 믿음에 추호도 의심이 들지 않았기 때문이다. 어린 시절 돼지와의 추억과 나무의 침묵 같은 의지가 이 아이들을 지켜줄 것이다.

강아지에게
기본 훈련은 필수적이다

고양이는 몰라도, 강아지들에게 기본 훈련은 필수적이다. 어린 왕자가 여우에게 서로 길들어져야 한다고 했던 말처럼 보호자와 강아지는 어느 정도 서로 길들어져야 하기 때문이다. 훈련은 크게 두 가지로 나눌 수 있다.

첫 번째는 산책줄과 관련된 훈련이다. 대표적인 게 각측보행은 모든 훈련의 기본 중 기본인데, 강아지와 주인이 보조를 맞추어 걷는 훈련이다. 만일 이 훈련이 안 된다면 이후 진행되는 모든 훈련은 차질을 빚는다.

다음으로는 강아지 집 혹은 강아지 방석과 관련된 훈련이다. 이 훈련의 대표적인 것은 "들어가"라는 명령어에 수반된 강아지의 복종이다. 이동을 위해서나 집에 손님이 온 경우 혹은 청소를 위해서 "들어가"는 강아지 집과 관련된 기본 훈련이다.

주의할 게 있는데 훈련이란 어감 때문에 생기는 오해다. 모든 훈련은 강제적인 제재를 목표로 하지만 철저한 자발성에서 시작돼야 한다. 이를테면 산책 훈련에서 강아지들은 보호자와 보조 맞추어 걷는 행복을 반드시 체화해야 한다. 마찬가지로 "들어가"라는 명령어가 자신의 방석이나 집 혹은 케널에 들어갈 때

편안함과 안전함, 안락함의 감정과 연관되어야 한다. 이런 훈련을 위해서 어떻게 해야 할까?

간단히 선언형식으로 정리하자면

첫째, 모든 훈련은 놀이가 돼야 한다.

둘째, 반려동물들은 훈련을 통해 행복감을 느껴야 한다.

셋째, 반려동물들은 훈련을 통해 자신의 자존감을 확인해야 한다.

넷째, 훈련은 짧아야 하고 반려동물이 훈련을 받기에 좋은 상태일 때 행해야 한다.

마지막 다섯째, 훈련을 하는 보호자나 훈련사는 잠시 인간이라는 것을 잊고 스스로 반려동물처럼 생각하고 행동할 준비가 되어야 한다.

직설적으로 말하자면, 어느 정도 개가 되어야 한다. 개의 감각을 상상하고, 개만큼 달려보고, 개처럼 뒹굴어보기! 이럴 때만 온전한 교류와 건강한 반려동물과의 삶을 보장받을 수 있다.

이렇게 정리해보니, 우리 아이들을 키울 때도 이런 Tip이 고스란히 정리되는 것 같다. 누가 이런 걸 미리 알려주었다면…. 쩝!

앵두

앵두는 '새마을 주택'이라고 부르는 아주 오래된 주택 단지에 홀로 사시는 할머니가 키우는 코커스패니얼 잡종이다. 전화기 너머에서 안타까운 목소리로 앵두의 사정을 말씀하시는 할머니의 다급한 목소리는 지금도 생생하다. 이미 다른 병원에서 진료를 받아보니 진찰비와 검사비만 70만 원이 넘었단다. 그런데 치료비는 그것의 몇 배라니 엄두를 못 내시겠다고 전화기 너머에서 나에게 호소하셨다. 할머님은 관절염도 심하고 차도 없으셔서 동물병원이 있는 시내로 나오시려면 이웃에게 사정해야 한단다. 다행히 우리 병원에는 앰뷸런스로 이용하는 작은 경차가 있다. 나는 할머님이 사시는 집으로 바로 왕진 갔다.

전화로 통화했을 때 이미 청진상, 면역 매개에 의한 용혈성 빈혈IMHA; Immune-mediated Hemolytic Anemia을 확진했다. 붉은 혈색소뇨로 쉽게 감별할 수 있기 때문이다. IMHA는 적혈구와 연관된 일종의 자가

면역성의 질환이다. 적혈구의 파괴가 주원인이고 심각한 빈혈로 쇼크 상태에서 적절한 처치가 없으면 사망할 수 있다. 시진상 잇몸의 상태가 심각하다. 적혈구 용적 백분율 PCV; Packed Cell Volume가 20% 안쪽일 것 같았다. PCV가 낮으면 수혈해야 한다. 응급으로 스테로이드제를 최대 용량으로 주사하고 수액과 혈장제제를 달아 일단 할머니 집 안에서 치료를 했다. 무리하게 입원시키면 불안해하는 견에게 더 안 좋을 것 같았고, 할머님이 한결같이 자신의 집안에서 이 아이를 지켜보고 싶어 하셨다. 그 후 며칠을 출퇴근 앞뒤로 할머니 집을 방문하면서 앵두의 상태를 체크했다. 다행히 앵두는 위기를 넘겼다. 이젠 내복약만 처방하면 된다.

내복약을 지어드리니 할머님이 집 마당에서 나오면서 치료비를 말씀하셨다. 딱히 입원이나 검사가 거의 없어서 그렇게 많이 나오진 않았다. 할머니는 고맙다고 하시며 내 손을 꼭 잡으신다. 작은 보람이 가슴을 채웠다. 동물병원 하면서 가장 행복한순간이다. 이럴 때는 내게도 작은 자부심이 일어난다. '그래! 아직은 나도 쓸모 있는 수의사야!'라는 깊은 위안이 내면에서 솟구치며, 잠시 눈이 뜨거워졌다.

할머님 집에서 나오는 마당 한쪽에 앵두나무가 한 그루 있었다. 앵두라는 이름은 이 앵두나무에서 나온 것이다. 내심 나 자신이 민망해져, 나는 장난삼아 농을 던졌다.

"할머니, 고마우면 앵두 열릴 때 앵두 좀 주세요"

할머니는 나의 농을 진심으로 받으셨는지, 난처한 표정을 지으신다.

개는 온몸으로 웃는다

"아, 그 앵두! 우리 손주가 좋아해서 손주 오면 따 주는데, 수의사 양반도 조금 줄게!"

다행히 할머님은 홀로 사시는 게 아니셨다. 할머님의 손주는 자주는 아니지만 정기적으로 방문하셨던 것이다.

나중에 알았지만 이 오래된 주택에 살겠다고 우기신 것은 할머님이셨다. 아들과 손주가 같이 살자고 사정했지만, 할머님은 예전 집을 떠날 수 없다고 홀로 사시길 고집하셨단다. 이 오래된 집을 할머님은 누구와 비교할 수도 없이 가장 잘 아셨고, 또 가장 익숙하셨을 것이다. 한 분의 온전한 삶이 고스란히 담겨 있었던 것이다. 그 집을 떠나는 것은 그 삶을 떠나는 것이었다.

어느 날 할머니가 아들과 손주를 대동하고 앵두와 함께, 앵두 한 봉다리 가득 담아 병원에 가져오셨다. 나는 짐짓 손주에게 앵두 뺏어 먹어 미안하다 농 치면서 그 가족분들의 분위기를 살짝 살폈다. 모두 순박하고 착하신 분들이셨다.

점점 개발이 마을 전체를 숨 조이듯 다가왔다. 할머니가 사시는 새마을 주택 단지도 멀리 한강이 보인다는 이유로 누가 구입해서 층수를 올려 빌라를 짓는다고 난리다. 공교롭게 공사하는 집이 할머니 옆집이었다. 할머님 주택과 바로 붙어 있는 비포장도로는 공사 차량으로 먼지가 사라지지 않았다. 홀로 사시는 할머님을 무시하듯이 매일 울리는 공사 소음에 앵두와 할머님의 불편이 이만저만이 아니었다.

한데 그 요란 떨던 빌라는 천장을 올리지도 못하고 골조만 남긴 채 중단되었다. 그 빌라의 건축주는 자금력도 없이 한강의 조망권만 보고 무리하게 공사를 진행했던 것이다. 하지만 도로도 제대로 갖추지 못한 동네에서 빌라가 분양되기는 어려웠다.

공사 중에도 그렇고 공사 후 바로 옆집에 골조만 남은 빈 건물이 들어서니 할머니와 앵두의 생활이 말도 못 하게 힘들어졌다. 앵두는 목줄을 매어본 적이 없었는데, 공사 중에 안전문제로 어쩔 수 없이 앵두는 쇠줄에 묶여야 했다. 공사 후에도 옆집 공사장에 남은 건축 폐기물 때문에 호기심 많은 앵두에게 무슨 일이 생길지 몰라 계속 앵두를 묶어두어야 했다.

집앞 2~3m의 비포장도로를 건너면 바로 할머님이 돌보는 텃밭이 있었다. 그 밭에 동물병원까지 오셔서 나눠주던 그 앵두나무 이외에 여러 유실수들과 각종 채소들이 가지런하고 이쁘게 심겨 있었다. 한데 그 텃밭도 공사 이후 다니시기에 불편해졌을 뿐만 아니라 텃밭으로 넘나든 차량과 쓰레기 때문에 예전의 아담한 텃밭은 온데간데없이 사라지고 먼지만 잔뜩 덮은 채소들만 비실거리며 서 있었다. 그리고 파인 도로 상태는 비만 오면 진탕길이 되어 앵두와 할머님에겐 여간 위험해 보이는 게 아니었다. 게다가 을씨년스러운 옆집의 골조만 남은 빌라는 밤이면 더욱 불안하게 어른거렸다.

결국 할머님과 앵두는 아들 내외 아파트로 들어가셨다. 곰곰이 생각해보면, 할머님도 아들과 손주들도 다 잘된 일이었다. 그 집에서 홀로 사시다가 잘못되기라도 한다면 그 착한 자녀들이 마음에 가질 상처는 돌이킬 수 없을 정도로 클 것이다.

한데 시골 마당에서 넉넉하게 살던 앵두에겐 여간 고역이 아니었다. 처음에는 대소변도 못 가려 집안을 뒤집어놓았고, 다음에는 밤마다 너무 짖어 아파트 이웃들의 민원의 대상이 되었다. 아마 다른 환경이 불안해서였을 것이다. 하지만 앵두에겐 할머님이 있었다. 앵두는 아들 집에서 할머님을 잠시도 떠나지 않았다. 할머니도 마찬가지였을 것이다. 서로 서로, 그렇게 의지하면서 조금씩 안정되어 갔다.

황명걸 시인의 〈개와 나〉라는 시가 있다. 그 시에서 시인은 자신의 개를 이렇게 묘사한다.

우리는 타산 없는 동무
멀리서 오고 있는 천둥을 예감하고
개는 나에게 몸을 떤다
준비하라고 알리는 충고인데
두려움을 함께하자는 간청이기도 하다

마침내 천둥 번개 치면
개와 나는 일심동체가 된다
우리는 이제 주종관계가 아니라

유유상종 동류인 것이다

몇몇 동물학자들이 개의 사회성을 운운하며 그들 사회에서 서열이 그 사회성을 유지하는 핵심 원리인 양 주장하지만, 나이 든 개와 같이 사는 나이 든 시인은 그런 해석에 코웃음 친다. 삶은 어떤 원리보다 훨씬 진하다. 이젠 누가 누가의 위아래라 할 수 없을 만큼 서로는 유유상종하며 같이 살을 부빈다. 앵두와 할머니의 사이가 바로 이런 관계였다.

앵두는 조금씩 적응하기 시작했다. 대소변도 가리고 할머님과 같이 자면서 더 이상 밤에 짖지도 않았다. 할머님도 그런 앵두가 의지가 되었을 것이다. 손주와 아들 내외가 모두 출근하고 텅 빈 집을 앵두와 함께가 아니라면 어떻게 보내실 수 있겠는가?

가끔 마실 다녀오시듯 앵두와 함께 우리 병원에 오셨다. 지금도 손주와 아들 자랑이 끝이 없으시다. 할머님이 무슨 말씀을 하시는지, 아는 것처럼 앵두는 할머님의 표정만 본다.

개는 온몸으로 웃는다

대추

    동물병원 주변이 날로 변한다. 오래된 빌라는 재개발되고, 산은 깎이고, 예전 같으면 겨울에는 빙판 져서 올라가지도 못하는 곳에까지 아스팔트가 깔렸다. 사람들은 모두 들떠 있다. "여기가 올랐네. 저기가 투자 가치 있네." 하며 부동산마다 사람들로 북적거렸다. 예전엔 병원 밖을 나가면 아는 분들이 많아 인사하기 바빴는데 이제 외지에서 오신 분들이 더 많아 여느 도시의 인도처럼 익명 사이에 들어갈 수 있었다.

    안타까운 것은 도로가 나면서 옛 마을이 찢어진다는 것이다. 갈라선다는 표현보다 찢어진다는 게 맞다. 한 마을을 도로가 갈라놓고, 마을 주민들은 보상비와 상승한 지가로 서로 원수가 되었다. 마을 사람끼리, 집안사람끼리, 부부와 형제자매 모두가 성한 사람 없이 찢어졌다. 겉으로는 그 진상이 잘 드러나지 않지만 20년 넘게 한 장소에서 바라본 내 눈엔 너무나 사람들이 달라지는 게 확연했다.

한데 유일하게 변하지 않는 마을이 있다. 마을 외곽의 큰 고개 너머 안쪽의 작은 마을인데, 상수원 보호구역에 떡하니 묶여 결코 개발될 수 없는 곳이다. 지금이야 고개지만 예전에는 거의 산이라, 이 마을은 서울 근교의 마을 같지 않게 오래전부터 외지인들의 교류가 많지 않았다. 같은 상수원 보호구역이라도 아래 팔당이나 양수리는 한강 주변의 풍광 때문에 사람들이 꼬여 원주민들이 법을 어겨가면서 영업을 하려는 유인조건이 있었다. 하지만 이 마을은 한강도 없고 한강 쪽으로 이어진 작은 도로와 멀리서 들어오는 큰 고개 말고는 변변한 도로도 없다. 있는 것은 빙 둘러 큰 산들만 있으니 그야말로 오지 아닌 오지다.

대추 보호자님을 알게 된 것은 겨울이었다. 병원 개원 후 얼마 지나지 않아 대추를 안고 오셨다. 진료 후 잔설이 큰 눈으로 변해 쌓인 것을 알게 되었다. 예나 지금이나 보호자님은 경차를 몰고 다니시는데, 그 차로 집으로 가는 길에 있는 큰 언덕길을 넘는 게 걱정이라고 염려하셨다. 아무리 서울 외곽이지만, 눈 때문에 단절이 될 정도의 마을이 가까이 있는 게 나는 그저 낯설고 신기했다. 그때 이 마을에 대해 대추 보호자님께 처음 들었던 것이다.

워낙 인상이 좋으셔서 나는 대뜸 4륜구동인 내 차가 있으니 모셔다 드리겠다고 말씀드렸다. 다행히 눈은 멈추고 날씨가 따뜻해져 쌓인 눈은 금세 녹았다. 대추 어머님의 집으로 돌아가는 길은 문제가 없었다. 어쨌든 그 후 주기적으로 대추와 같이 키우는 호두를 데리고 우리

개는 온몸으로 웃는다

병원에 오셨다. 이 마을처럼 드물게 소박하고 한결같은 분이셨다. 당시 서울에 직장을 다니셨던 남편분도 그렇고 두 자녀분도 주변의 소요와 무관하게 이 마을처럼 고요하신 분들이셨다.

아주머님이 사시는 마을 주민 대부분은 다른 마을분들과 크게 다르지 않았다. 마을 사람 모두 발전하지 못하는 마을에 대해서 불만이 하늘을 찌르듯 했으니 말이다. 한데 대추네 가족은 정반대셨다. 발전하지 못하는 게 얼마나 다행인지 모르겠다고 내게 진심으로 말씀하셨다.

아직 이 마을에 남아 있는 반딧불을 보면, 그 말이 맞는 것 같았다. 그리고 아직 오염되지 않은 마을 사이 계곡물을 보면 그 말이 분명히 맞았다. 청정 그 자체였으니 말이다. 그래서 대추네 가족은 농약을 최소로 친단다. 가을이면 우리 병원에 가족과 먹으라고 챙겨주는 고구마는 하나같이 들쑥날쑥 모양이 다 다르고, 흙냄새가 가득했다. 지나가다 멀리서 본 대추네 가족의 농장은 그 흔한 성토 하나 없이 있는 터를 그대로 이용해 최대한 주변에 피해 없이 아담하고 이쁘게 만들어놓으셨다.

그 집에서 키우는 대추도 호두도 이분 가족과 똑같은 성품이었다. 지금은 드물지만 예전에 그렇게 흔했던 시골 발바리들이었다. 녀석들은 들판을 싸돌아다니고 놀다가, 주인이 오면 발라당 눕고 꼬리 쳤다. 그러다 시들해지면 세상 모르게 잔다. 이놈들이 하는 일이란 가끔 내려오는 멧돼지나 고라니들을 보고 왈왈 짖으며 쫓아내는 것이다.

　공교롭게도 대추라는 이름과 똑같은 제목의 시가 있다. 장석주 시인의 〈대추 한 알〉이다. 이 시에서 묘사된 대추는 아주머님네 대추와 묘하게 닮았다.

　　저게 혼자서 둥글어질 리는 없다
　　저 안에 무서리 내리는 몇 밤
　　저 안에 땡볕 두어 달
　　저 안에 초승달 몇 낱이 들어서서
　　둥글게 만드는 것일 게다
　　대추야
　　너는 세상과 통하였구나

　오래된 마을에는 반드시 그 마을을 닮은 강아지들이 있다. 시인이 본 대추가 세상과 교통해서 탄생했다면, 아주머님의 대추는 아주머님 가족과 마을 그리고 주변의 산과 들, 그 사이의 계곡과 교통해서 자라났다. 그러니 두 대추는 사실 한 족속이었던 것이다.
　땅값이 오르는 것도 보상비가 얼마라는 것도 다 남들 이야기다. 지금 이곳의 평화가 대추와 대추네 가족은 무엇과도 바꿀 수 없는 가치였다.

　　　　　　　　　　　　　　　　　개는 온몸으로 웃는다

어느 날 대추 보호자이신 아주머님이 불평을 하셨다. 이분 볼이 빨개지게 흥분하는 일은 거의 없는지라, 무슨 일인지 궁금했다. 그 사정은 이렇다.

이곳이 청정하다는 것을 알고 요양이 필요한 사람들이 집을 지으면서 이사 왔다. 이사 오는 거야 문제 될 게 없지만, 그분들이 집을 짓는 과정에서 마을 주변의 산림과 계곡을 다 망가뜨리는 것이었다. 대추네 밭 옆에다 집을 지었는데, 3m 이상을 성토해 보강토로 벽을 만들었다. 마을에서 네 것 내 것 없이 사용하던 계곡도 자기 땅으로 흐른다고 울타리를 쳤단다. 3m 아래 대추네 밭은 이제 그늘이 져서 작황이 나빠졌고, 대추는 예전처럼 계곡으로 내려가지 못했다. 그날도 아무것도 모르는 대추가 계곡으로 내려가다 그 집주인이 던진 돌에 맞아 혼쭐나게 도망쳤다고 하셨다.

내 생각엔 이건 대추네 만의 문제가 아니었다. 그건 두 세계의 갈등이었다. 돈을 유일한 삶의 목표로 아는 세상과 자연과 마을을 중심으로 살아가는 세상과의 갈등 말이다.

그래도 아직까진 이 마을에선 대추네가 완전히 밀리지 않았다. 그날 나는 대추의 진단서를 써주었고 아주머님은 그것을 그 집주인에게 청구했다. 집주인은 외지인이란 자신의 분수를 알았는지, 대추네 가족에게 죄송하다 사과를 하고 계곡의 울타리도 치웠단다. 그리고 소정의 진료비를 보상으로 받을 수 있었다.

하지만 이런 두 세계의 갈등은 외지인과 원주민 사이의 문제로 환원되는 게 아니었다. 지금처럼 대추네가 소박하게 살아간다면 아무 문제가 없지만, 만일 대추네 가족 중에 누군가가 불의의 사고나 병을 앓게 되어 목돈이라도 들어가게 된다면, 돈을 매개로 판이 키워지는 싸움판에서 대추네가 지금처럼 이기는 것은 용이하지 않을 것이다.

대추가 어느 날 구토를 한다고 오셨다. 보호자님은 다른 증상은 없는데 구토만 해, 처음에는 뭘 잘못 먹었나 아니면 영리한 대추놈이 엄살 피우는가 생각하셨단다. 한데 구토 증상이 점점 더 심해지고 활력도 예전 같지 않아 뭔가 조짐이 다른 것 같아 대추와 함께 방문한 것이다.

대추와 마주 앉아 보호자님께 병력을 들으면서 시진과 촉진을 했다. 시진상에 확연히 활력이 떨어진 모습과 약간의 황달이 감지되었다. 촉진했을 때 횡격막 아래쪽을 만지자, 통증 반응이 나타났다. 초음파로 그 주변을 보니, 간 쪽에 커다란 종양이 있었다. 생긴 모양이 불규칙해 추가검사는 없었지만 악성 같았다. 이제 대추의 증상을 보호자님들께 말씀드려야 했다.

그날 대추 보호자 부부는 한잠도 못 주무셨단다. 아주머님은 혹시 자신이 잘못한 게 있는지 되짚어보셨단다. 독한 농약을 뿌린 것도 아니고 밭에 유해물질이 있을 리도 없고, 그렇다고 크게 야단친 적도 없는데, 종양이라니 도저히 믿을 수가 없었다.

개는 온몸으로 웃는다

두 부부만큼이나 대추를 아끼던 자녀들은 당시 직장 때문에 서울로 이사 가서 아직 이 소식을 몰랐다. 다음 날 아침 남편분과 아주머님은 자녀들에게 전화를 했다. 두 자녀들 역시 충격이 컸다.

다행히 큰 자녀가 S대 근처의 사무실에서 근무하는데 부속 동물병원이 가깝다고 하셨다. 그래서 가족분들이 S대 동물병원으로 입원을 결정했다. 나는 모든 자료를 보내며 그 병원에서 부디 잘 회복되길 기도했다.

처음 몇 주, 대추는 대학병원 입원실에 있었다. 입원에도 불구하고 안타깝게도 대추의 상태는 더 나빠졌다. 그 후 매주 대학병원을 가서 항암처치를 받았는데 그때마다 하루나 이틀씩 입원을 해야 했다. 몇 달이 흘렀을까?

직장을 다니며 대추를 건사해야 하는 아들의 상황이 많이 어려워졌다. 아주머님이 자주 갔지만 작은 하숙방에 같이 묵기도 힘들었다. 그렇다고 대추의 상태가 좋아진 것도 아니었다. 사실 너무도 나빠져 갔다. 진료비는 이미 기천만 원을 훌쩍 넘겼다.

가장 큰 문제는 대추였다. 대추는 대학병원에 갈 때마다 공포에 질려 발버둥을 쳤다. 시골에서 자유롭게 크던 발바리가 알지도 못하는 사람들에 둘러싸여 좁은 입원실에서 주사 맞고 누워 있어야 했을 텐데 대추가 스트레스를 받을 것은 확연했다. 발버둥의 양상이 점점 더 심해지고 급기야는 입에서 피를 토하며 죽을 듯이 몸부림을 쳤단다.

대추네 가족은 다시 회의를 했다. 무엇이 대추를 위한 것인지, 가족들은 숙고했다. 아주머님은 내게도 어떻게 하는 게 옳은지 여쭈었다.

S대 병원에서 보내온 자료를 보면 대추는 절망적이었다. 그런데 그 자료를 보는데 비록 내가 종양학을 전공하진 않았지만 대추를 마치 새로운 약제의 실험견으로 사용하고 있다는 인상을 받았다. 화가 났지만 그렇다고 대학병원의 임상 수의사를 탓할 수도 없었다. 소수의 악성 종양들은 그래도 반응하는 약제에 대한 정보가 있지만, 대다수는 기존 약들이 거의 잘 듣지 않아 그분들은 외국 논문에서 나온 여러 가지 약제를 시험적으로 사용해볼 수밖에 없었을 것이다.

하지만 그런 치료에서 빠져 있는 게 있다. 바로 대추가 살았던 그동안의 시간과 공간이었다. 그 시간과 공간은 대추를 자라게 했고, 그의 품성과 성격이 만들어지게 했다. 치료는 그런 시공간의 축적물과의 접촉이어야 한다는 게 나의 생각이다. 대학병원은 대추 안에 내재된 그런 시공간을 모른다. 그들은 종양의 크기와 약물에 대한 반응 정도 그리고 부작용에 일차적으로 주안점을 두었다. 나머진 알 수도 없었고 알기를 원치도 않았다.

나는 대추가 원하는 것이 무엇인지 알 수 있었다. 대추는 자신이 태어나고 자란 익숙한 마을에서 보호자님과 같이 있기를 원했다. 설령 죽더라도 자신이 태어나고 자란 마을에서 여생을 마치기를 원할 것이다.

마침 대학의 담당의도 예후가 안 좋을 것을 선언했다. 그래서 이렇

개는 온몸으로 웃는다

나는 대추가 원하는 것이 무엇인지 알 수 있었다.
대추는 자신이 태어나고 자란 익숙한 마을에서
보호자님과 같이 있기를 원했다.
설령 죽더라도 자신이 태어나고 자란 마을에서
여생을 마치기를 원할 것이다.

게 하기로 했다. 대학병원에서 복용한 항암제를 우리 병원에서 조제해 가고, 1달에 1번 정도 S대 병원에서 진행되는 경과만 보자고 결정했다.

집으로 다시 온 날 대추는 너무나 수척해지고 공포에 절어 그 맑고 당당한 눈망울이 곁눈질을 하며 눈치를 보는 눈으로 바뀌었다. 피해의식이 심해진 것이다. 집에서도 밖으로 나가지 못하고 아주머님만 졸졸 따라다닌단다. 그래도 암세포와 무관하게 집에 오니 몸무게가 늘었다. 상태가 호전된 것이다. 수치상으로도 호전됐다. 하지만 몇 개월 후에는 다시 악화되기 시작했다. 이번에는 S대 병원 측과 합의해 진통제 이외에는 다른 처방을 하지 않기로 결정했다. 1년 정도 더 살다가 대추는 자신이 자라난 곳에서 아주머니 품에 안겨 죽었다.

대추가 죽었지만 아무도 대추가 멀리 갔다고 생각하지 않았다. 대추는 아주머님 밭 위쪽 대추나무 아래에서 잘 자고 있다. 이 마을의 기운이 대추를 영원히 땅속으로 묻게 하지 않을 것이다. 대추는 다시 이 마을의 온갖 풀벌레들과 함께 더불어 살고 있을 것이다.

슬픔도 잠시, 아주머님은 이젠 호두가 암에 걸릴지 걱정이시다. 행여 호두에게 몹쓸 병이 생겨도 다시는 대학병원에 입원시켜 대추같이 고생시키지 않으시겠단다. 다행히 호두는 건강하다. 이 마을도 호두도 모두 안전하길 기원한다.

개는 온몸으로 웃는다

공주

공주는 하얀색의 살찐 고양이다. 나이는 노령묘에 속한다. 이름과
는 달리 성질이 거의 야생동물이다. 자기가 아쉬우면 언제나 붙어 애
교를 부리지만, 조금 불편하면 바로 발톱을 드러낸다. 홀로 사는 40대
중반의 여성인 주인분도 공주를 다루는 것을 포기했다.

공주 보호자님은 동물병원에서 가까운 빌라에 사셨다. 공주에겐 항
상 담배 냄새가 났는데, 주인분이 골초라 이 고양이에게도 냄새가 밴
것이다. 가끔 왕진을 갔는데, 그녀의 빌라 방은 온통 담배 연기로 가득
했다.

당시 그녀는 거의 실내생활만 하셨고, 외출은 꼭 필요한 경우가 아
니면 안 했다. 외출을 나갈 때도 마치 정해진 장소만 들르겠다는 다짐
을 굳게 한 듯이, 주변에 시선 한 번 돌리지 않고 꼿꼿이 고개를 세운
채 앞만 보고 바쁘게 걸어가셨다.

사실, 이분의 사정이 이렇게 된 것은 같이 사시는 어머님이 돌아가신 이후였다.

어머님은 일본 분이셨다. 아주 단아하고 깨끗했던 분으로 기억난다. 식물을 좋아하셔서 빌라 주변에 여러 그루의 정원수를 가꾸셨고, 발코니 바깥에는 다양한 화분을 두어 화사하고 아름답게 돌보셨다. 공주는 바로 이분이 키우던 고양이었다. 그때나 지금이나 성질이 사나웠지만, 당시에는 그래도 발코니 양지바른 곳에 앉아 곧잘 밖을 보기도 하고 마당에서 어슬렁거리기도 했다. 움직임도 날렵해 어머님과 같이 있는 공주는 그 이름이 지금처럼 엇박자를 이루지 않았다. 누가 봐도 공주과의 공주 고양이 같았다. 이 일본인 어머님이 여러 해를 투병하다 암으로 돌아가셨다.

어머님과 딸이 공주를 데리고 오셨을 때는 이미 몹쓸 암이 전신에 퍼져 있던 상태였다. 몇 년째 암으로 고생 중이라 많이 지쳐 보였지만 어머님은 품위를 잃지 않으셨다. 그 후 몇 해에 걸쳐 얼굴을 뵈었지만, 어느 날 돌아가셨다는 소식을 우연히 듣게 되었다.

어머님이 돌아가시고 새로운 공주 보호자는 극도로 피폐화되어 갔다. 보호자분이 전혀 돌보지 못하니 공주 역시 실내에서만 하루하루 거의 움직임 없이 지냈다. 그러다 자신에게 조금이라도 불편한 게 있으면 예의 낮은 목소리로 으르렁거렸다.

새로운 보호자님은 공주에게 주로 간식 위주의 식사를 공급했다.

개는 온몸으로 웃는다

아마도 그렇게 하는 게 공주를 더 잘 보살피는 것이라 판단하셨던 것 같다. 고양이 간식은 가격은 비싸지만 기호성을 높이기 위해 고함량의 지방을 함유하고 있어 건강에는 더 안 좋다. 공주는 침침한 장롱 이불 위에서 간식을 먹을 때 이외에는 담배 연기 가득 찬 장롱 밖 방 안으로 나오지 않았다. 간식을 먹은 후 다시 장롱 안으로 들어가 하루 종일 열린 틈새로 장롱 밖을 살피며 누워 있었다. 그러다 보니 공주의 몸은 점점 비대해져 갔다. 하지만 경계의 눈빛만은 변하지 않았다. 누군가가 장롱문을 열고 공주를 꺼내려 하면 이불 속으로 숨어 다가오는 손길에 가차 없이 발톱을 휘둘렀다.

공주는 비대해지면서 만성적인 구토 증상으로 고생했다. 비만한 고양이가 나이가 들면서 나타날 수 있는 증상 중 하나가 구토이다. 이 구토는 고양이 장염이나 췌장염의 초기 증상일 수 있다. 특히 고양이 췌장염은 의외로 흔하고 췌장염 시 탈수, 설사, 복통, 식욕부진 등으로 급속도로 쇠약해지기 때문에 빨리 진단하는 게 중요하다.

동물병원에서는 췌장염 수치 FPLFeline Pancreas-specific Lipase이라는 중등도의 췌장염 발생 시 나타나는 특이적인 표식을 키트kit를 이용해 검사한다. 이를 위해서는 채혈을 해야 하는데 공주는 너무 사나워 불가능해 보였다.

만일 보호자님의 간절한 부탁이 없었다면 채혈을 포기했을 것이다. 어느 날 보호자님이 공주의 구토가 너무 염려돼서 찾아오셨다. 평소 전혀 사람들에게 마음을 열지 않고 무뚝뚝하셨던 분이 울먹이며 부탁하는 것이었다.

"원장님! 제가 공주를 잡을 테니 원장님이 피 뽑을 수 있지 않을까요? 공주가 요즘 너무 자주 토해요."

결국 이 부탁에 이끌려 공주네 집 왕진이 시작됐다. 장롱 안 공주는 이불 속으로 숨는 습관이 있어 그 이불을 눌러 제압해 채혈하기로 계획을 세웠다. 우여곡절이 있었지만, 보호자와 간호사의 도움으로 채혈에 성공했다. 채혈을 마치고 검사했다. 수치상으로는 췌장염이 꽤 진행된 상태였다. 아직 두드러진 식욕부진은 없지만 곧 복통이나 구토, 설사 등 췌장염의 일반증상이 시작될 것이다.

하루속히 저지방 사료만으로 식단을 바꾸어야 하고 약을 꾸준히 먹여야 한다. 하지만 공주에게 이런 단순한 처방도 쉬운 게 아니었다. 다행히 공주의 보호자님은 병원을 신뢰해 일체 간식을 주지 않았다. 공주는 간식 대신 점차 췌장염의 처방식 사료를 먹기 시작했다. 약을 먹일 때 속을 썩였지만 그래도 처방식 캔 등으로 유도해 먹일 수 있었다. 이런 보호자님의 헌신에 힘입어 공주의 구토 증상은 서서히 나아졌다.

왕진 등으로 안면이 트이면서 공주의 보호자님이 자신의 이야기를 조금씩 해주셨다. 이분은 자신의 불행의 원흉을 아버지라 여겼다. 그녀가 아버지에 대해 말할 때 눈에 핏발이 보일 정도였으니 원망의 정

개는 온몸으로 웃는다

도가 아주 컸던 것 같다.

아버님은 국내에서 안식교 계열의 신학 대학에서 신학을 전공하시고 목회자가 되셨다고 한다. 일본으로 유학도 다녀오셨는데, 어머님은 유학시절 만나셨다고 하셨다. 아버님은 목회보다는 주로 선교 사업이나 책을 만드는 출판업무에 관심이 많으셨단다. 당시 안식교 계열에선 상당히 높은 지위까지 오르셨던 것 같았다. 하지만 가족에 대해서는 철저히 무관심했다고 한다. 그때 아버님이 준 상처가 공주 보호자에게 남아 있는 것이다. 어쨌든 아버님은 돌아가시고 아버님과 같은 교단 계열의 모 출판사 편집장인 남동생은 결혼해 서울 살고, 어머님과 공주, 그리고 그녀 이렇게 조촐한 3식구가 단란히 같이 살았다.

어머님이 돌아가신 후 동생분도 우리 병원에 방문하셨다. 공주와 같이 사는 누나의 안부를 걱정해서 오신 것이다. 동생분의 말씀으로는 누나는 S대 출신이란다. 어릴 때부터 수재 소리를 들었지만 그녀는 대학 졸업 후 사회생활을 어려워할 정도로, 심한 우울증을 앓았다고 했다. 어머님이 그녀를 돌봤는데 그분이 돌아가신 후 예전 증상이 재발하는 것 같다고 염려하셨다. 가족이 있는 동생도 누나를 자주 방문하는 게 쉽지 않으신 것 같았다. 점점 오는 횟수가 줄어드시더니 이젠 거의 방문하지 않는다.

공주는 이제 구토를 거의 하지 않는다. 처음에는 입맛 까다롭고 사나운 공주에게 약이나 처방식을 먹이는 게 불가능할 것 같았지만 보호자님의 노력이 조금씩 빛을 보게 된 것이다. 공주는 몸무게도 많이 줄고 예전보다 활동적이 되었다. 그렇다고 덜 사나워진 건 아니었다. 공주 보호자님의 손과 팔뚝에 여전히 공주가 남긴 상처들이 있었다. 그래도 공주가 좋아지면서 자신감이 생겼는지 그녀의 일상에도 자그만 변화가 생겼다.

시청에서 하는 공공근로를 시작했다. 처음에는 용돈벌이라고 말씀하셨지만 아마 생계수단이었던 것 같다. 동생이 생활비는 보내주셨지만 이제 스스로 자립하고 싶은 다짐을 가지게 된 것이다. 공공근로가 있는 날은 그녀는 형광색의 작업복을 걸치고 나름 씩씩하게 출근했다. 여전히 주변에는 시선을 닫고 앞만 보고 급하게 걸어가시지만, 이젠 아는 동료분을 만나면 인사도 하신다. 언젠가는 동물병원 출근길에 멀리 일하시는 모습을 뵐 수 있었다. 주변 분들과 웃으면서 담소까지 즐기시는 게 보였다. 그 후 동물병원에 오셔서도 조금씩 말이 늘어나셨다. 경제적으로도 다소 윤택해지면서 공주를 위한 건강식도 자주 챙기셨다.

공주의 보호자님이 사는 빌라도 드디어 재건축에 들어가게 되었다. 다행히 이 빌라의 소유주는 공주 보호자님이셨다. 원래 어머님 소유였다가 어머님이 딸에게 물려주신 것이었다.

공주 보호자님의 빌라는 너무나 오래된 건물이라 여기저기 누수의

개는 온몸으로 웃는다

흔적으로 얼룩져 있었다. 그리고 그 흔적에서는 여름철에는 감당하기에 다소 벅찬 냄새가 묻어나왔다. 게다가 보호자님의 담배 냄새는 담배를 안 피우는 내겐 왕진 때마다 고역이었다. 이제 이 빌라를 드디어 떠나시게 된 것이다.

보상이 진행되었다. 공주 보호자님의 생각보다는 꽤 많이 보상비를 받게 되셨나 보다. 어느 날인가, 그녀는 상기된 채 내게 말했다.

"원장님, 평택 가보셨어요? 여기서 보상비 받으면 거기 새 아파트를 살 수 있어요. 집도 훨씬 크구요."

그리고 그녀가 보고 온 평택 아파트 동네 주변에 대해 기쁨에 들떠 말하기 시작했다. 이제 떠나면 되었다. 그녀는 그녀의 아버지, 어머니, 그리고 그녀의 힘들었던 과거에서 떠날 수 있었다.

다만 공주가 걱정되었다. 공주는 이미 18살을 넘겨 19살에 가까워졌다. 최근 췌장염이 다시 재발했다. 새로운 동네에 가서 새로운 병원에 가야 할 텐데, 누가 왕진 와서 진찰해주겠는가? 보호자님의 걱정이 컸다.

그런데 이사 가기 몇 주 전 이른 아침 공주 보호자님에게 급한 전화가 왔다. 공주가 이상하다고! 응급으로 달려간 방 안에서 공주는 보호자님의 이불 속에서 자신의 수명을 다한 것처럼 조용히 누워 있었다. 보호자님은 이미 노령이었기에 언제라도 공주에게 이런 일들이 닥칠 수 있다는 것을 각오하셨는지, 침착하게 공주의 사망을 받아들이셨다.

빌라를 떠나기 며칠 전, 공주 보호자님은 공주가 사용하던 용품들을 깨끗이 씻어 한 아름 동물병원에 가지고 오셨다. 동물병원에 있는 고양이들을 위해 배려해주신 것이다. 나는 떠나는 공주 보호자님께 무언가를 드리고 싶었지만 딱히 마땅한 게 없었다. 그러다 송년시라고 해서 아는 선배가 보내 주신 시가 생각났다. 안도현 시인의 〈열심히 산다는 것〉이란 시였다. 급하게 프린트해 손해 쥐어드리니, 보호자님의 눈가가 촉촉해진다.

산서에서 오수까지 어른 군내 버스비는
400원입니다

운전사가 모르겠지, 하고
백 원짜리 동전 세 개하고
십 원짜리 동전 일곱 개만 회수권함에다 차르륵
슬쩍, 넣은 쭈그렁 할머니가 있습니다

그걸 알고 귀때기 새파랗게 젊은 운전사가
있는 욕 없는 욕 다 모아
할머니를 향해 쏟아붓기 시작합니다
무슨 큰일 난 것 같습니다
30원 때문에
(중략)

개는 온몸으로 웃는다

오수에 도착할 때까지
훈계하면, 응수하고
훈계하면, 응수하고

됐습니다
오수까지 다 왔으니
운전사도, 할머니도, 나도, 다 왔으니
모두 열심히 살았으니!

정말 떠나면 되었다. 그녀를 괴롭혔던 아버지에 대한 원망과 어머
님과 공주에 대한 자취는 재건축되는 그 빌라와 함께 다 묻힐 것이다.
이제 떠나서, 평택의 새 아파트에서 행복하게 사시라.

뿌꾸

뿌꾸는 동물병원에서 키우는 고양이이다. 내 새끼손가락의 세 마디보다 작은 새끼 고양이를 동네 아이들이 데려왔다. 이렇게 작은 애들은 분양시키기도 불가능하다. 적어도 스스로 사료를 먹을 때까지 당분간 병원에서 키워야 했다.

예전에도 몇 번 분만된 지 며칠 안 된 어린 고양이를 키워본 적이 있었다. 하지만 뿌꾸처럼 너무 어린 개체들의 경우 모두 다 실패했다. 초유만으로 어미를 대신해서 키우는 것은 쉬운 일이 아니다. 뿌꾸가 아이들이 가져온 작은 상자 안에서 옹알거리는 모습을 본 날 간호사와 나는 이번엔 성공하리라 단단히 마음먹었다. 그날부터 우리는 교대로 뿌꾸를 집에 데려가서 퇴근 후 밤새 3시간 간격으로 초유를 주고 배변을 유도하며 지극 정성으로 돌봤다. 1개월 정도 지나고 뿌꾸는 제법 고양이 모습을 띠어갔다. 뿌꾸를 데려온 아이들과 상의해 이름을 정했는데 그 이름이 바로 '뿌꾸'다.

개는 온몸으로 웃는다

나중에 알았는데 뿌꾸는 동물 만화 캐릭터 이름이었다. 동네 아이들은 이 새끼 고양이를 뿌꾸라 부르며 자라는 것을 같이 지켜봤다.

사료를 먹기 시작하면서 구충과 예방접종을 하고 이제 분양을 위해 게시판에 공고를 올려야 한다. 그동안 문제가 생겼다. 동네 아이들에게 뿌꾸의 소식이 퍼지면서 이 뿌꾸가 마치 우리 동물병원을 상징하는 고양이처럼 이미지가 번졌다. 아이들은 틈만 나면 뿌꾸를 보기 위해 병원에 놀러왔다. 만일 이 고양이를 누군가에게 분양한다면 이 아이들은 너무도 실망할 것이다. 뿌꾸는 우리 병원의 터줏대감으로 자랄 운명이었던 것 같다.

뿌꾸에게 우리는 몇 가지 동작을 가르쳐주었다. 고양이를 훈련시키는 것은 어렵지만 그 녀석의 호기심을 이용해 장애물을 넘거나, 몇 가지 간단한 재주를 피우게 할 수는 있다. 뿌꾸가 멋진 동작을 보일 때마다 아이들은 환호했다. 이젠 아이들만 좋아하는 게 아니라 동네 외로운 할머니들도 뿌꾸를 보러 오셨다. 고양이의 애교를 경험해본 사람들은 이 고양이들이 얼마나 외로운 분들께 위로를 주는지 잘 알고 있을 것이다.

할머님들 중 뿌꾸를 마치 작은 손주처럼 정을 주시는 분이 계셨다. 그분은 간식을 준비해 정해진 시간에 뿌꾸를 찾아왔다. 그 시간이면 뿌꾸는 이 할머니를 기다리며 야옹거렸다. 할머니는 몇 번 자신의 집 마당에 뿌꾸를 데려갔다. 그 후 병원 문만 열리면 뿌꾸는 어떻게 알았는지 몇십 미터 떨어진 할머니를 찾아갔다. 그렇게 뿌꾸는 병원 바깥을 나가는 게 익숙해지더니, 가두어두면 못 견뎌 하고 언제나 틈만 나면 탈출해, 자유롭게 오고 가며 동네 사람들을 만났다. 다행히 동물병원 문을 닫아야 하는 퇴근 시간에는 뿌꾸는 어떻게 알았는지 반드시 문 앞에 와서 문 열어달라고 기다리며 앉아 있었다. 하지만 행여 밖에서 무슨 일을 당할지 모른다는 불안감을 없앨 수는 없었다.

어느 날, 진료 예약이 있어 병원에 평소보다 일찍 출근했다. 항상 아침마다 뿌꾸를 밖에 내보내는 게 내심 불안했던 나는 이날 처음으로 병원 입원장 안에 뿌꾸를 가두었다.

그때였다. 간호사와 병원을 소독하고 청소하고 있는데, 어떤 아주머님 한 분이 병원 안을 기웃거리셨다. 아침 출근하실 때마다 매일 보던 뿌꾸가 오늘 안 보여서 뿌꾸에게 무슨 일이 있었는지 걱정이 돼서 오셨다고 한다. 평소 내가 출근 전, 간호사가 청소하기 위해 병원 문을 열면 뿌꾸는 밖을 나갔는데, 그렇게 돌아다니다가 뿌꾸가 만나게 된 사람들 중 한 분이셨다. 뿌꾸를 염려하는 그분의 진지한 표정에서 나는 이 아주머님이 뿌꾸와의 만남을 진심으로 고대하고 있다는 것을 알 수 있었다. 이분이 어떻게 뿌꾸와 친해지게 되었는지 그 사정이 궁금했다.

매일 반복되는 피곤한 출근길! 색다른 고양이 한 마리가 버스 정류장 벤치에 앉아 물끄러미 사람들을 바라봤다고 한다. 아주머님이 알

개는 온몸으로 웃는다

은척을 하자 뿌꾸는 아주머님께 야옹거리며 쓰다듬어달라고 다가왔다고 한다. 고양이 자체를 만진 적이 없어, 처음에는 자신에게 다가오는 고양이가 무서웠단다. 하지만 점차 적응되면서 뿌꾸를 쓰다듬고 그놈의 턱밑을 가볍게 간질여줄 정도가 되었다. 이젠 아침마다 녀석과의 만남을 은근히 기대하게 되었다고 하셨다. 일부러 간식까지 준비하면서 뿌꾸와의 인연은 깊어갔단다. 가끔은 정말 피곤한 날 뿌꾸를 아침에 보면 힘이 나기도 한다고 하셨다. 독백이겠지만, 뿌꾸를 향해 답답했던 이야기를 중얼거릴 때, 녀석이 야옹하면서 호응하는 경우가 있다고 하셨다. 이 순간엔 뿌꾸가 자신의 이야기에 답하는 것이란 생각이 들 정도란다. 바쁜 아침, 그렇게 대화 같지 않은 뿌꾸와의 짧은 대화를 하게 되면 아주머님은 진심 위로가 되었다고 하셨다. 그때 그분의 눈가에 잔잔한 이슬이 보였다.

신기했다, 어떻게 고양이 한 마리가 이렇게 한 사람을 위로해줄 수 있는지. 그리고 이 아주머님뿐만 아니라 동물병원을 찾아오는 아이들과 외로운 할머님들과 친구가 될 수 있는지. 뿌꾸에게 아니 모든 반려동물들에게 우리가 알지 못하는 어떤 신비한 능력이 있는 것일까?

어쨌든 그 후 뿌꾸를 가두지 않았다. 다행히 뿌꾸는 겁이 많아 버스나 주차된 차들이 움직이거나 다가오면 위험을 미리 감지하고 잘 피해 다녔다.

뿌꾸의 친구는 동네 분들만이 아니었다. 같은 고양이들도 있었다.

중성화 수술된 뿌꾸는 번식욕구는 없었지만 호기심은 꺾을 수 없었다. 뿌꾸는 호기심에 이들 고양이들과 접촉했다. 녀석은 예방접종을 마쳤기에 그 접촉을 일부러 막진 않았다.

그런 어느 날 뿌꾸가 피를 흘리며 병원 앞에 앉아 있었다. 턱 아래 다른 고양이에게 당한 것 같은 깊은 상처가 있었다. 동물병원 주변에 고양이 중 다른 고양이들보다 유독 크고 사납게 생긴 수컷 고양이에게 당한 것이었다. 그런데 그날 공교롭게 간호사가 밖에 나가는 뿌꾸의 발톱을 잘랐던 것이다. 발톱이 없는 뿌꾸는 무방비 상태에서 그 큰 고양이에게 당했다. 상처는 크진 않았지만 밖으로 돌아다닌 고양이에게 발톱이 없다는 것이 얼마나 위험한지를 체감할 수 있었다.

그 후부터는 뿌꾸의 발톱을 깎지 않았다. 발톱을 깎지 않아도 뿌꾸는 나무 등 다른 발톱을 갈 수 있는 도구를 이용해 자신이 발톱을 건강하게 유지시켰다.

덕분에 뿌꾸가 공격받은 적은 없었다. 사나운 수컷 깡패 고양이가 있었지만 뿌꾸는 그놈이 나타날 즈음에는 병원으로 미리 피신하면서 최대한 접촉을 피했고, 설령 마주쳐도 건강하고 단단해진 발톱을 가진 뿌꾸를 녀석은 쉽게 공격하지 못했다. 이젠 밖에서도 뿌꾸는 다른 고양이들과도 문제없이 공존할 수 있었다.

뿌꾸는 한편으로는 사람들의 사회와 공존하고 다른 한편으로는 야생 고양이와 그리고 그들이 생활하는 자연 속에서 균형을 이루며 자신만의 고유한 영토를 구축해 나갔다. 녀석의 이런 균형은 결코 뿌꾸

개는 온몸으로 웃는다

가 개들처럼 길들여지지 않은 동물임을 보여준다. 같은 반려동물이지만 고양이와 개는 이렇게 근본적으로 달랐다.

"이 다음에 나는 고양이로 태어나리라"는 선언으로 시작하는 시가 있다. 황인숙 시인의 〈나는 고양이로 태어나리라〉이다. 시인은 해방촌이란 마을에 사시면서 동네 길고양이들을 지금도 돌봐주신다. 이 시에서 시인이 묘사한 고양이를 고양이와 같이 살아본 모든 분들은 충분히 공감할 것이다. 시인이 바라본 고양이에겐 고양이만의 풀과 산과 하늘 그리고 낮과 밤이 있다. 맨 끝 구절을 보자.

내 잠자리는 달빛을 받아
은은히 빛나겠지.
혹은 거센 바람과 함께 찬비가
빈 벌판을 쏘다닐지도 모르지.
그래도 난 털끝 하나 적시지 않을걸.
나는 꿈을 꾸리라.
놓친 참새를 좇아
밝은 들판을 내닫는 꿈을.

"야옹, 야옹~" 작고 조심스런 뿌꾸의 울음소리에는 결코 길들여지지 않는 다정함이 있다. 다정함은 녀석이 가벼운 작은 발걸음으로 다가올 때는 밀려 들어오지만, 그 다정함은 언제나 달아날 수 있다. 녀석의 꿈에 맞지 않으면 뿌꾸는 우리를 뒤로 한 채 망설임 없이 떠나간다. 그래서 시인이 고양이에게 붙이는 '나는'이란 1인칭 대명사가 어색하지 않다. 뿌꾸는 모든 고양이들처럼 항상 1인칭으로 다가오고 떠나간다.

동물병원과 주변의 빌라들이 재개발 대상지에 포함되었다. 헐리는 병원 대신 새로운 동물병원을 개원하기보다 나는 새로운 모험을 하기로 마음먹었다. 예전부터 막연히 희망하던 야생동물 수의사의 길로 들어가기로 한 것이다. 그런데 주말마다 지방으로 출퇴근하며 야생동물 수의사 생활한 지 몇 개월 지났을 때, 집안에 큰일이 생겼다. 가장인 내가 책임져야 할 일이라 어쩔 수 없이 다시 서울로 올라와야 했다. 서울에서는 생계를 위해 고용수의사로 근무해야 했다.

그 사이 뿌꾸는 이곳저곳을 옮겨 다녔다. 집에서는 큰딸아이가 고양이털 알러지가 심해 키울 수 없었다. 처음에는 분양을 시키려 애썼는데, 아무도 받아주시는 분들이 없었다. 할 수 없이 나를 따라 이곳저곳을 다니다 보니 뿌꾸의 자유로운 생활엔 많은 제약이 있을 수밖에 없었다.

그 스트레스 때문인지 갑작스럽게 뿌꾸에게 배뇨를 못하는 증상이 찾아 왔다. 하보요로 질환FLUTD; Feline Lower Urinary Tract Disease이 생긴 것이었다. FLUTD는 소위 판도라 질병이라고도 한다. 수많은 내용물로 가득 차 있는 그리스 신화의 판도라 상자처럼, 이 병의 원인은 단순하게 몇 가지로 좁혀지지 않았다. 심리적인 원인도 커다란 몫을 차지했다. 예전 동물병원을 떠난 후 지금까지 뿌꾸가 겪은 환경 변화를 생각한다면 이런 병이 안 생기는 게 이상할 정도였다. 무언가 결단을 내려야 했다.

뿌꾸를 위해서 나는 다시 서울 외곽, 숲이 가까운 곳에 자그마한 동물병원을 개원하기로 했다. 뿌꾸는 이곳에서 예전처럼 자유롭게 돌아다닌다. 벌써 몇몇 친구들이 뿌꾸를 찾아오기 시작했다. 여기서 뿌꾸의 FLUTD의 증상은 씻은 듯이 사라졌다.

뿌꾸는 내가 한가할 때 진료실에 들어온다. 내 무릎 위에 앉거나 그게 불편하면 내 손을 자신의 배에 깔고 서로의 촉감을 느끼면서 조용히 누워 있다. 그런데 내가 혹시 다른 일 때문에 뿌꾸의 그런 행위를 거부하면 이 녀석은 가만히 있다가 갑자기 내 손을 물고 도망간다. 처음엔 피도 나고 아파 화도 냈다.

한데 생각해보니, 그게 뿌꾸였다. 뿌꾸는 단 한순간도 나에게 갇혀 있지 않았다. 뿌꾸는 내 손길에 단순히 반작용하는 게 아니라, 자신만의 자의식으로 능동적으로 반응하는 것이다. 나를 갑작스럽게 문다는 것은 그 내면에 내가 모르는 다른 충동이 자리 잡았다는 증거이기도 했다. 녀석은 나를 단 한순간도 주인이라고 생각하지 않았다. 나 또한 내가 녀석의 주인이라는 생각을 하지 않았다. 녀석을 챙길 때조차 나는 뿌꾸의 주인보다는 벗에 가까웠다. 황인숙 시인의 고양이처럼 뿌꾸와 나는 동등했다.

산책줄과 방석

"언제 산책 데려갈 수 있어요?"

이제 두 달 된 곰이 보호자님은 온통 곰이와 산책 나갈 꿈에 젖어 있다. 이미 산책을 위해 가슴줄을 마련해두셨다.

"3차 접종 후 최소 일주일은 지나야 합니다."

딱히 산책 나가는 기준이 정해진 건 아니다. 강아지의 건강상태나 몸무게, 활력 등을 종합적으로 보고 나름 판단해서 보호자님께 산책 시기를 권고한다.

비숑 프리제Bichon frisé 품종인 곰이는 너무 활기차서, 어린 자녀들이 곰이를 산책시키기에 다소 무리가 있었다. 게다가 가슴줄로 산책을 시킨다면, 자녀들이 곰이의 호기심을 통제하지 못할 것이다.

"산책줄은 가슴줄보다는 목줄이 좋을 것 같아요."

이런 수의사의 권고에 곰이 보호자님의 표정에는 난색이 역력하다.

"아이가 목줄을 하면 불쌍하잖아요."

보호자의 안타까움을 모르는 게 아니지만, 우리가 키우려는 반려견은 애정만으로는 같이 살 수 없다. 통제와 애정의 균형이 중요하다. 결국 수의사의 일장 잔소리가 시작된다.

"개는 우리 사람처럼 사회적 동물이에요. 개의 사회성 때문에 우리 사회에서 개가 적응할 수 있는 것이구요. 그런데 개의 사회에 법이 있거든요. 그 법이 서열이에요. 음! 서열을 이해하시려면, 남편분! 군대 다녀오셨지요. 바로 그 군대와 똑같아요. 만일 군대에서 서열이 없으면 어떻게요? 아마 군대는 극히 혼란스러워지겠죠…. 그러니깐 명확히 서열을 인식시켜주셔야 해요. 지금처럼 곰이가 막무가내면 자녀분과 산책 못 나갑니다. 최소 6개월까지 목줄로 바꿔주세요. 그게 곰이를 행복하게 하는 겁니다."

수의사의 긴 잔소리에 곰이 보호자님이 수긍하는 눈치다.

"우리 고양이는 불러도 오지 않아요. 간식 줄 때나 자기가 필요하면 방석에서 나와요. 수술 때문일까요?"

며칠 전 중성화 수술하고 봉합사를 제거한 냥이 보호자님은 수술의 후유증으로 냥이가 자신을 싫어한다고 생각한다. 냥이를 입양하면서 마련해둔 방석에서 보호자가 불러도 꿈적도 안 하기 때문이다. 환부는 이미 아물었고, 통증에 대한 기억도 가물가물할 것이다. 그리고 당연히 중성화 수술 후 앙심을 품어 방석 밖으로 나오지 않는 원한에 사무친 고양이는 보고된 적은 없었다.

"냥이가 고양이라는 건 아세요?"

수의사의 뻔한 질문에 냥이 보호자는 다소 기분 나빠한다.

"물론이죠!"

아는가! 고양이를 좋아하시는 보호자들의 도도한 눈초리! 수습해야 한다.

"제가 말씀드리고자 하는 것은 고양이는 고양이의 특성이 있다는 거예요. 음, 어떻게 말씀드릴까? 냥이 보호자님! 이현세 만화 좋아하세요?"

나와 비슷한 연배시라 이현세 만화의 엄지와 까치를 모르실 리는 없을 것이다.

"네!"

《공포의 외인구단》 아시죠. 그 만화에서 까치가 소속된 팀이 외인구단이잖아요. 외인구단의 야구 선수들 보면 완전 일당백이죠. 그리고 누구 명령 때문에 야구하는 게 아니잖아요. 아예 서열이 없어요. 철저히 자기가 좋아서 혹은 자기 필요 때문에 해요. 그리고 만일 기분나쁘거나 필요 없다고 생각하면 뒤도 안 돌아보고 떠나는 쿨한 분위기가 선수들에게 있잖아요."

"네 저도 알아요."

그래 우리 세대는 안다. 까치와 엄지, 그리고 동탁!

"바로 그 외인구단의 야구 선수들 같은 성격이 냥이 같은 고양이의 특성이에요. 이 아이는 절대로 냥이 엄마 말 안 들어요. 항상 뒤에서

개는 온몸으로 웃는다

배반할 준비를 하고 있죠."

아! 배반! 이런 말은 하는 게 아니었다. 냥이 엄마의 표정이 안 좋다.

"아 그게 아니고, 양다리를 걸치고 있다는 거예요. 한쪽은 냥이 엄마나 저 같은 인간 사회에, 다른 한 다리는, 음! 뭐랄까? 자연이라고 해야 하겠네요. 자연에 걸쳐요. 어쨌든 그래서 얘네들은 보호자님이 불러도 안 오는 거예요."

양다리도 좋은 표현이 아닌 것 같지만, 배반보다는 나은 것 같다.

어쨌든 이제 수긍이 된 모양이다.

산책줄과 방석은 평생 반려동물을 따라다닌다. 그 말은 거의 모든 반려동물에게서 마지막 남은 유품은 바로 이것들이란 뜻이다.

나의 평생의 반려견은 진순이였다. 예전 집이 서울 외곽의 산 아래 전원주택이었는데, 진순이와 나는 거의 매일 새벽마다 이 산을 돌아다녔다. 당시에는 등산객도 없어서 그 산은 온전히 나와 진순이의 산이었다. 텅 빈 새벽산을 모든 계절에 걸쳐 오르내릴 수 있었던 것은 순전히 진순이와의 동행 때문에 가능했다. 그러니 진순이는 내게 단순한 반려견 이상이었다.

진순이는 평소에 집 마당 단풍나무 아래 우리 가족이 지어준 집 안에 들어가 있었다. 진순이는 순했지만 우리 집에 오시는 분들을 위해 집 앞에 목줄을 매어 묶어두었다. 진순이는 대부분 그 아래에서 휴식을 취하듯이 누워 있었다.

사건이 난 것은 내가 출근한 후였다. 어머님께서 급하게 연락을 주셨다. 진순이가 죽었다고!

나는 급하게 집으로 달려갔다. 이미 진순이는 치워진 후였다. 진순이의 사체를 보고 내가 충격받을 것을 염려하신 부모님들이 미리 숨겨놓으셨다.

사건은 이렇다. 집에 도둑이 든 것이다. 모든 가족이 외출 중이라 집에는 진순이만 있었다. 진순이는 도둑을 향해 끊임없이 짖었다고 한다. 그것은 옆집 사는 이웃 분이 말씀해주셨다. 이상하게 진순이가 계속 짖었다고 한다. 그분은 별거 아니려니 무시했단다. 불행히 진순이는 목줄에 묶여 있었다. 처음 긴장했을 도둑은 목줄에 묶인 진순이를 보고 마당 한구석의 맷돌을 집어 던졌다. 그게 진순이의 요추와 대퇴부를 내려앉게 했다. 그 상태에서도 진순이는 짖었다. 다음에는 마당에 둔 연장으로 움직이지 못하는 진순이를 공격해 사망하게 한 것이다.

나는 진순이의 사체를 찾아 녀석을 우리가 자주 올라갔던 양지바른 언덕 위에 묻어주었다. 그리고 내가 할 수 있는 최대한 예를 갖추어 녀석을 보내주었다.

집에 내려왔을 때 남은 것은 언덕 위에서 진순이에게서 풀어준, 평생 찬 목줄과 단풍나무 아래에 있는 진순이의 집이었다. 그 풍경이 얼마나 쓸쓸하던지, 진순이의 집과 목줄은 평생 사라지지 않고 내게 잔상으로 남아 있다.

개는 온몸으로 웃는다

TIP 2

반려동물에게도
집이 필요하다

반려동물의 집은 여러 종류가 있다. 이 집의 형태를 정할 때 먼저 숙고해야 할 것은 보호자의 가정환경이나 취향이다. 보호자의 집이 다소 넓고 반려동물이 방해받지 않고 쉴 수 있는 공간이 충분하다면 넓은 방석도 훌륭한 집이다. 그렇지 않고 집이 다소 좁다면 지붕이 있는 방석집도 좋다. 반려견들은 지붕이 있으면 훨씬 편안해한다. 그리고 여행을 좋아하는 보호자님들은 케널을 애견집으로 사용해도 좋다. 이럴 경우 차 안에서도 케널 안에 있으면 아이들은 동요 없이 편하게 여행에 참여할 수 있다.

여기서 또 주의! 집은 반려동물의 유일한 독자적 공간이다. 반려동물이 집 안이나 그 주변에 있다면 함부로 꺼내거나 들어 올리지 말아야 한다. 먼저 보호자가 너희 집에 가려고 한다는 의사표현을 해주어야 한다. 예를 들어 이름을 부르거나 간단한 간식을 보여주며 반려동물과 반려동물의 쉬고 있는 공간을 분리시켜야 한다.

이게 왜 중요하냐면, 자신의 공간을 예고 없이 탈취당한다고 느끼는 반려동물은 보호자의 환경 아래에서 불안해하고 집착이 많아진다. 그리고 무엇보다 "들어가!"라는 훈련이 불가능해진다. 반려동물에게도 사생활이 있는 것이다.

동물 덕후들

덕후를 네이버에서 검색해보면 다음과 같은 설명이 있다.

> 일본어 오타쿠御宅를 한국식으로 발음한 '오덕후'의 줄임말로, 현
> 재는 어떤 분야에 몰두해 전문가 이상의 열정과 흥미를 가지고 있
> 는 사람이라는 긍정적인 의미로 사용된다.

이 해석이 내겐 부족하게 느껴진다. 내가 만난 덕후들은 단순히 열
정과 흥미를 가진 인물이 아니었기 때문이다. 그들은 감각적으로 우
리와 다른 스펙트럼을 가지고 있었다. 사물을 부분적 혹은 파편적으
로가 아니라 종합적으로 파악하는 능력을 지닌 인물들이기도 했다.
이 인물들을 설명하는 데에는 네이버의 검색창보다 더 깊이 있는 시
선이 필요하다. 철학자들은 어떨까?
　스피노자를 호명해보겠다. 스피노자는 인식을 세 가지로 분류한다.

상상, 이성, 직관이 그것이다. 진태원의 《스피노자 윤리학 수업》에 따르면, 상상은 감각들을 통해 우리에게 잘려지고 혼란스러운 방식으로 진행되는, 질서 없이 표상되는 독특한 실재들로부터 형성된다. 이를테면 "장님 코끼리 만지는 격"이라는 속담을 생각해보면 이해하기 쉽다. 스피노자는 이런 상상적 인식을 1종 인식이라 규정한다.

두 번째 종류의 인식은 사물을 우연적으로 주어진 인상 혹은 상상으로 인식하는 게 아니라 필연적으로 발생하는 원인을 추적해서 그 원인과 결과를 동시에 파악해 이해하는 방식이다. 2종 인식이라 부르는데, 이성을 매개로 이루어진다.

마지막 세 번째 인식은 3종 인식인 직관을 의미한다. 이성을 통해 주어진 수학 문제의 정답을 찾아낸다면, 3종 인식의 소유자들은 말 그대로 첫눈에 직관적으로 해답을 추출하는 능력이 있다.

스피노자는 1종 인식을 거짓된 혹은 부적합한 관념이라 규정하고 나머지 2가지 인식을 적합한 관념이라 설명한다. 여기서 3종 인식 즉 직관에 대한 스피노자의 설명이 내가 만난 동물 덕후들에 더 가까운 것 같다.

직관이란 무엇일까? 그것은 부분적인 것 혹은 부분을 모아서 전체에 대해 인식하는 그런 인식 방법이 아니다. 들뢰즈라는 프랑스 철학자는 이런 인식 방법을 '수적인 구분'에 의한 것이라고 평가한다. 즉, 사물을 수나 단위로 구분해 파악하는 것이다. 여기서 무한은, 광대하거나 무한하게 많다는 의미로 설명된다.

들뢰즈는 직관이 이런 인식과 절대적으로 구분되는 '실재적 구분'으로 사물을 인식한다고 주장한다. 실재적 구분은 무한을 어떤 제한이 없어진 상태가 아니라 무한 그 자체로 사유하는 것이다. 즉, 무한은 '무한성'이다. 그럼 이 무한성이란 무슨 의미일까? 무한의 힘과 역량이 자신을 원인으로 그 자체로 혹은 즉자적으로 펼쳐지는 것이다. 들뢰즈는 이 무한성을 강도intensity 개념으로 설명하는데, 이 설명을 따르면 어떤 무한성의 강도 상태에 사로잡힌 인식이 직관 혹은 3종의 인식이다.

설명이 어렵지만, 사실 우리는 이런 사례를 많이 알고 있다. 대표적으로 시인들이 그렇다. 시인들이 표현한 언어는 바로 이런 무한성의 언어, 강도의 언어이다. 어떤 순간, 어떤 대상에 무한하게 사로잡혀 그것을 언어로 표현한 것이 시인 것이다. 예술가들도 그렇다. 대리석의 거대한 돌무더기에서 상징적 인물을 추출하는 조각가들, 시시각각의 변하는 빛을 붙잡으려는 인상파 화가들, 이 세상에 없던 하나의 스타일을 창조하기 위해 몸부림치는 소설가들 등등 이들은 모두 무한성의 강도를 감당해야만 했다.

언어나 빛, 혹은 스타일의 창조자들만 직관을 소유한 인물들이 아니다. 동물을 대상으로 해서도 직관을 지닌 덕후들이 존재한다. 내가 만난 동물덕후들도 이런 직관이 아니면 해석되지 않은 능력의 소유자들이었다.

초등학교 5학년 때부터 이 친구는 우리 동물병원에 왔다. 어찌나 다정다감한지, 항상 군것질거리를 작은 주머니에 챙겨왔다. 내가 어른인데, 이 친구의 주머니 속 내용물을 궁금해하는 게 다소 부끄럽지만, 어쩌랴 우린 친구인데!

이 친구가 중학교 1학년쯤이었던 것 같은데, 어머님이 상담차 동물병원에 내원하셨다. 아들이 새들을 너무 좋아하는 게, 너무 마음이 쓰여 찾아오셨다. 집에 이 친구가 어릴 때부터 키웠던 앵무새들 몇 마리가 있는데 이 새들을 돌보느라고 학교 활동이나 공부를 등한시할지 걱정이라고 말씀하신다.

사실, 어머님의 염려는 귀에 들어오지 않았다. '새'라니! 나는 몇 년째 이 친구를 만났지만 단 한 번도 나와 새를 주제로 대화 나눈 적이 없었다. 처음엔 내게 자신의 이런 취향을 드러내지 않은 친구에게 약간 섭섭한 감도 있었지만, 함부로 자신의 신상을 떠벌리지 않는 게 오히려 이 친구에 대한 믿음을 키워줬다. 내가 본 자녀분의 배려심과 책임감 등등 어머님이 안심할 만한 말씀을 가득 안겨드리고 다음에 만나면 이 친구에게 필요한 조언을 해보겠다고 다독인 후 보내드렸다.

오후가 되자, 친구는 어김없이 아이스크림 2개를 들고 병원 문을 열고 들어왔다. 나는 대뜸 새들에 대해 왜 내게 이야기하지 않았는지를 따졌다. 특별한 이유는 없었고 병원에선 다른 재미있는 게 많아서 그랬단다. 어쨌든 녀석의 새들을 보고 싶었다. 다음 날 몇 마리의 앵무새들을 데려왔다. 직접 부화시켜 '손노리개'로 길들인 앵무들이었다. 앵무들은 내 말을 흉내 내어 인사말을 따라 했다. 그리고 친구의 손동작을 읽고, 병원 안을 가로지르다가 우리들의 머리나 어깨 위로 가볍게 착지했다. 그날 병원 안에서 펼쳐진 작은 앵무새들의 공연은 잊을 수 없다.

언제, 어떻게 이런 능력을 가지게 되었을까? 2000년대 초반에는 유튜브 등 인터넷의 정보도 거의 없었는데 말이다. 친구가 처음 새를 보게 된 곳은 청계천이었다. 우연히 보게 된 청계천의 새들은 어떤 영감처럼 어린 이 친구를 사로잡았다. 그 이후 도서관에서 새와 관련된 책을 보고, 인터넷 카페에 가입해 선배 애조가들의 조언을 들었단다. 어린 나이에도 틈틈이 청계천까지 직접 가서 새들을 구입하거나 심지어 나중에는 자신이 키운 앵무들을 팔기도 했다. 아! 친구의 군것질이 풍성한 이유도 어쩌면 청계천의 부수입원 때문인지도 모른다. 오늘 온 '손노리개'들도 모두 이 친구의 부화기에서 태어난 아이들이었다.

이런 앵무들의 덕후만 있는 게 아니었다. 뱀들의 덕후도 있다. 어느 날 길이가 거의 내 키인 1.8m에 육박했던 흰 뱀이 내원했다. 중학생의 어린 친구가 보호자였다. 결막염으로 내원했는데, 나는 뱀에 대한 지식이 없어, 일반 파충류에 준해 처치를 했다. 다행히 상태는 호전됐고, 이 친구도 병원을 신뢰해 자신의 신상을 이야기해주었다. 이 큰 뱀

개는 온몸으로 웃는다

을 어디서 언제 만나게 되었을까? 그리고 뱀의 무엇이 이 친구의 마음을 사로잡았을까? 궁금했다.

운길산의 수종사 아래에는 거미박물관이라는 생태 박물관이 있다. 개인이 거미를 주제로 박물관을 열었는데, 그 박물관 전시실에는 큰 뱀들이 몇 종류 있었고, 방문객들은 그 뱀을 안내자의 도움에 따라 만지고 목에 걸 수도 있었다. 이 친구는 거기서 뱀을 처음 만난 것이다. 뱀은 우리에겐 징그러움의 대상이었지만 이 친구의 첫인상은 확연히 달랐다.

"뱀을 직접 보니 엄청나게 귀여웠어요!" 그리고 뱀이 있는 곳은 이상하게도 사위가 조용해지는 것 같았고 소음이 사라진 공간으로 긴 뱀이 물 흐르듯이 움직이는 모습이 무척 아름다웠단다.

집에도 서너 마리가 더 있단다. 실상 일반 반려동물과 다르지 않다고 했다. 장난도 좋아하고 애교도 부린단다. 병원에서 그 큰 뱀과 뽀뽀하는 모습을 보여주었다. 뱀도 내 손길과 보호자의 손길을 구분해 확연히 다르게 반응했다. 이런 뱀을 이해하고 다루는 능력은 우리 평범한 사람들과는 다른 직관적인 힘의 작용이라고밖에 설명할 수 없을 것 같다. 그 힘을 우리는 다른 말로 '사랑'이라고도 한다. 이 친구는 뱀을 진실로 사랑했다. 물론 뱀들도 마찬가지였다.

이런 조류나 파충류 말고 어류는 어떨까? 물고기에도 덕후가 있었다. 대학생 여성분이셨다. 이분이 처음 병원에 온 이유는 마당에 키우는 강아지 때문이었다. 강아지와는 별개로 그녀는 금붕어나 열대어 등을 돌보고 계셨다.

동물병원 손님들 중에는 집에 어항을 두고 물고기를 키우는 분들이 몇 분 계셨다. 그분들이 이 여성분의 능력을 말씀해주셨다. 이미 인터넷상에서 그녀는 물고기의 덕후로 유명했던 것이다. 특히나 약하고 병든 개체를 치료하는 데 일가견이 있으시단다. 카페 등에서 자문을 구하면 친절한 설명과 필요한 약품 등을 소개해주시고, 필요하면 자신의 어항으로 데려와 돌봐주시기까지 하신단다. 게다가 이 모든 게 무상이니 정말 물고기와 관련해 고민하시는 분들에겐 천사 같은 분이었다.

무상의 증여가 여기서 멈추지 않는다. 이분은 자신이 키우는 금붕어나 열대어 등을 모두 무상으로 나누어주셨다. 누군가 물고기를 키우고 싶다고 상담이 오면, 이분의 생활패턴을 듣고 나름 분석하셔서 이분들에게 적합한 물고기들을 봉지에 담아 선물로 나눠주시는 것이다. 동물병원에도 여과기 등 복잡한 어항 장치 없이도 키울 수 있는 작은 물고기들을 나누어주셨다. 고양이 때문이 아니라면 계속 돌봤을 것이다.

동물 덕후들의 특징 중 하나가 바로 이런 무상의 증여를 즐긴다는 것이다. 그들은 자신의 반려동물과 교류에서 남다른 기쁨을 경험한다. 물론 이 기쁨에 대한 물질적 경제적 가치로의 환산은 조금도 염두해두지 않으신다. 그들에겐 기쁨 자체가 이미 충분한 보람이기 때문이리라. 그래서 자신과 유사한 취미를 가지려고 하시는 분들이나 호

우리 인간들 중 몇몇은 자연을 미개발지라 여긴다.
그래서 그들은 자연에 말뚝을 박고 경계를 표시해
소유관계를 주장한다.
하지만 덕후들의 동물이나 자연은 미개발지가 아니다.
우리가 적합한 관념만 소유한다면
우리와 관계 맺을 수 있는 그 자체로
긍정인 자연인 것이다.

감을 표명한 분들에게 아무 거리낌 없이 자신의 시간과 재능을 증여한다. 마치 이 증여조차도 기쁨의 소산인 것처럼 말이다.

스피노자의 이성과 직관은 '신, 즉 자연'을 인식하는 적합한 관념이다. 이 적합하다는 것은 사태가 발생하는 필연적 원인을 탐구해서 파악할 수 있다는 의미도 있지만, 더 중요한 의미를 담고 있다. 이 적합함은 우리가 삶을 긍정하고 기쁨을 향유할 수 있게 만드는 원천이다. 직관에 의한 인식이 이성보다 더 큰 기쁨을 선사한다. 스피노자의 '신, 즉 자연'은 긍정이기 때문이다.

우리 인간들 중 몇몇은 자연을 미개발지라 여긴다. 그래서 그들은 자연에 말뚝을 박고 경계를 표시해 소유관계를 주장한다. 하지만 덕후들의 동물이나 자연은 미개발지가 아니다. 우리가 적합한 관념만 소유한다면 우리와 관계 맺을 수 있는 그 자체로 긍정인 자연인 것이다. 그리고 그 관계에서 싹트는 삶의 환희가 우리를 가치 있게 만든다는 것을 그들은 잘 알고 있다.

이제 우리 사회가 이런 덕후들을 보호해야 한다.

깜씨

개원 후, 첫 여름철이었다. 아직 사료 진열대는 듬성듬성 비어 있었
다. 개원한 지역이 서울 외곽이라 주변에는 도심의 소형견보다는 마
당을 지키는 대형견들이 많이 있었다. 사료 진열대의 아래쪽에는 대
형견 사료를 차곡차곡 쌓아 두어야 했다. 사료 용품 업자에게 전화를
걸어, 필요한 대형견 사료들을 주문했다.

사료를 가득 실은 용달에서 용품 업자가 사료를 내려주었다. 지역
의 소식도 궁금해 배달 온 친구에게 차 한잔을 대접했다. 그렇게 안면
이 트이면서, 이 친구는 자신이 거래하는 여러 곳의 사정들을 이야기
해주었다. 이 거래처 중에는 동물병원이나 애견숍만이 있는 것이 아
니었다. 인가에서 떨어진, 언덕 아래나 고립된 지역의 비닐하우스 안
에서 여러 마리의 개들을 키우고 파는 업자들도 이 친구의 고객이었
다. 통상 이런 곳을 번식장이라 부르고 사장님을 번식업자라고 지칭
하는데 당시 서울 외곽 지역에 수많은 번식장들이 난립했다. 애견숍

하면 지금도 그렇지만 당시에도 충무로가 대세였는데, 충무로에서 분양되는 대부분의 강아지들은 바로 남양주와 춘천 사이의 이런 번식장에서 대량으로 공급됐다.

이 번식장 사장님 중에는 경제적 목적보다는 동물을 좋아해서 취미나 건강을 목적으로 이 업을 택한 분들도 계시다. 하지만 이런 분들은 극소수였다. 거의 모든 번식업자들은 철저히 경제적인 동기로 시작했다. 그분들 중에는 모란시장 등에서 식용을 목적으로 육견을 키우고 파셨던 분들이나, 생계가 극한으로 밀린 분들이 마지막 동아줄을 잡는 심정으로 이 사업에 매달리시는 분들, 농사일을 하다 부수적으로 육견을 농장에서 키우시던 분들 중 번식업이 수입이 낫다는 소문을 듣고 뛰어든 분들 등등 다양한 동기로 이 업종에 들어오셨다. 하지만 모두 어떻게든 경제적으로 자립해서 결국 이 업을 떠나는 것을 목표로 삼으셨다. 번식업이 생각보다 너무나 힘들고 고단했기 때문이다.

번식장의 풍경을 어떻게 묘사할 수 있을까? 여러분들이 서울 근교의 작은 능선이 있는 언덕 주변을 오르거나, 농촌 마을의 인적 드문 외곽을 산책을 갈 때, 행여 여러 마리의 개 짖는 소리가 나면 그곳이 번식장일 가능성이 높다. 그 소리 근처로 다가가면, 점점 커지는 소음과는 별개로 악취가 코를 찌른다. 동물들의 짖는 소리와 범벅이 되면 정신이 몽롱할 지경이다. 이곳을 관리하시는 분들을 뵐 수도 있을 텐

개는 온몸으로 웃는다

데, 첫인상이 좋지는 않을 것이다. 바로 이 소음과 냄새의 한 가운데서 동거동락하시니, 어떻게 깨끗하거나 깔끔한 인상을 줄 수 있겠는가! 피곤함과 일에 지쳐 만사가 귀찮은 듯, 사유지이니 나가라는 경고성 멘트만 듣기 십상이다.

이분들의 사정을 안 다면 이들의 불친절함을 일정 정도 이해할 수도 있다. 매일 동물들의 대소변을 청소해야 하고, 사료를 정해진 시간에 나누어주어야 한다. 수시로 관찰해서 몸이 안 좋은 아이들을 추려내야 한다. 행여 한 마리라도 전염병에 걸리면 번식장의 문을 당분간 닫아야 할지도 모르기 때문이다. 24시간 쉴 틈 없이 움직여야 하니 이분들의 삶은 각박할 수밖에 없다.

이렇게 힘든데 왜 이 직업을 택하게 된 것일까? 결국 돈 때문이다. 이 번식장 사장님들의 수입은 얼마나 될까? 규모에 따라 다르겠지만 번식장을 운영해서 빌딩을 사신 분들이 허다하다. 어떤 가축보다 부가가치가 높은 게 애견 번식업이다. 2002년 이후 번식업은 꾸준히 상승해 우리가 지금 경험하듯이 반려동물 인구의 폭발적인 증가를 이끌었다. 그 경제적 혜택을 이분들이 첫 번째로 나눌 수 있었다.

번식장과 강아지 공장은 어떻게 다를까? 그 경계는 애매하지만 말하자면 번식장의 극단적인 형태랄까? 돈만 벌려는 목적 하나로 최소한의 비용을 실현한 번식장의 형태라고 할까? 그해 여름 내가 방문한 번식장이 이런 강아지 공장 아니었을까?

사료를 공급해 주는 용품 업자가 점심시간에 찾아왔다. 오늘은 사료 공급 때문이 아니었다.

"원장님, 예전에 말씀드렸던 번식장 있잖아요. 제가 그 번식장 형님한테 가려는데 원장님도 같이 가실래요?"

용품 업자가 아는 춘천 아래의 번식업자를 같이 방문하자는 말이다. 개원한 지 얼마 안 돼 아직 손님도 틈하고, 날씨도 더워 바람도 쐴 겸, 잠시 주변 번식업자들을 방문하는 것도 나쁘지 않을 것 같았다.

용품 업자의 트럭을 타고 먼지 날리는 비포장도로를 한참 달려 도착한 곳은 주변 인가가 전혀 없는 어떤 구릉 아래였다. 이 구릉은 큰 나무 하나 없어, 거친 황무지처럼 타는 듯한 뙤약볕을 그대로 받고 있었다. 그 구릉 옆으로 차가 들어서니 개 짖는 소리가 들렸다. 굵은 쇠기둥을 땅에 박아 만든 출입문이 보이고 안쪽으로 슬레이트 지붕의 창고 같은 게 있었다. 우리는 그 창고가 번식장이거니 하고 문을 열고 들어갔다. 창고 안에 들어서는 순간 피비린내가 온몸을 강타했다. 대충 보이는 안쪽은 커다란 냉장고와 쇠꼬챙이들이 이어져 있었다. 창고가 아닌 도살장이었다.

번식장은 그 창고 건물의 뒤쪽에 있었다. 번식장이랄 것도 없었다. 흙바닥 위에 수십 마리의 어미 개들이 방목되어 있었고, 수십 군데의 흙구덩이가 있었는데, 그 구덩이 아래에서 어미 개들이 자신의 새끼들을 키우는 구조였다. 바로 이 새끼들을 한 달 정도 키운 후 꺼내 번식업자는 충무로 등의 애견숍에 넘겼다. 대형견이나 중형견은 없었고

개는 온몸으로 웃는다

소형견뿐이었다. 품종별로 철조망을 얼기설기 연결해 막아놓았다. 서로 침범 못하는 한쪽에는 말티즈, 그 옆으로는 푸들, 다시 그 옆으로 닥스훈트종 등 구역이 나누어져 있었다.

천장에는 얇은 차양막이 있었는데, 차양막과 맨땅 사이는 아래에서 올라오는 냄새와 열기로 한증막 실내처럼 안개 낀 것 같았다. 사료를 한쪽에다 던져놓으면 이 어미 견들이 살기 위해 아귀같이 달려들어 먹었다. 자세히 보면 사료만이 아니었다. 온갖 음식찌꺼기와 성분도 모를 이상한 것들이 사료통 안에 범벅으로 섞여 있었다.

그 동물들의 대소변들은 흙먼지에 덮히고 태양빛에 말라, 딱딱해져 여기저기 굴러다녔다. 하얀색 품종의 강아지들은 그곳에서는 단 한 마리도 그 본래의 털색깔을 드러내지 못했다. 털이 긴 품종들은 털과 녀석들의 대소변이 뭉쳐져 마치 담요처럼 몸을 감싸고 있었다. 이런 환경 아래에서는 분명 적응하지 못하는 녀석들이 속출할 것이다. 바로 도살장은 이곳에서 사망한 아이들을 고기로 넘기기 위해 마련해둔 곳이었다.

번식업자는 이 번식장에서 10여 미터 떨어진 곳에서 거주했다. 그분도 더웠는지 거주하는 곳에 이중으로 차양막을 해두어 나름 쾌적했다. 작은 비닐하우스가 있어 그 안에서 홀로 기거하셨는데, 비닐하우스 안은 아파트 내부와 유사하게 편의시설이 갖추어져 있었다. 비닐하우스 옆으로는 고기를 구워 먹을 수 있는 화로도 만들어두었다.

믹스 커피를 주셨지만 단 한 모금도 마실 수 없었다. 어서 빨리 이곳을 벗어나고 싶은 생각이 굴뚝같았다. 이곳까지 용품 업자의 트럭을 타고 왔으니 기다릴 수밖에 없었다. 이 시간을 견디기 위해서라도 대화를 열어야 할 것 같았다.

"이 번식장에서 키우는 강아지들이 몇 마리나 되나요?"

"몇 마리요? 구덩이 안에 새끼들이 있는데 제가 어떻게 알아요. 못해도 수백 마리는 되겠지요."

이 번식업자는 수백 마리를 혼자 관리하고 있었다. 그래서 청소 등은 아예 감당할 수 없었다. 맨땅에다 아이들은 대소변과 함께 방치되어 있었다. 사료는 나를 데려온 용품 업자에게 도매가로 구입하고, 읍내에서 음식 찌꺼기를 사료와 섞거나 도살장의 부산물 중에 일부를 버무려 사료 비용조차 최소한으로 지출했다. 사료 비용만이 아니었다. 이 번식장에서 나온 사체들도 육견으로 판매했다고 하니, 경제적으로는 잔인할 정도로 합리적이었다.

용품 업자가 내 안색이 안 좋은 것을 눈치채고 이제 일어나야 한다고 몸을 일으켰다. 반사적으로 몸을 일으켜 나는 용품 업자의 트럭 옆으로 먼저 다가갔다.

트럭 옆에서 어색하게 인사를 하고 차에 타려는 순간, 갑자기 창고 아래쪽에서 까만색의 닥스훈트 한 마리가 빠르게 도망가고 있었다. 철창 아래로 굴을 파고 녀석이 도망 나온 것이었다. 번식업자는 옆에

개는 온몸으로 웃는다

사람이 있어도 신경 쓰지 않고 노발대발했다. 번식업자 입장에서는 철창을 망가트리는 것은 이곳 시스템의 큰 위험요소였기 때문이리라. 그 구멍으로 다른 녀석들이 탈출하기라도 한다면 이만저만 낭패가 아니었다. 도망가는 녀석 때문에 출입문도 못 열고 결국 녀석이 잡힐 때까지 기다려야만 했다. 녀석은 철창 구석에서 더 이상 도망을 못 가고 번식업자에게 덜미를 잡혔다.

"한 번 도망간 녀석은 또 탈출해요. 이런 몸은 폐사시켜야 합니다." 라고 말하며 도살장으로 끌고 가려 했다. 그 모습이 안쓰러웠는지 용품 업자가 끼어들었다.

"형님, 그 강아지 저 주세요. 우리 딸애가 요즘 강아지 사달라고 난리예요."

매주 사료를 도매가로 공급해주는 용품 업자의 부탁을 거절하기 껄끄러웠는지, 사장은 마지못해 용품 업자에게 그 닥스훈트를 넘겼다.

트럭 안에서 그 닥스훈트는 내 무릎 위에 올라와 앉게 되었다. 말랐지만 아직 기운은 넘쳐났다. 냄새는 지독하지만 선한 눈빛으로 나를 바라보고 있었다. 녀석과 묘한 교감이 느껴졌다. 저 극단적인 환경에서 살아나온 녀석이 나를 믿고 무릎 위에 누워 자신의 체온을 내게 온전히 전달해주고 있었다. 이것도 인연일까? 녀석과 이 인연을 이어가고 싶었다.

"다음에 한 마리 더 얻고, 이 녀석 저 주세요. 동물병원에도 강아지 한 마리가 필요해서." 용품 업자는 먼 거리까지 수의사를 데려온 게 미안해서인지, 선뜻 허락했다. 그리고 그곳에서 내가 불편해했다는 것을 아는지라, 짧은 변명처럼 설명을 이어갔다.

"원장님, 저 형님, 한 달 매출이 얼마인 줄 아세요. 천만 원이 넘습니다. 주말이면 충무로에서 온 애견업자들이 줄을 서요. 저 형님은 나까마로 바로 넘기거든요. 원장님도 보셨잖아요. 뭐, 돈 들어가는 거 있나요. 인건비도 없지. 사료도 도매지. 게다가 이래저래 음식점에서 나온 찌꺼기 섞어 그 비용마저도 줄이잖아요. 무서운 형님입니다. 저렇게 해야 돈 벌어요. 원장님도 이제 개원하셨잖아요. 저런 업자처럼 독한 맘 먹으셔야 성공합니다."

그리고 마지막으로 짧은 충고를 덧붙으셨다.

"사람, 외모 가지고 판단하시면 안 됩니다.! 저 형님요. 겉모습과 달리 얼마나 부자인데요."

어쨌든 그렇게 데려온 놈이 깜씨다. 깜씨는 우리 동물병원에서 키운 최초의 동물이었다. 까만색의 닥스훈트는 고집이 세고, 영리했다. 하지만 어린 시절 살던 곳이 대소변과는 무관했던 곳이서였을까? 평생 대소변을 가리지 못했다. 녀석은 동물병원에서도 탈출의 명수였다. 틈만 나면 병원을 나가 동네를 돌아다니다가 저녁이면 어김없이 동물병원으로 돌아왔다. 낮 동안은 놀이터에서 아이들과 같이 놀았다. 이 아이들 중 깜씨를 특별히 좋아했던 친구가 있어 그 친구에게 깜씨는 입양되었다.

개는 온몸으로 웃는다

곰브로비치는 소설 《코스모스》에서 이렇게 세상을 설명한다.

세상은 일종의 병풍과도 같아서, 그렇게 무언가가 또 다른 무엇을
내게 끊임없이 전달해주는 방식으로 자신의 현존을 입증했다. -
사물들은 그렇게 나와 공놀이를 하고 있다.

강아지 공장을, 이어지는 병풍 안에 있는 한 폭의 그림이라 상상해
보자. 이 병풍의 앞과 뒤에는 어떤 그림들이 이어졌고 이어질까? 초기
자본주의 자본축적 시기, 수많은 어린아이들이 굶주리면서 일을 해야
했던 공장, 제3세계의 수많은 가난한 사람들의 공장, 그리고 다시 수
많은 공장과 그중 하나인 강아지 공장, 그 병풍 그림 주변으로 공장식
축산이란 이름으로 강아지가 아닌 다른 수많은 가축들을 효율성의 이
름 아래 생산하는 공장이 있다.

이 그림이 지나가면, 이제 동물이 아닌 인간의 유전자를 대상으로
하는 유전자 공장, 자신의 상품가치를 높이기 위해 인간의 아름다움
을 대량생산하는 성형공장 등등 그렇게 이어지는 병풍들의 풍경화가
우리 세상을 형성하고 있는 것은 아닐까? 무엇보다 당황스러운 것은
이런 식의 공장을 낳은 정신이 오늘, 나와 우리의 현존을 지배하고 있
다는 사실이다.

2부

나, 여러분의
반려동물 이름

켄 로치 감독이 영화 〈나, 다니엘 블레이크〉에서 주인공은
이렇게 자신을 소개하고 있다.

"나는 의뢰인도 고객도 사용자도 아닙니다. 나는 게으름뱅이도 사
기꾼도 거지도 도둑도 아닙니다. 나는 보험번호 숫자도 화면 속의 점
도 아닙니다. 나는 묵묵히 책임을 다하며 떳떳하게 살았습니다. 나는
굽실대지 않고 이웃이 어려우면 기꺼이 도왔습니다. 자선을 구걸하
거나 기대지도 않았습니다. 나는 다니엘 블레이크. 개가 아니라 인간
입니다. 이에 나는 나의 권리를 요구합니다. 인간적 존중을 요구합니
다. 나, 다니엘 블레이크는 한 사람의 시민 그 이상도 그 이하도 아닙
니다."

나는 다니엘 블레이크의 이 선언이 반려동물의 선언으로도
읽혀진다.

"나는 당신의 반려견도 애견도 아닙니다. 나는 게으르지도 속이지
도 그렇다고 구걸하지도 않습니다. 나는 나의 동물등록번호의 숫자
속에 있는 한 점도 아닙니다. 나는 묵묵히 나 자신의 본능에 따라 최
선을 다해 떳떳하게 살았습니다. 나[여러분의 반려동물 이름]는 인간이 아
니라 개(혹은 고양이)입니다. 이에 나는 나의 권리를 요구합니다. 개(혹

은 고양이)로서 존중해줄 것을 요구합니다. 나[여러분의 반려동물 이름]는 한 개체로서 동물이며 그 이상도 그 이하도 아닙니다."

2부는 유기동물, 반려동물의 안락사, 사람들의 동물에 대한 오해 등과 관련된 이야기들이다. 이 이야기들은 그들의 고유한 권리를 어떻게 우리가 이해해야 하는지에 관한 물음과 직결된다.

미자

우리는 그녀를 미자엄마라고 불렀다. 생후 2개월령에 입양해서 데려온 골든 리트리버 품종의 강아지 이름이 미자가 되자마자 보호자인 그녀는 미자엄마가 된 것이다. 엄마의 행복만큼이나 아픔도 간직한 채 말이다. 입양 후 며칠 지나 안타깝게도 미자는 파보 바이러스라는 원인균에 의한 장염에 걸려 며칠 병원에서 고초를 겪어야 했다. 게다가 1년 정도 지나서는 교통사고를 당해 대퇴부 골절 때문에 수술받아야 했다. 이래저래 병원과의 인연이 얽히고설켰다.

미자엄마는 프랑스에서 디자인을 공부하고 온 엘리트셨다. 나름 경력이 화려하셨는지, 주변 중고등학교에서 수소문해 미자엄마에게 유니폼 디자인을 부탁할 정도였다. 이분이 병원에 오시는 날은 병원은 화려해진다. 그분의 프랑스식(?) 활기찬 분위기와 유머감각이 주변을 압도했고, 게다가 유학시절부터 다져진 요리실력을 기반으로, 다양한 재료를 넣은 샌드위치나 바게트 등을 만들어 먹기 좋고 이쁘게 담고

개는 온몸으로 웃는다

따듯한 수프 등은 식지 않게 보온통에 넣어 병원 직원들에게 아낌없이 나눠주셨다.

오래전, 남편과 이혼 후 지금은 아드님과 미자 이렇게 세 식구가 사는데, 그들은 누가 봐도 완벽하고 아름다운 가족이었다.

이 아름다운 가족의 아침 산책은 동네에서도 유명했다. 다 자란 리트리버의 등에는 작은 배낭과 그 안에 직접 만든 비스킷과 작은 간식들이 담겼고, 미자엄마는 만나는 동네 주민들에게 진심 어린 안부 인사와 그 간식들을 나눠주셨다. 주민들은 미자의 선한 눈길과 배낭 맨 대형견의 단단한 외모에 감탄했다. 아이들은 미자와 놀자고 달려들면, 미자는 불평 없이 아이들의 장난을 받아주었다. 미자 덕분에 놀이터에는 삽시간에 아이들의 웃음꽃이 확 번졌다. 그곳을 지나는 모두가 흐뭇한 미소를 머금지 않을 수 없었다.

그런 미자가 병원에 오는 횟수가 갑자기 뜸해졌다. 보호자님이 작은 사업을 시작하시면서 바빠지셨던 것이다. 그 와중에 가끔 늦은 저녁, 반가운 미소를 지으면서 병원에 들어오셨는데, 평소 미자엄마의 자유롭고 다양한 컬러를 담은 복장은 어느새 정장과 명품인 듯한 장식구로 바뀌셨다. 방문하시는 횟수는 줄었고 복장도 달라지셨지만 예의 그 활기차고 자신 있는 모습은 더욱 도드라지셨다. 사업을 확장하셨다고 했다. 이젠 동네 중고등학교 유니폼 정도 디자인하는 단계는 넘어셨다고 은근한 자부심을 내보이셨다.

유학 가서 공부만 하고 세상을 언제나 따듯하게 볼 줄 아는 분들이
사업에서 성공할 가능성은 얼마나 있을까? 그분의 사업은 위기를 맞
았고 사시던 아파트도 외곽의 작은 아파트로 옮기셨다. 모든 불행은
겹쳐오는지, 아드님의 건강과 어린 시절부터 가진 정신적인 문제가
위기를 맞게 되는 것도 그즈음이었다.

아무리 순한 대형견이라도 작은 아파트에서 보살피는 것은 상상
이상으로 힘겹다. 미자를 목욕시키려 해도 작은 욕실은 대형견의 욕
장으로는 불편했다. 대형견의 대소변량은 집안 가득 불편한 냄새가
퍼지게 하는 데 부족하지 않았다. 게다가 미자가 짖기라도 한다면 주
변 주민들의 민원은 엄청날 것이다. 사정이 힘들어지면서, 미자엄마
는 미자와의 산책은 고사하고 집에서 쉴 시간조차 부족했다.

다행히 미자는 짖지 않았지만 작은 아파트에 밀폐된 채, 새벽부터
나간 보호자님과 아드님을 기다리면서 하루 종일 홀로 있어야 했다.
좁은 아파트에 갇힌 미자는 집안의 집기들을 부수고 벽을 긁으며 홀
로 있는 시간을 견뎌냈다. 미자엄마와 아드님이 퇴근 후 돌아온 집안
은 그분들의 표현에 따르면 전쟁터 그 자체였다고 하셨다. 퇴근 후 미
자엄마는 피곤한 몸을 이끌고 이 모든 것을 한마디 불평 없이 미자를
위해 감당하셨다.

이즈음 미자의 몸무게도 늘기 시작했다. 온종일 집안에만 있는 미
자에게 죄책감을 느낀 보호자께서 미자를 위해 간식을 넘치도록 주셨
고, 산책을 거의 하지 못하면서 활동량 자체가 줄어, 몸무게가 급속도

개는 온몸으로 웃는다

우리는 그녀를 미자엄마라고 불렀다.
생후 2개월령에 입양해서 데려온 골든 리트리버 품종의 강아지 이름이
미자가 되자마자 보호자인 그녀는 미자엄마가 된 것이다.
엄마의 행복만큼이나 아픔도 간직한 채 말이다.

로 증가한 것이다. 더 안 좋은 것은 주변 환경과 간식류 때문인지 미자의 알러지가 심해졌다는 것이다. 약을 안 먹으면 밤새 몸을 긁어댄다고 미자엄마의 하소연이 시작된 것도 이맘때였다.

미자 같은 골든 리트리버종은 사냥개의 일종이었다. 리트리버Retriver란 이름 자체가 '사냥감을 회수해 오는 개'라는 의미가 있다. 즉, 사냥감을 직접 사냥하진 않지만 사냥꾼인 주인이 쏜 총에 맞아 죽은 사냥감들을 어떤 난관에서도 회수해 오는 것이, 리트리버종의 기능이었다고 한다. 이 종은 이 기능에 걸맞게 큰 덩치와 엄청난 충성심을 특징으로 하고 있다.

한데 이 종에게는 몇몇 심각한 유전병이 있다. 일반 임상에서 내가 접하는 빈도로 봐서는 결코 확률적으로 적지 않다. 그 유전병 중 대표적인 것이 고관절 이형성Hip Dysplasia이다. 말 그대로 고관절이 변성이 일어나는 것이다. 이렇게 변성이 일어나면 지독한 관절염을 동반하게 되고 결국 보행을 못하게 된다. 리트리버 중에서도 주로 비만한 견에게 더욱 자주 나타나고 양상도 심각하다.

다음으로 피부질환이다. 리트리버 종은 피부가 약하다. 알러지도 심하고 주삿바늘에 의한 혈종도 자주 목격된다. 대형견 자체가 키우는 데 많은 정력과 경제적 비용을 요구하지만, 이런 유전병까지 동반하면 보호자의 불편함은 극에 달한다. 딱히 치료방법이 없거나, 있어도 비용이 너무 많이 들기 때문이다.

개는 온몸으로 웃는다

미자에게도 이런 선천적 질환의 위험성은 예외일 수는 없었다. 그런데 몸을 박박 긁는 비만한 미자가 낡고 작은 아파트에서 견디는 것은 다음 문제였다. 수많은 사정이 이 모녀에게 몰아졌다. 하지만 미자 엄마의 개인 삶에 닥친 시련에 비한다면 이 모든 사정들은 사소한 것들이었다.

어느 날 병원 문을 닫고 퇴근할 무렵 미자엄마가 미자를 데리고 오셨다. 오랜만에 방문하신 미자엄마의 외모는 말끔한 정장을 입은 사업가의 이미지가 예전에 있었다고는 전혀 상상할 수 없는 너무나 초췌한 중년 아주머님 모습으로 서 계셨다.

미자의 아토피가 갑자기 더 심해졌다고 말씀하셨다. 미자는 차 안에서 나오지 않으려고 했다. 예전 같으면 호기심 때문에 미자엄마를 따라 가볍게 차에서 내려 스스로 병원에 걸어 들어오던 미자였다. 등 쪽을 차 바깥을 향하게 하면서 몸 안쪽으로는 차 안으로 파고드는 미자를 겨우 안아 차 밖으로 끌어 내렸다. 이제 미자의 몸무게는 40kg을 넘어섰다. 몸무게만 늘어난 것이 아니다. 구석구석 마디마다 접촉성 피부염과 국소적인 욕창도 심하게 관찰되었다. 걷는 동작도 늘어난 몸무게와 관절염 때문에 조심조심 걸었다.

미자는 다행히 예전처럼 집을 난장판으로 만들지는 않는다고 하셨다. 작은 아파트 구석에 자리 잡아 하루 종일 잠만 자는 게 미자의 일과라고 하신다. 이런 말씀을 하시는 미자엄마의 표정에는 숨길 수 없는 깊은 근심이 자리 잡고 있었다. 미자가 변해가고 있다는 것을 미자엄마는 느끼고 있었다. 약과 주사를 처방하고 간단히 집에서 할 수 있는 처치들에 대해 말씀드렸다. 염려스러운 마음에 아주머님께 근황을 넌지시 물었다.

"무당이 되기로 결심했어요."라고 담담히 말씀하셨다. 처음엔 귀를 잠깐 의심했다. 하지만 그분의 담담한 말씀에서 숨은 결기가 느껴져, 내가 잘못 들은 게 아님을 확신할 수 있었다. 현재 기도처를 돌아다니며 수행하고 있다고 하셨다. 무당이 되신 사연은 한참 후에 알려주셨다.

사업이 사기 때문에 속절없이 망하고, 빚은 쌓이는데, 아드님의 지병은 더 깊어지셨단다. 미자는 예전부터 앓았던 아토피와 관절염 그리고 비만이 더 심해져 병원에 자주 와야 했지만 사정상 그것도 여의치 않으셨다.

악연은 이럴 때 등장한다. 마침 친언니의 소개로 유명한 무당을 찾아갔다고 하셨다. 평소라면 거들떠도 안 봤을 무당을, 사는 데 쫓기다 보니 혹시나 하는 마음에 찾아간 것이다.

그 무당은 끔찍한 해결책을 제시했다. 그 해결책은 미자엄마의 아드님이 무당이 되어야 하는 팔자라는 것이다. 지금 아드님이 아픈 것도 신내림 때문이라고도 했단다. 미자엄마는 필사적으로 다른 해결책은 없는지를 물었단다. 무당은 차선책으로 아드님 대신 미자엄마가 무당이 되어야 한다고 선고했다고 한다. 그리고 무당이 되기 위해선

개는 온몸으로 웃는다

긴 시간의 수련 기간과 1억이 넘는 현금을 요구했다고 하셨다. 그 후에도 요구하는 돈은 계속 증가했고 그 무당은 자신을 어머니라 부르며 자신을 따르라고 했단다.

이후 밝혀진 바에 따르면 그 무당은 전형적인 사기꾼이었다. 이 무당은 다른 곳에서도 미자엄마같이 절망한 사람들이 찾아오면 그들의 약점을 후벼, 돈과 인생을 강탈했던 것이다. 이미 여러 피해자들로부터 고소를 당해 소송 중인 사건들도 여럿 건이 있었다.

이상한 것은 이 모든 사정을 다 안 후에도 미자엄마는 무당이 되는 것을 포기하지 않으셨다. 가책, 그것이 그 이유였을까? 자신을 속인 사기꾼들에 대한 증오심과 자신의 불행한 불운에 대한 분노가 그녀를 둘러쌌을 때, 그녀는 증오심과 분노 대신에 자신을 책망했다.

특히 미자에 대한 미자엄마의 가책을 생각하면 서글퍼진다. 미자의 모든 지병이 자신 때문이라고 생각하셨기 때문이다. 그리고 미자를 사랑하는 방식을 자신이 돌보지 못했다는 것을 스스로 책망하는 것으로 대신하는 것 같았다. 아마도 이런 가책 때문에. 예전 같으면 결코 받아들이지 않았을 무당이라는 주술과 신화의 세계를 자신의 삶 안으로 들어오게 허락한 것이리라.

그리고 미자엄마는 비록 사기꾼이지만 자신이 한때는 어머니라고 부른 그 무당의 명에 따라, 무당이 되기 위해 우리나라 여러 곳의 오지에서 수행하고 기도하기를 이미 여러 해에 걸쳐 하셨다. 이 수행과

기도가 그녀를 적잖게 위로했던 게 틀림없다. 한겨울 수행처에서 기도 후 올라오신 미자엄마의 눈빛을 보면 알 수 있었다. 그리고 그 눈빛은 점점 더 예사롭지 않게 변해가셨다.

이런 생각도 들었다. 만일 미자엄마가 무당이 아니라 다른 직업을 찾게 된다면 현재 그녀에게 쌓인 불행의 흔적을 감당할 수 있었을까? 그녀에겐 그녀의 현실을 극복하기 위해선 '광기'라도 끌어와야 했던 게 아닐까?

온갖 아토피에 고생하면서 집안에 악취를 풍기는, 관절염이 심하고 이제 50kg을 넘어 기립조차 힘든 그 미자를, 너무나 말라 미자보다 몸무게가 덜 나가는 미자엄마가 목욕시켰다고 자랑스럽게 말씀하실 때는, 어김없이 어떤 '광기'가 느껴졌다. 아마도 그런 광기가 없다면 그녀는 자신을 향한 가책과 연민을 이겨낼 수 없었을 것이다.

이제 미자가 병원에 와도 차 안에서 내리게 할 수가 없었다. 미자는 등을 바깥쪽으로 밀치면서 몸을 안쪽으로 말며 차 안으로 비집고 들어갔다. 몸무게는 50kg을 예전에 넘어섰다. 어쩔 수 없이 병원 밖 주차장에서, 수의사인 내가 차 안으로 들어가 필요한 처방을 하고 주사를 맞혔다.

미자는 집안에서도 그렇게 안으로 안으로만 파고 들어갔다. 하루종일 먹고 배변과 소변 보는 일을 제외하면 한쪽 구석에서 잠만 잔다고 말씀하셨다. 집안에서 웅크리면서 미자는 아무런 의욕 없이 자신

개는 온몸으로 웃는다

에게 주어진 생의 시간을 감당하고 있는 것처럼 보였다.

낯선 것도 오래 지속되면 익숙해진다. 미자엄마에게는 이런 미자의 모습이 점점 덤덤해졌다. 오히려 그 큰 리트리버가 무언가 자신의 욕구를 표현하면 이를테면 예전처럼 산책을 요구하고 짖기라도 하거나 벽을 긁고 대소변을 여기저기 본다면, 지금도 힘든 미자엄마 입장에선 감당할 수 없는 일이었을 것이다. 남은 생을 지금 웅크리는 한자리에서만 보내겠다고 결심한 듯 미자는 마치 숨쉬는 큰 덩어리처럼 한치의 움직임도 없이 매일 같은 장소에서 누워 있었다.

마침내 미자가 그 작은 아파트에서 떠나게 될 기회가 왔다. 미자엄마가 작은 점집을 차리기 위해 오래된 시골집으로 이사를 준비하셨던 것이다. 이제 미자엄마는 당신 스스로도 무당이라는 정체성을 의심하지 않으셨다. 미자는 마당이 있는 집으로 이사 가게 되었다. 미자는 마당 위에서 예전처럼은 아니지만 조금씩 움직이고 걷지 않을까? 그리고 점집을 찾는 분들에게 그 선한 눈빛으로 위로를 주지 않을까?

이런 나의 기대와 달리 평생 아파트의 발코니 안에 살아온 미자에겐 시골집 마당은 결코 행복한 장소는 아니었다. 마당의 낯선 곤충들과 모기류 등에 비만한 미자는 속수무책으로 물리면서 가려움증을 호소했다. 관절염은 더욱 심해져, 선선한 저녁 아무리 산책을 나가자고 등을 떠밀어도 미자는 그 좋아하는 산책도 거부하고 절뚝거리면서 아파트의 발코니에서 웅크린 것처럼 마당의 한 귀퉁이를 떠나지 않았다.

어느 날 출근 중에, 미자엄마는 울먹이는 목소리로 전화하셨다.

"원장님 미자가, 그년이! 아침에 일어나서 보니 평소 누워 있는 곳에서 잠자듯이 죽었어요. 미자 불쌍해서 어떻해요!"

나는 미자엄마에게 미자가 좋은 곳으로 갔을 것이라는 상투적인 덕담밖에 할 수 없었다.

"그렇죠? 미자 그년 좋은 곳에 갔겠죠."

우리는 몇 마디를 더 주고받으며 전화를 끊었다.

〈물결무늬 사막〉이란 김중식 시인의 시가 있다. 시인은 사막에서 바다를 본다.

이 땅에 언제 파도가 왔다 갔는지

사막 전체가 물결이다

(중략)

언제 파도가 왔다 갔는지

사막에서 바다 냄새가 난다

이루지 못할 약속을 할 때

우리는 다가가면서 멀어질지라도

봄에 할 일은

꽃을 피우는 것

개는 온몸으로 웃는다

물론 신기루이다. 사막에서 바다 냄새를 맡는 것은 결코 다가갈 수 없는 약속이다. 그래도, 그래도 시인은 우리에게 할 일이 있다고 한다. 꽃을 피우는 것이다.

2개월도 안 된 리트러버가 미자가 되면서 그 개는 모든 운명을 자신의 엄마에게 의존해야 했다. 프랑스식 아침 산책을 하는 다정다감하고 우아한 리트리버에서, 한자리에서 웅크리며 자신의 생의 시간이 지나가기를 기다리면서 감당하던 미자는 보호자의 처지에 따라 자신의 운명을 수동적으로 체화시켜야만 했던 것이다. 너무나 극적인 미자엄마의 삶을 미자는 아무 말 없이 자신의 방식으로 감당해야 했다.

그 방식은 온전히 견디는 것이었다. 이 시간을 어떻게 견딜 수 있었을까? 시인은 사막에서 바다를 기억했다. 이런 신기루 같은 바다의 기억이 미자에게도 있지 않았을까? 미자엄마에게 광기라도 있었던 것처럼, 아마도 미자는 어린 시절 산책의 추억과 미자엄마에 대한 신뢰가 그 시간을 감당하게 하지 않았을까? 미자는 자신의 시간을 감당했고 자신의 삶을 꽃피웠다.

엉클이

엉클이에게는 두 형들이 있었다. 다른 견종에 비해 제법 크고 의젓한 코커스패니얼 강아지를 두 사내아이들은 엉클이라 이름 붙였던 것이다. 엉클이가 처음 병원에 온 날, 작은형은 엉클이를 만지지도 못했다. 큰형은 잔뜩 뻐기며, 예방접종을 주사할 때 엉클이가 움직이지 않도록 양쪽 귀를 잡아주었다. 두 형제의 부모님들은 그 모습을 흐뭇하게 바라보셨다. 그렇게 엉클이는 형들 사이에서 무럭무럭 자랐다.

엉클이는 어린 시절부터 외이염이 있었다. 입양 당시에도 외이에 귀진드기가 가득하더니 나이가 들어도 염증은 좀체 사라지지 않았다.

진료를 하다 보면 품종들마다 가지는 고유한 질병들이 있다. 많은 경우 그 질병들은 인간들이 특정 품종으로 개발하는 가운데 나타나는 해부학적 결함에 의해 기인한다. 예를 들어 닥스훈트나 페키니즈라는 품종은 허리가 다른 품종에 비해 길어 디스크가 고질병이다. 코커스패니얼 품종에게 엉클이와 같은 외이염이 흔하고 재발이 잘되는 이유

개는 온몸으로 웃는다

도 같은 해부학적 이유가 있다. 코커스패니얼 품종의 외이도를 덮고 있는 큰 귀 때문에 그렇다.

엉클이의 외이염은 다른 원인도 있었다. 특정 계절에 반복되어 발적과 종창이 나타났기 때문이다. 따라서 이 외이염은 계절이 원인인 계절성 알러지가 분명했다. 이 경우 특정 계절에는 스테로이드 제제를 처방할 수밖에 없었다. 기타 다른 약들은 전혀 엉클이에게 작용하지 않았던 것이다. 그렇게 반복적으로 약을 투약했지만 대략 8살 정도까지는 큰 문제가 발견되지 않았다. 약물의 부작용을 줄이기 위해 사이사이 충분히 약물을 끊는 기간을 두었고, 스테로이드 약제를 서서히 줄이는 테이퍼링 과정을 나름 성실하게 지켰기 때문이다.

하지만 9살 이후 알러지는 서서히 몸 전체로 번져갔다. 노령견의 징후가 두드러지면서 알러지도 분명해진 것이다. 약을 사용하면 좋아졌지만 끊으면 다시 재발했다. 혹시 만성 알러지와 더불어 호발하는 모낭충 등 다른 원인도 찾아보았지만 특이 사항은 없었다. 10살이 넘어가면서 몸무게도 줄어들었다. 안타까운 마음에 엉클이를 대학 동물병원으로 의뢰했다. 대학병원에서도 만성적인 알러지성 피부병과 노령이 원인인 여러 질환 이외에는 뚜렷이 다른 이유를 내놓지 못했다.

그 사이 엉클이의 형들은 대학을 졸업했다. 졸업 후 큰형은 취직을 하고 결혼을 해서 서울 쪽으로 이사를 갔고, 동생은 더 공부하겠다고 외국으로 나갔다. 가끔 형들이 집에 오면 엉클이는 형들을 온몸으로 환영해주었단다. 이런 엉클이와 형들의 이야기는 주로 두 형제의 어머님이 말씀해주셨다. 주기적으로 병원에 와야 하는 엉클이 때문에 아주머님과 대화할 기회가 많았던 것이다.

엉클이가 13살이 되면서 피부병이 극도로 악화되었다. 아주머님은 약을 투여하지 않으면 집안에 퍼지는 악취를 감당하기 어려울 정도라고 하셨다. 게다가 가족들이 각자 자기 사정으로 바쁘니 엉클이의 약 처방은 자꾸만 미루어졌다. 점점 엉클이는 집안의 애물단지가 되어가는 것 같았다.

15세가 된 엉클이는 상태가 더 안 좋아졌다. 피부는 별개로, 이젠 양쪽 청력도 소실됐고 당뇨와 관절염, 그리고 당뇨에 의한 실명도 진행되고 있었다. 늘어나는 질환만큼이나 몸에서 풍기는 냄새는 짙어졌다. 엉클이의 고통도 컸겠지만 식구들의 엉클이에 대한 불편함도 작지 않았다.

어느 날 아주머님이 병원을 방문하셨다. 엉클이를 진료실에 앉으셔서, 수의사에게 한마디도 꺼내지 못하시고 갑자기 우시는 것이었다.

"그렇구나…!"

나는 직감적으로 '안락사'를 생각하셨다는 것을 알았다. 차마 그 단어를 밖으로 내뱉지 못하고 안으로만 삼켜도 눈물이 먼저 나셨던 것이다. 그날은 그렇게 돌아가시고 몇 주 후에 다시 오셔서 안락사를 말

개는 온몸으로 웃는다

씀하셨다. 수의사인 나로서는 병든 동물의 안락사에 대한 보호자의 요구를 거부할 수는 없는 노릇이었다. 엉클이의 형들도 유선으로 동의했다고 했다.

엉클이를 안락사하는 날을 잊을 수 없다. 보호자들에겐 말하지 않았지만, 외이염과 알러지를 평생 감당했던 엉클이에 대한 연민은 엉클이를 내게도 특별하게 기억하도록 만들었다. 엉클이를 치료하면서 곁에서 그 녀석이 고생하는 것을 안타깝게 지켜봤던 나로서는 녀석을 보낸다는 게 쉽진 않았던 것이다. 형들이 왔다. 작은형은 타국에서, 큰형은 월차를 내고 온 것이다.

안락사된 엉클이를 아주머님과 아저씨는 차마 보지 못하고, 큰형이 시신을 담아 병원을 나갔다. 그렇게 엉클이는 15년 3개월 26일의 자기 수명을 마쳤다.

그 후 거의 10년 이상 엉클이네 가족을 만나지 못했다. 나는 이사 가셨다고 생각했다. 그러다가 우연히 병원 건너 상가 앞을 지나는데 엉클이네 아주머님과 마주쳤다. 나는 아무 생각 없이 반갑게 인사드렸다. 그 순간, 아주머님의 표정을 잊을 수가 없다. 나를 보자 눈물을 흘리셨다. 그리고 아무 말 안 하시고, 나를 멀찍이 바라보면서 거리를 두고 지나가셨다.

"아! 아직 상처가 남으셨구나."

아주머님은 나를 보고 엉클이를 기억하셨을 것이다. 그녀는 안락사로 자신의 수명을 다 살지 못하고 세상을 등지게 한 자신을 탓하고 나를 원망하는 것 같았다. 사실 그때 아주머님과의 만남에서, 나 역시 상처가 컸다. 아주머님의 나를 향한 눈물이 내겐 너무 당황스러웠고 견디기 힘들었다.

〈굴욕은 아름답다〉라는 김윤배 시인의 시가 있다. 시인은 경찰관인 동생이 담석이 생겨 그 수술과정을 모니터로 지켜본다. 시인은 동생 내장 속 깊이, 단단히 굳어진 담석이 마치 그동안 동생의 경찰 생활에서 겪은 여러 어려움들을 보여주는 것 같아 안타까워한다. 이 시에서 담낭에서 담석이 나오는 장면을 묘사하는 부분을 보자.

담낭이 절개되고 돌들이 쏟아져 나온다
강렬한 조명을 받아 돌들은 빛난다
그랬구나 내장 속에서 찾을 수 없었던
너의 내심 가슴에 맺혀
욕스러운 나날들 더욱 단단해지고
그렇게 견디어낸 아름다운 굴욕들
빛나는 돌이 되어 네 몸 속 환한
고통이었구나

엉클이 아주머님의 눈물은 오래도록 내 마음에 단단한 돌처럼 굳

개는 온몸으로 웃는다

어갔다. '10년 전, 과연 나의 선택이 옳았을까? 보호자의 부탁이지만 끝까지 거부했어야 하는 게 아닐까?' 아니 그것보다, '왜 나는 엉클이 가 어린 시절부터 고통스럽게 겪은 질환들에서 온전히 해방되게 도와주지 못했을까?' 임상 수의사로서 나는 어떤 한계에 부딪힌 것 같았다. 이후 지방의 야생동물센터로 직장을 옮기기로 결심하게 된 배경에는 아주머님의 눈물과 내 안에서 점점 응결되는 무기력이 컸다.

시인의 동생뿐만 아니라 아주머님이나 나를 포함해 모든 열심히 살아가는 사람들의 마음 안에는 어쩔 수 없이 크거나 작은 응어리들이 자리매김하고 있다. 시인은 그 응어리들의 고통을 보면서 오히려 환하다고 위로해준다. 응어리의 딱딱함만큼이나 빛에 반사되어 환하게 빛나는 우리 생의 고귀한 가치들이 있다고 말해 준다.

다시 도전해보는 거다. 그 길에서 우리 내면이 응어리져도 우린 또다시 한번 더 빛날 수 있다.

코커스패니얼 파동은
왜 일어났을까?

17세기 네덜란드에서 튤립 파동이 있었다면 20세기 대한민국에는 코커스패니얼 파동이 있었다. 튤립 파동은 네덜란드에 들어온 유대인들과 위그노들이 거대한 금융자본을 형성할 때 당시 신비의 꽃으로 알려진 튤립에 투자하면서 발생했다.

코커스패니얼 품종에게도 이런 유사한 투기현상이 있었다. 2002년 월드컵을 전후해서 반려동물이라는 개념이 사람들 사이에서 회자된다. 이 반려동물 중 갑작스럽게 인기를 모았던 품종이 있다. 바로 엉클이와 같은 코커스패니얼 품종이다. 당시 TV의 유명 광고에서 어린 코커스패니얼 강아지가 등장했고 그 광고를 본 많은 시청자들은 어린 강아지의 애교에 매료되었다. 또 당시 미국 대통령이었던 조지 W. 부시가 키우는 애견도 이 품종이었다. 헬기를 타러 올라가는 부시 대통령의 뒤로 코커스패니얼 품종의 강아지가 뒤따르는 사진은 우리나라 신문의 일면을 장식하기도 했다.

한때 갓 태어난 코커스패니얼의 강아지의 시장 가격은 거의 천만 원을 오르내렸다. 이후 사람들은 앞다투어 이 품종에 매달렸다. 구매자들은 구매자들대로 생산자들은 생산들로서 말이다. 특히 생산자들이 말 그대로 폭증했다.

'강아지 공장'이라는 개념이 등장하는 것도 이즈음이다. 예전부터 이런 환경의 강아지 번식장은 있었지만 이때부터 강아지들을 대량생산하려는 번식장들이 대거 등장했다.

일반인들은 강아지 공장이라 일컬어지는 번식장에 접근할 기회가 없었다. 만일 이곳을 방문한다면 여러분들은 단지 불결한 환경에 놀라는 게 아니라, 결코 현실적일 수 없을 것 같은 사육환경에 경악할 것이다. 여기서 우리의 모든 상상을 멈추어야 한다. 돈과 돈을 향한 의지는 형용할 수 없는 환경의 강아지 공장을 만들어냈다.

이후 코커스패니얼의 가격은 어떻게 되었을까? 튤립 파동보다 더 극적이다. 왜냐면 먼저 이 파동은 개들의 한 세대라고 할 수 있는 10~15년을 지속하지 못했다. 이를테면 어미 견을 천만 원을 주고 사서 번식해서 강아지를 낳게 했을 때 새끼견은 분양조차 힘든 상황이 벌어진 것이다.

왕초

진돗개와 핏불테리어 교잡종이 있다. 이 교잡종은 두 품종의 특성을 고스란히 물려받았다. 그 특성은 투견인 핏불테리어의 싸움본능과 진돗개의 사냥본능과 충성심이다.

싸움을 위해 개발된 견들 중 핏불테리어만큼 완벽한 개는 없다. 투견인 핏불테리어의 외모는 온통 근육질이다. 특히 턱근육이 엄청 세다. 한번 물면 절대 놔주지 않는 성질은 곰이라도 이기기 힘들다. 무조건 달려들고, 물고, 상대방이 죽어야 무는 것을 멈춘다. 바로 이 점이 이 완벽한 투견의 단점이기도 하다. 투견장에서 견들은 주인의 명령에 따라 자신의 본능을 억누를 수 있어야 한다. 그래야 힘을 낭비하지 않고 다음 싸움을 준비할 수 있다.

그래서 예전부터 투견꾼들은 진돗개와 핏불테리어를 교배해 새로운 투견을 만들어냈다. 이 개량종의 능력은 핏불테리어에 밀리지 않았고 진돗개의 특성을 겸비해 주인에 대한 충성심과 사냥본능까지

개는 온몸으로 웃는다

갖추었다. 한때 투견의 대명사인 도사견도 이 교잡종과 싸움에서 밀린다.

투견은 음성적으로 벌어지는 도박 같은 것이다. 불법투견장에서 거래되는 판돈은 엄청나다고 한다. 그러다 보니 예전 보신탕용으로 도사견을 키우던 업자들이 투견을 키우는 데 뛰어들었다. 이들은 서울 외곽의 땅을 구입해 불법으로 건물을 짓고 그 안에서 투견들을 몰래 양육했다. 이 투견들의 운명은 정해져 있다. 주인인 투견꾼들을 위해 죽을 때까지 싸우다가 결국 나이 들고 약해지면 그들 주인이 키우는 도사견들과 같이 고기로 팔리는 것이다. 이 교잡종의 고기는 인기도 좋았다. 근육으로 단단하게 다져진 이 투견의 고기 맛이 일품이란 소문이 자자했다.

왕초는 바로 이 잡종견이다. 주인은 역전에서 쌀집을 운영했다. 동네에서는 평범한 쌀집 아저씨이지만 실상 이분의 본업은 다른 곳에 있다. 투견업자였다. 당시 성남 모란시장에서는 불법이지만 은밀하게 정기적으로 투견판이 벌어졌다. 이분은 꾸준히 이곳에 자신의 개들을 내보냈다. 이분이 키우는 여러 마리의 투견 중 단연 주인을 만족시키는 것은 '왕초'였다. 왕초가 이겨서 온 날은 동물병원에서 왕초에 대한 자랑을 끝없이 늘어놓았다. 그런 날은 보호자의 주머니가 왕초가 벌어들인 수익으로 두툼하다. 하지만 왕초의 보상은 고기 몇 점과 온몸의 상처들이었다.

경기 후 예외 없이 투견들은 치료를 받아야 했다. 투견장의 살벌함은 이 개들에게 외상을 피할 수 없게 만든 것이다. 투견들의 외상은 교상이 대부분이다. 교상은 봉합이 주요 수술이라, 크게 어렵지 않고 예후도 나쁘지 않았다. 문제는 수술비였다. 이들은 어떻게 해서든 수술비를 아끼길 원했다. 그래서 견주들은 수술을 할 때 마취하는 것을 꺼렸다. 마취비가 아깝다는 것이다. 이 투견꾼들은 개들을 줄을 묶고 힘으로 제압하고 수의사에게 환부를 보여주어 봉합하게 했다. 간단한 경우는 문제가 안 되지만 환부의 크기나 위치에 따라서 혹은 다소 복잡한 수술에선 보호자와 마찰이 생길 수밖에 없었다. 대부분은 결국 수의사의 의견이 관철되었다.

한데 왕초는 예외였다. 여러 번의 왕초의 봉합수술에서 국소마취 이외에는 단 한 번도 전신마취를 하지 않았다. 놀라운 것은 이 왕초를 보정할 때 아무도 강제적으로 붙잡지 않았다는 사실이다. 왕초는 모든 수술의 고통을 스스로 참아냈다.

한번은 하악 위쪽 부위의 내측으로 깊숙이 찢어지는 부상을 입어서 병원에 왔다. 수술은 송곳니 뒤쪽까지 환부를 벌려 내측에서부터 봉합하고 외측 바깥을 이중봉합해야 했다. 수술 후 정상적으로 음식을 씹을 수 있는 저작활동까지 고려해야 하니 꼼꼼하게 봉합해야 하는, 시간이 다소 걸리는 수술이었다. 당연히 전신마취를 해야 했지만 보호자는 단호히 거부하셨다.

개는 온몸으로 웃는다

나는 처음에는 아무리 왕초라도 찢어진 볼을 당겨 봉합하는데 가만히 있지 않을 것이라 예상했다. 보호자는 자신이 책임진다고 큰소리치셨다. 이분의 흰소리는 한 귀로 흘려보내는 게 신상에 좋지만, 평소 나는 왕초의 충성심을 눈여겨보고 있어서, 이번에도 왕초가 견뎌낼지도 모른다는 묘한 도전의식이 내 내면에서 발동했다. 중간에 위험한 기세가 있으면 수술을 중단하면 된다고 판단하고 예전처럼 수술을 하기로 결정했다.

내 앞에 언제나처럼 앉아 있는 왕초는 투박하지만 의외로 귀여운 면이 있었다. 녀석을 쓰다듬으며, 우선 신뢰감을 주었다. 그리고 평소처럼 잘 참자고 설득하는 말을 던졌다. 아는지 녀석은 침묵을 지킨다. 시선은 바로 자신의 보호자를 향했다. 마치 충성을 맹세한 전사처럼 뚫어져라 보호자를 보면서 근육질의 왕초는 바위처럼 앉아 있었다.

시작이다. 우선 환부를 포비돈으로 멸균했다. 그리고 나는 몸을 왕초의 구강 앞쪽으로 접근시키며 천천히 환부를 당겼다. 구강이라 했지만 사실 투견에게는 흉기나 마찬가지인 송곳니 뒤쪽이었다. 내 머리를 그 흉기의 안쪽까지 접근시켜야 내측으로 봉합해 들어갈 수 있었다. 한 뼘씩 연속 봉합으로 봉합해 들어가다 외측에선 단단 봉합으로 수술을 마쳤다. 그 과정에서 왕초는 몇 번의 끔적거림이 있었지만 그 밖의 동요는 없었다. 시선은 주인을 향해 끝까지 고정되어 있었다. 그렇게 왕초의 구강 안쪽의 봉합수술은 무사히 끝났다.

왕초는 수술 후에 꼬리를 흔들며 일어서더니 바로 주인에게 다가가 머리를 비볐다. 이렇게 충성심이 강한 견이 있을까? 이런 견을 소유한 그 보호자가 부럽기까지 했다. 그 보호자가 투견꾼이라는 것은 왕초에겐 너무나 가혹한 운명이었다.

수술비를 정당한 액수로 매겨 청구했다. 하지만 평소에도 수술비에 인색하셨던 분이시라 수술비를 지불하면서도 전신마취도 안 했는데 왜 이렇게 비싸냐고 불평불만을 퍼부으셨다. 사실 수술비와 그날 투견판에서 왕초가 벌어들인 수익을 비교하자면 수술비는 그야말로 조족지혈이었다. 그는 단 몇 푼도 그의 돈벌이 기계를 위해 사용하는 것을 엄청난 손해로 인식하고 있었다.

매번 수술비 문제로 갈등을 빚더니 언젠가부터 우리 병원에 오지 않으셨다. 나는 왕초의 소식이 궁금했다. 그렇게 충성심 강한 개를 다시 또 볼 수 있을 것 같지 않았다.

1년 정도 지나서였던 것 같다. 왕초가 다시 왔다. 이번엔 투견장에서 다친 상처들이 문제가 아니었다. 오른쪽 앞다리에 골막염이 생긴 것이다. 환부를 보니 초기 단순한 외상이 골막염으로 번진 것이다. 보호자분께 어떻게 됐는지 이유를 물으니 처음에는 대답을 안 하셨다가 나중에 말씀하신 사연이 기가 막히다.

왕초는 그 후에도 계속 부상을 당했는데, 보호자가 우리 병원에서 내가 처치했던 방법을 흉내 내 집에서 자체 치료했다고 한다. 왕초의

개는 온몸으로 웃는다

충성심을 아는 보호자는 왕초의 상처를 멸균도 제대로 하지 않은 채 이불 꿰매듯이 봉합했다. 처음에는 동물약국에서 구입한 항생제로 어느 정도 2차 감염을 막아주었다. 하지만 왕초는 투견판을 드나들었고 그때마다 항생제를 남발하니, 동물약국에서 파는 항생제로는 염증이 가라앉지 않았다.

결국 상태가 심각해지자, 주변의 목장주들에게 약들을 수소문했다고 한다. 그분들은 상처에 스테로이드 제제를 주사했더니 좋아졌다고 알려주었단다. 왕초의 보호자는 왕초에게 이렇게 수소문해서 구입한 스테로이드 제제를 주사 놓기 시작했다.

스테로이드 제제는 면역 억제제라 초기 소염작용으로 환부가 회복되는 것처럼 보인다. 하지만 실제로는 염증을 더 심하게 진행시켜 나중에는 전신에 부작용이 나타나게 된다. 환축은 결국 그 부작용으로 고통스럽게 사망한다. 아주 소량이라도 주의해서 사용해야 하는 극히 위험한 약물이다. 왕초의 골막염은 그렇게 발생한 것이었다. 작은 상처는 보호자가 사용한 항생제의 남발 때문에 항생제 내성이 생기게 되고 그 상태에서 스테로이드 제제를 정기적으로 주사한 것이다. 그리고 상태가 약간이라도 좋아지면 왕초는 다시 투견판으로 끌려갔다. 그러니 새로운 상처들은 계속 덧나고 보호자는 스테로이드 주사 용량을 늘렸다. 결국 왕초에게 골막염이 생긴 것이다.

골막염은 내과적으로 좋아질 가능성이 적다. 하루라고 빨리 오염된 다리를 절단해야 한다. 그래도 그 이후 진행되는 예후를 낙관할 수 없다.

보호자분께 왕초의 상태를 설명드리고 다리를 절단할 것을 권고했다.

이 말을 들은 보호자의 반응은 잊을 수 없다. 그는 아주 냉정했다. 가만히 듣더니 이렇게 말했다.

"그래! 이놈 다리 자르면 투견판에서 빌붙지 못하잖아. 그럼 결국 고기지 뭐!"

그리고 마치 나에게 들으라는 듯 쳐다보며 크게 떠들었다.

"이 녀석, 고기 먹는 놈들 불쌍해서 어쩌나. 이놈한테 내가 주사 놓은 게 얼마나 많은데!"

나는 도저히 이 보호자 행태를 받아들일 수 없었다. 아무리 미물이라도 자신에게 모든 것을 바친 동물에게 이런 대우를 한다는 것을 나는 용납할 수 없었다. 잠시 이성을 잃고, 나는 보호자분에게 쌍소리를 섞은 채 소리를 지르고 말았다. 그동안 나도 모르게 참았던 분노가 쏟아진 것이다. 어쨌든 그 후 왕초와 그 보호자분은 우리 병원에 다시는 오지 않으셨다.

보호자분의 소식은 간접적으로 들을 수 있었다. 투견은 단속이 심해 더 이상 할 수 없게 되었고, 육견은 이제 수요가 현저하게 줄었다. 시대가 변해 투견이나 육견은 더 이상 시장가치가 없어진 것이다. 이분은 지금은 일반 소형견 번식장을 운영하신다. 반려동물 붐이 일어 소형견 시장은 극성수기를 맞고 있기 때문이다. 그리고 역전 쌀집도 여전하다. 나름 부지런히 번식장과 쌀집을 생업으로 이어가고 계시다.

모든 생명을 도박판의 판돈으로 취급하는 투견판의 상상력은 어디서 기인하는 것일까? 더 불안한 것은 과연 이 상상력이 투견판에만 한정되는가 하는 것이다. 우린 왕초가 투견이라 생각했지만 정작 투견은 쌀집 주인이었다. 그런 유의 인간들이 우리 사회를 투견판으로 만들고 있었다.

잭 런던의 소설 《야성의 부름》에 벅Buck이란 세인트버나드 잡종견이 주인공으로 나온다. 미국 따뜻한 남쪽에서 팔려 와 알래스카에서 썰매개로서 혹독한 겨울을 견디어내야 하는 벅은 역설적으로 이 알래스카에서 자신의 야생성을 발견하게 된다는 이야기이다. 벅은 황금을 찾아 동토의 땅으로 밀려온 여러 인간 군상들에게 팔린 후 썰매개로서 무자비하게 혹사당했다. 벅이 거의 죽을 정도로 지쳐갔을 때 손턴Thornton이라는 인물이 벅을 구해준다. 벅은 손턴에게서 가장 이상적인 주인의 모습을 보게 된다. 벅은 그에게 모든 것을 바쳐 헌신한다. 아래는 그 장면 중 하나를 그린 것이다.

"뛰어내려, 벅!"

그는 절벽 아래를 향해 팔을 뻗쳐 심연 위로 흔들었다. 그다음 순간 그는 절벽 아래로 떨어지기 직전인 벅을 아슬아슬하게 두 팔로 꽉 끌어안았고 한스와 피트는 둘을 안전한 곳으로 끌어왔다.

"으스스하군."

모두 한숨을 돌린 뒤, 피트가 말했다.

손턴은 고개를 흔들었다.

"아니야, 찬란한 거지. 또 무시무시하기도 하고. 그거 알아? 때로 난 두려워."

무시무시할 정도로 찬란한 벅의 복종심은 왕초에게서도 마찬가지였다. 벅처럼 왕초 역시 주인의 한마디에 절벽에서 뛰어내릴 정도로 순종적이었다.

이것이 반려견의 사랑 방식이다. 녀석들은 어떤 조건이나 경우를 정해 따르는 것이 아니라 무조건적으로 사랑한다. 한편 손턴조차도 벅의 사랑이 입증되기를 원한 것처럼 인간들은 사랑한다면 증명해보라는 식으로 어떤 증거를 요구한다. 그리고 그 증거가 합당한 경우, 그들은 서로 사랑할 수 있다. 또 사랑하다가도 증거의 효력이 다하면 새로운 증거를 요구하고 그 사이에 서로 간의 사랑을 의심한다. 인간의 사랑 안에서는 끊임없는 의심과 증명의 요구가 사랑의 본심을 대신 차지하게 된다.

불행한 것은 벅이 사랑한 손턴은 이상적인 주인이었다는 것이고 왕초가 사랑한 쌀집 주인은 돈만 아는 수전노였다는 점이다. 그렇다고 왕초의 사랑 방식이 퇴색하진 않는다. 그는 자신의 본성에 따라 최

개는 온몸으로 웃는다

선을 다해 사랑했다. 그 사랑이 어떤 열매를 맺느냐는 것은 남은 우리들의 몫이다.

이후 왕초의 소식을 듣지 못했다. 하지만 나는 왕초를 잊지 못한다. 수술 당시 녀석의 인내심과 충성심, 그리고 보호자를 향한 눈빛…! 인간으로서 나는 왕초의 사랑에 근방에도 가까이 갈 수 없다. 내겐 왕초의 사랑이 찬란하고 무시무시하다.

초코

급하게 전화벨이 울렸다. 야간 응급이다. 고양이가 배뇨를 못 한다는 주인의 호소가 전화기 너머에서 울먹였다. 즉시 병원으로 오라고 말씀드리고 차를 병원으로 향했다. 응급으로 내원한 초코는 하부요로 질환FLUTD; Feline Lower Urinary Tract Disease이다.

FLUTD는 주 증상이 배뇨 곤란이다. 통증이 아주 심하고 만성적으로 재발한다. 방광이 너무 심하게 팽대한 경우 사망할 수도 있다. 병원에 응급으로 오는 경우는 그전에 며칠 배뇨를 못 한 경우가 많아, 대부분 요도 개통술과 고양이 요도 카테터인 톰캣을 장착하게 된다.

노령묘인 경우 이 질환 때문에 신부전이 병발하는 경우가 허다하다. 노령묘는 이미 여러 번의 배뇨 곤란으로 고생했기 때문에 신장도 영향받은 것이다. 이런 경우 예후가 좋을 수 없다. 일단 고양이 카테타인 톰캣을 장착한 후에는 정상적인 배뇨가 가능할 때까지는 최소 24시간에서 48시간 정도는 병원에 입원해야 한다. 이런 배뇨 곤란이 반

개는 온몸으로 웃는다

복적 발생했을 때, 보호자에게 병원비가 현실적으로 부담될 수 있다. FLUTD로 고생하는 묘도 안타깝지만 그 질환을 옆에서 감당하는 보호자 역시 힘들다.

초코는 노령묘였다. 여러 번 배뇨 곤란 증상으로 다른 병원에서 입원 후 치료를 받았었다. 혈액검사와 방사선 촬영을 했다. 염려했던 대로 초코의 상태는 아주 좋지 않았다. 응급으로 진정 후 톰캣을 장착해 입원실 케이지에서 안정시켰다. 보호자는 여자분이셨는데 대학에 다닌다고 했다. 초코의 입원이 익숙하신지 별다른 말 없이 입원에 동의하셨다.

사건은 다음 날 발생했다. 그날, 초코의 상태를 보기 위해 병원에 아침 일찍 도착했다. 다행히 별다른 문제는 발견되지 않았다. 그런데 이른 아침 병원 창가에 인기척이 느껴졌다. 이내 그 인기척을 낸 분은 병원 안에 사람이 있는 걸 확인하고 조심스럽게 병원 문을 밀고 들어왔다. 그분은 자신을 초코 보호자의 아버님이라고 소개하셨다.

아버님이 오신 것은 초코의 안부 때문이 아니었다. 그분은 다짜고짜 초코를 안락사시킬 것을 요구하셨다. 단호하게 말씀하시는 목소리에는 남모를 사연을 담고 있는 듯했다. 차를 권하며, 그분의 사연을 들었다.

부인과 이혼 후 딸을 홀로 키우셨다고 한다. 고단한 삶이 역력히 묻어 있는 그분의 양미간은 자신의 신세를 이야기하는 게 스스로 서러

우셨던지 작게 떨렸다. 낮에는 택배 일을 하고 밤에는 대리운전을 하셨다. 그래도 딸 키우는 맛에 어려움을 견뎌내신 것이다. 한데 딸은 어릴 때부터 동물을 그렇게 좋아했단다. 딸을 위해 반려동물을 분양받고 싶었지만 비용 때문에 엄두를 내지 못하셨다고 한다. 분양이 안 되니 딸은 유기견이나 유기묘에 관심을 가졌고 아버님 몰래 유기동물을 집안에 데리고 들어왔다.

그 동물들이 가만히 있을 리가 있겠는가! 퇴근 후 아버님이 집에 들어오면 집이 온통 쑥대밭이고 이불이나 베개도 그놈들이 지린 오줌이 그대로 남아 있었다고 했다. 야단치고 쫓아냈지만 딸의 유기동물에 대한 집착은 사라지지 않았다.

초코도 유기묘 출신이었다. 다행히 다른 유기동물과 달리 초코는 깨끗하고 얌전한 고양이라 처음에는 반대하지 않았다. 그런데 사실 이 초코가 유기된 것은 바로 초코가 반복적으로 앓고 있는 병인 FLUTD 때문이었다. 딸은 그전 주인인 대신 초코의 병수발과 병원비를 짊어지게 되었다. 그리고 아버님은 딸이 이제 전문대학 졸업반이라 취직을 준비해야 할 학년인데 이 병든 초코 때문에 전혀 아무 일도 못 하고 있다고 한탄하셨다.

이번에도 초코가 병원에 입원하자, 아버님의 생각엔 이 모든 사태의 원인이 초코 같았다. 아무래도 초코를 없애야 한다고 판단하신 것같았다. 병원에 아침 일찍부터 서성이신 것은, 수의사가 출근하면 딸

　　　　　　　　개는 온몸으로 웃는다

이 일상생활을 하도록 초코를 딸 몰래 안락사시킬 것을 부탁하기 위해서였다.

수의사인 나로서는 치료하고 있는 동물을 아버님의 사정 때문에 안락사를 시킬 수는 없었다. 내 입장을 아버님께 간곡히 설명드렸다. 다행히 아버님은 내 사정도 이해해주셨다. 하지만 그러면서도 이번에는, 초코는 병원에 맡기고 제발 취직 준비를 하게 딸을 설득시켜달라고 간절히 당부하셨다. 어떻게 하겠는가, 일단 아버님을 안심시키고 딸과 대화할 수밖에.

불행인지 다행인지, 초코의 상태는 신부전 말기라, 치료가 불가능했다. 초코의 예후를 설명드리고 안락사를 권했다. 처음 딸은 반대했지만 초코의 의식이 사라져가고 고통 때문에 신음하는 초코의 모습을 보고 결국 안락사에 동의했다. 아버님과 나의 새벽 만남과 무관하게 자연스럽게 초코는 하늘나라로 갔다.

당시 우리 병원에는 고양이 2마리가 있었다. 2마리 다 유기묘 출신이다. 다행히 이 묘들은 건강하고 순했다. 딸에게 유기동물을 찾지 말고 우리 동물병원에 놀러와 병원의 고양이들과 시간을 가지라고 했다. 딸은 초코가 입원하면서 병원의 고양이와 안면을 튼 터라 선뜻 동의했다. 그 후 거의 매일 병원을 딸은 드나들었다. 하지만 그분도 사회생활을 하시면서 나름 다른 소중한 시간들이 생겼는지, 병원에 오시는 횟수가 점차 눈에 띄게 줄어들었고 지금은 거의 방문하지 않는다.

미셸 투르니에라는 프랑스 소설가는 《황금 구슬》에서 조각상과 마네킹을 구분한다.

내가 보기에 손님은 조각상과 마네킹을 혼동하고 있어요. 그것들이 옷과 맺고 있는 관계는 서로 정반대의 양상을 보이죠. 조각가에서는 알몸이 일차적입니다. 조각상은 보통 나체상이죠. 옷을 입고 있는 형상을 빚어야 한다며, 조각가는 먼저 나체상을 빚고 그다음에 옷으로 알몸을 덮을 것입니다. 마네킹과 옷의 관계는 그 반대입니다. 여기에서는 옷이 일차적이죠. 마네킹은 옷의 부산물일 뿐입니다. 옷의 분비물 같은 것이죠. 마네킹은 옷을 입고 있지 않으면 흉해 보입니다. 조각상은 인체와 마찬가지로 알몸일 수가 있어요. 하지만 마네킹에서는 알몸이라는 말이 어울리지 않아요. 그저옷을 벗었다고 말할 수 있을 뿐이죠. 여기 보이는 이것들은 사람의몸이 아닙니다. '인체의 이미지들'이라고 할 수도 없어요. 이것들은조끼 갖춘 슈트의 엑토플라즘이고 드레스의 유령이며 치마의 망령, 파자마의 허깨비예요. 그래요. 허깨비. 아마도 이게 가장 잘 어울리는 말일 겁니다.

투르니에의 조각상은 내부에서 스스로 발생하는 힘을 가지고 있다. 그 힘은 스스로 표현하는 한 능동적이다. 관람객들은 그 조각상이 일으키는 그 힘에 수동적으로 압도된다. 반면 마네킹은 철저히 주변 관객들의 수동적 대상에 불과하다.

사랑에도 이런 내부에서 발생하는 조각상의 계열과 외부의 견해들에 종속되어 나타나는 마네킹들의 계열들이 있는 게 아닐까? 어떤 사랑은 그 자체로 힘을 지니고 있다. 그것은 그 사랑의 당사자뿐만 아니라 그 이야기의 청자들도 변화시킨다. 반면 마네킹의 사랑은 화려하고 세련된 것 같지만 항상 변덕스럽다. 이런 경우 반려동물은 그 이미지로만 평가되기에 언제든 새로운 이미지의 희생물이 될 수 있다. 그리고 조각상의 계열 같은 사랑은 어떤 새로운 가치를 창조한다. 그 가치는 사랑의 당사자들에게 삶의 새로운 기원이 되고 그들에게 새로운 미래를 선사해준다. 이런 기준으로 사랑을 본다면 사랑은 단순한 감정의 문제가 아니다. 그것은 모험이다.

초코 보호자님의 사랑은 어떨까? 주제넘게 내가 판단할 수 있는 일은 아니다. 이분의 사랑이 단순한 감정인지 아니면 새로운 가치를 창조하는 모험인지 아직 우린 답할 수 없다. 앞으로 그분 삶에서 초코가 어떻게 기억되고 어떤 의미로 피어날지 우리는 모르기 때문이다.

아지 1, 2, 3···

남의 집 마당에 와서 마음을 쉬다
매일같이 마시는 술이며 모욕이며
보기 싫은 나의 얼굴이며

다 잊어버리고
돈 없는 나는 남의 집 마당에 와서
비로소 마음을 쉬다

– 김수영 〈휴식〉 중에서

짧게는 며칠, 길어도 6개월을 넘긴 적이 없었다. 대개 2마리씩 쌍으로 분양받은 후, 예방접종 마치고 잠시 그 견들과 안면이 트이면, 어김없이 두 자매는 기존 견들 대신 새로운 강아지들을 입양하셨다. 이미 분양된 강아지들은 애견숍에 다시 보내지거나, 두 자매 주변에 모여

개는 온몸으로 웃는다

든 파리떼 같은 친구들에게 맡겨졌다. 이 자매는 특별한 직업 없이 돈 많은 부모에 기대 강아지들을 쇼핑하듯 반복적으로 구매하는 것이다.

처음 그녀들의 강아지들 이름은 화려했다. 화이트, 엘리자베스, 스위트 등등. 하지만 이름을 고르는 데 지쳤는지 점점 그 이름들은 단순해졌다. 이젠 아지라는 이름으로 통칭됐다. 동물병원 차트에는 새롭게 분양받아 들어오는 여러 마리의 '아지'들을 구분하기 위해. 아지 1, 2, 3 등등으로 적혔다.

동물병원 경영에 있어서 그 두 자매는 완전 봉이었다. 진료 부담이 적은 예방접종으로 수익을 정기적으로 올릴 수 있고, 가끔 전염병이라도 걸린 견들을 입양받기라도 한다면 매출은 급상승했다. 법적으론 2주 안에 입양한 곳에서 병든 견의 경우 교환이나 환불을 해주어야 하지만 그 두 자매는 예외 없이 눈물을 흘리며 끝까지 치료해달라고 당부하면서 치료비를 아낌없이 지출했다. 만일 그 강아지들이 사망했다 해도 수의사의 노고를 간곡하게 설명하면 그 두 자매는 안타까워하는 정도에서 마무리 지을 것이다. 물론 건강하게 회복된 견들도 6개월을 넘기지 못하는 것은 마찬가지였다. 이 두 자매 같은 고객이 많을수록 병원은 수월하게 운영될 것이다.

한번은 동물병원에 그녀들의 부모님이 방문하셨다. 두 따님이 강아지를 반복적으로 교환하는 모양새가 그분들에게도 좋아 보이지 않던 것이다. 간호사는 이 부부가 각각 운전하고 온 수입차들의 가격이 수익대를 넘어선다고 넌지시 알려주었다. 간호사의 시선을 따라 병원 밖 주차장을 봤다. 그날 부부의 두 차 때문에 병원 주차장에서 빛이 나는 것 같았다.

한데 부모님 행색이 겉으로는 화려하지만 비치는 분위기는 험했다. 검고 단단한 마른 체형과 시선을 안 맞추지만 은근히 쏘아보는 날카로움이 예사롭지 않았다. 나중에 안 사실인데, 이 부부는 서울 노원구에서 나이트클럽 2개 정도 운영하는 유흥업계에서도 유명한 갑부였다.

그분들의 두 따님에 대한 염려는 여느 부모와 마찬가지였다. 따님들이 고등학교를 중퇴한 후 반복된 이런 기행을 그분들도 다소 비정상적으로 인식하고 염려하셨다.

"외로워서 그런 건 같으니, 애들 오면 잘 봐달라. 진료비 걱정은 마시고…!"

문제는 나였다. 스스로도 낯설 정도로 나는 그 부부에게 아부하는 양 고개를 숙이고 눈치를 살피고 있었던 것이다. 서울 외곽의 소도시에서 그 고객들만큼 수익을 창출해주는 분들이 없으니 동물병원을 경영하는 입장에선 아부라도 해서라도 고객으로 확보해두고 싶은 생각에 무의식적으로 반응한 것 같았다. 수치심이 고개를 들었지만 어쩔 수 없었다.

행여 양심 있는 수의사라면 이럴 때 이렇게 말해야 했을 것이다.

"따님들이 지금처럼 입양과 파행을 반복하는 것은 생명을 소모품

개는 온몸으로 웃는다

으로 전락시키는 무책임한 행동입니다." 그게 아니더라도 "현재 따님들의 심리 상태가 불안정하니 상담 치료라도 받게 하시라." 등등.

하지만 나는 그 자리에서 조금씩 무너져내렸다. 그분들의 고가의 외제차와 지갑 안의 꽉찬 현금다발 앞에서 그리고 섬뜩한 팔뚝의 문신과 상처들에서 곁눈질을 하며 그분들의 안색을 살피는 자존심 잃은 수의사가 된 것이다.

이제 내겐 타인이 두 종류로 나뉘는 것 같았다. 한 부류는 고객이라는 타인이고 다른 부류는 나를 제외한 다른 사람들이다. 전자는 돈을 매개로 맺어져 필요하다면 굴종도 마다하지 않고, 후자는 인격을 매개로 이어져 여기서는 자존심을 구길 일이 없었다. 동물병원 경영에 매진할수록 점점 타인들이 고객으로 바뀌는 것 같다. 내가 만나는 사람들이 돈벌이의 대상으로만 판단되는 것이다.

이렇게 변하는 게 마음 편하진 않지만 먹고사는 데 다른 대안이 있는 것도 아니다. 사실 고객들을 모셔오는 것도 쉽지 않다. 우리 동물병원 주변에만도 새로운 동물병원이 몇 개가 들어섰다. 가끔 미안한 표정을 지으며 이들 병원으로 들어가는 고객들을 마주할 때는 얼굴이 절로 굳어졌다.

결국 주변에 2층 규모의 24시간 서비스를 제공하는 병원이 생기면서 그 두 자매는 보다 나은 서비스를 받기 위해 우리 병원에서 그 병원으로 적을 옮겼다. 떠나가는 고객을 탓할 수는 없다. 고객 만족을 위해 최선의 준비를 하지 못한 나를 원망할 일이다.

몇 해 지난 후, 그 두 자매가 다시 병원에 방문했다. 고가의 외제차를 두 자매가 나란히 주차시키고 마치 예전의 추억을 회상하듯 감회에 젖어 병원 안으로 들어왔다.

간호사와 나는 잠시 그녀들의 달라진 외모에 혼란을 겪었다. 두 자매는 거의 전신 성형을 한 듯했다. 익숙했던 목소리나 걸음걸이가 아니라면 다른 사람으로 착각할 정도였다. 그렇게 달라진 외모의 두 자매는 낡은 인테리어가 추억을 떠오르게 하는지, 예전과 똑같다는 말을 하면서 잔뜩 애견 간식들과 용품을 구입하고 병원 문을 나갔다.

돈의 위력이 어디까지일까? 돈은 우리가 성형 미인이라는 외모의 새로운 기준을 만들었다. 수많은 여성 혹은 남성들이 이 기준에 부합하기 위해 자신의 자산 중 상당 부분을 아낌없이 지출하기로 결심한다. 돈은 평상시라면 비합리적이고 어리석다고 여겨지는 처사에도 고개를 숙이게 만든다. 그리고 필자 역시 무수한 사연을 가지고 병원을 방문하는 분들의 이야기에 귀 기울이는 게 아니라, 수익이라는 범주의 이해관계에 따라 그 방문객들을 고객으로 대체해서 해석하려한다.

"남의 집 마당에 와서 마음을 쉬다"라는 김수영의 휴식처럼 나 역시, 내 것 아닌 돈이 주인인 세상에서 지친 마음 겨우 의지할 수밖에 없는 것 같다.

개는 온몸으로 웃는다

다정이네

다정이의 전자 차트 아래에는 수많은 동물이름이 나열되어 있다. 다정이 보호자님이 처음 다정이를 등록하시고 그 후 이름 없는 유기견, 유기묘들을 줄줄이 이름 지어 등록시켰기 때문이다. 동물병원이야 차트에 기록하면 되지만 이 동물들을 모아 돌보는 것은 보통 신념이 아니면 불가능하다. 게다가 다정이 보호자님은 지금 사시는 마을 원주민도 아니셨다. 어느 날, 이 작은 시골 마을, 농가주택의 일부를 임대해 들어오셔서 다정이와 더불어 사신 것이다.

다정이 보호자님은 마을에 들어오고 얼마 안 있어, 유기견 몇 마리들을 모아 돌보셨다. 처음에는 몇 마리였지만 곧 그 규모가 급격하게 커지더니 수십 마리가 되었다. 거기다가 아침, 저녁 이분은 동네 야산의 고양이들에게 사료를 주셨다. 이 사료를 먹기 위해 아침부터 고양이들이 모여들었고, 아예 다정이 보호자님 집 주변에 터 잡고 사는 고양이들도 늘어났다. 이렇게 유기견들과 돌보는 유기묘들까지 헤아린다면 이분이 관리하시는 동물들의 수는 실로 엄청났다.

마을 주민 입장에서는 이런 날벼락이 없다. 조용하던 동네에 개소리, 고양이 소리가 밤낮없이 울려 퍼지고, 밭에는 예전에 보이지 않던 고양이들이 진을 치고 앉아 있게 되었다. 수십 마리의 개들이 배설하는 분뇨는 다정이 보호자님 혼자서는 도저히 감당할 수 없어 마을 곳곳에 퍼져갔다. 모여든 고양이들 중 몇 놈은 마을의 가금류들을 공격하기도 해 이제 닭들을 방사하는 것은 엄두도 못 냈다.

더구나 유기동물을 받아주는 곳이 있다는 소문이 나면서, 여름 휴가철이 되면 남몰래 버려지고 가는 유기동물이 지천이었다. 이 유기동물 중 병든 녀석들도 있어, 설사하고 토한 흔적이 골목 주변을 물들였고, 삐쩍 마른 유기견들이 마을 입구부터 돌아다녔다. 그러니 마을 주민들 입장에서는 난리가 아닐 수 없었다.

한데 다정이 보호자님은 꿈쩍도 안 하셨다. 마침, 언론에선 유기동물을 돌보는 분들을 천사처럼 조명해주었다. 이 영향 때문인지 다정이 보호자님에게 나름 감동하신 자원봉사자분들이 한 분, 두 분 이 마을로 모이셨다. 이분들은 유기동물을 돌보는 것에 대해서 어떤 사명감으로 모이셨기 때문에 자신들을 비판하는 분들에게 완강하게 맞섰다. 만일 마을 주민분들이 이분들을 내쫓기라도 하면 시골마을의 텃새니 지역이기주의니 하며, 이분들에게 마을 전체가 매도당할 기세였다. 읍사무소에서도 마을 주민의 민원을 해결하기에는 역부족이다.

읍사무소 공무원들 역시 이래저래 눈치를 보고 있었기 때문이다.

문제가 한 번 더 꼬였다. 다정이 보호자님을 중심으로 모여든 분들이 단체를 결성하신 것이다. 그분들은 홈페이지도 만들고 인터넷을 통해 이 단체를 홍보하기 시작했다. 후원금도 적지 않게 수령한다는 소문이 들렸다. 마침 유기동물과 관련된 이슈가 사회적으로 부각되면서 시청에선 보호받는 유기동물에 대해서는 마리당 얼마만큼의 지원금을 보태는 사업을 시행하게 되었다. 사정이 이렇게 되니, 다정이 아주머님의 하시던 일들이 제법 커다란 수익 사업이 된 것이다.

마을 주민들의 타들어가는 속내를 해결해줄 출구는 엉뚱한 곳에서 해결됐다. 아주머님의 사업이 커지면서 돈을 노리고 들어온 업자들과 자원봉사자 사이에서 다툼이 일어난 것이다. 서로 비방하고 폭로하고 어제의 동료가 웬수가 된 것이다. 우리 병원에 와서도 상대 진영을 욕하는데 그 수준이 정말 저열했다.

결국 이들은 지리멸렬되고, 그중 몇몇은 더 큰 유기견 단체로 흡수되고, 또 거기서 다투고 다른 새로운 단체를 결성하시는 분들도 생겼다. 몇몇 분들은 마음의 상처를 안고 다른 생업을 찾아 떠났다.

이제 남은 분은 다시 다정이 보호자님뿐이다. 한데 이 세월이 30년을 훌쩍 넘겼다. 아주머님도 이제 늙으셔서 예전처럼 강단지진 못하시다. 지금은 몇 마리의 유기견과 아침저녁 소수의 유기묘들이 전부다. 그래도 대한민국 1세대 유기동물 보호에 앞장선 분이라는 그 자부심은 여전히 공고하셨다.

그렇다고 마을 주민들이 좋아했을까? 다정이 아주머님의 사정만이 마을의 핵심 문제는 아니었다. 그동안 마을에 도로가 뚫린 것이다. 마을 주민들은 도로를 사이에 두고 갈라섰고, 보상비와 지가 등으로 뿔뿔이 찢어졌다. 마을이 점점 변화하면서, 마을 주민들 사이에서 처음에 가졌던 다정이 아주머님에 대한 불만은 이젠 무관심으로 바뀌었다.

다정이 보호자님이 초창기부터 우리 동물병원에 정기적으로 오셔서 유기동물들을 치료받으셨기 때문에 동물병원에는 유기동물과 관련해서 일하시는 초기 활동가분들이 여럿 방문하셨다. 이분들 중에는 현재 대중에게 잘 알려진 단체의 대표들도 계셨다.

필자 입장에서 이분들의 헌신적 활동을 폄하할 수는 없을 것이다. 하지만 몇 가지 아쉽거나 보완되었으면 하는 점들은 있었다.

첫째는 초기 유기동물 단체들의 중심축은 대중매체를 거치면서 유명하게 된 몇몇 개인들 혹은 마치 가족 사업처럼 특정 가족이 독점하는 양상으로 나타났다. 이 단체들의 임원들은 대표와 가까운 지인이거나 가족 구성원들이었다.

사정이 이러니 둘째로, 이들 단체들은 폐쇄적이고 내부 소통이 제대로 이루어지지 않았다. 많은 자원봉사자분들이 단단한 각오로 이 단체들의 문을 두드렸을 때, 그분들은 대표나 특정 가족이 좌지우지되는 단체에서 끊임없이 소외당해야만 했다. 가장 큰 문제는 재정과

개는 온몸으로 웃는다

관련된다. 물론 나의 정보는 자원봉사자분들의 푸념이 전부겠지만 그분들 말씀으로는 후원금 등 대부분의 재정상황이 전혀 공개되지 않는다는 것이었다.

2010년경 뉴질랜드에 2년 정도 거주할 수 있는 기회가 있었다. 당시 나는 그곳에서 동물학대방지협회SPCA; Society for the Prevention of Cruelty to Animals라는 동물 복지 단체에서 수의사가 아닌 일반 자원봉사자로 참여했다.

SPCA는 뉴질랜드 전체에 퍼져 있으며, 뉴질랜드에서 가장 영향력 있는 NGO 단체 중 하나이다. 나는 뉴질랜드에서 가장 큰 도시인 오클랜드의 외곽에 있는 SPCA에서 봉사했다. 그 봉사 활동 중 내가 감명받은 것을 적자면

첫째, 자원봉사자들의 활동이다. SPCA의 자원봉사는 지원만 하면 아무나 참여할 수 있는 게 아니다. 먼저 면접을 거쳐야 하며, 그 면접을 통과해야 자원봉사를 할 수 있다. 면접 후 대기기간이 있는데 자신이 원하는 곳에 자리 잡아 봉사하기 위해서는 남은 봉사 자리가 있어야 했다. 재미있는 것은 나를 심사한 이 면접 실무자분들이나 활동의 방법을 안내한 분들도 모두 자원봉사자들이라는 것이다. SPCA는 자원봉사자들이 모든 부분에서 핵심적인 인력으로 참여하고 있었다. SPCA 안에는 이런 자원봉사자들을 위한 식당과 휴식공간 겸 도서관, 공유 주방, 그리고 작은 공연장까지 있다. 자원봉사자들의 활동이 이

단체에서 중요한 만큼 다양한 측면에서 이들을 배려하고 있었다.

다음으로 SPCA의 재정이다. SPCA는 다양한 경로로 수익활동을 하고 있다. 입양 동물들의 입양비부터, 기증받은 예술 품의 경매, 심지어 자원봉사를 위해 참여한 봉사자들에게도 SPCA는 다소 고가의 SPCA마크가 새겨진 티셔츠를 구입해야 활동에 참여할 수 있게 했다. 뉴질랜드를 떠난 후 한참 지났지만 SPCA는 후원을 부탁하는 메일을 정기적으로 보내왔다. 주된 내용은 "당신의 기부로 어떤 사연이 있는 유기동물을 돌볼 수 있다"는 것이었다. 이런 활발한 경제활동에도 불구하고 내가 아는 한 SPCA에서 재정과 관련해서 잡음은 없었다. 그 이유는 SPCA 발생하는 모든 회계는 투명했기 때문이다.

마지막으로 SPCA와 지역 사회는 조화롭게 발전했다. 내가 봉사한 오클랜드 도시 외곽의 보호소는 그 규모가 뉴질랜드 소읍만큼이나 컸지만, 가까운 지역의 마을 주민들은 이 보호소에 대해 어떤 불평불만을 가지지 않았다. 오히려 마을 주민들은 이 단체의 자원봉사자들 덕분에 마을이 더욱 활력이 넘치고 여러 방문객들이 마을의 경제활동에도 도움을 준다고 생각하셨다. SPCA는 마을 사람들에게 전혀 혐오시설이 아니었다.

다정이 보호자님은 자신의 젊음을 바쳐 평생 유기동물을 위해 헌신하셨다. 하지만 지역 주민들에게는 이분의 헌신이 커다란 고통이었다는 것은 부인하기 힘들다. 또 내가 접한 우리나라의 몇몇 동물 보호

단체들의 활동 방식은 소수의 대표나 가족 임원진을 중심으로 폐쇄적이고 독단적으로 운영되는 것 같았다. 내 생각에는 뉴질랜드 SPCA 활동 방식은 이런 병폐들에 나름 혜안을 주는 것 같다. 즉 폐쇄적인 소수 집단 중심이 아닌 개방된 자원봉사자들의 체계와 공개적이고 투명한 재정 정책, 그리고 지역 주민과의 공생 등이 그것이다.

나는 비록 마을 주민과의 갈등이 있었지만 다정이 보호자님의 유기동물을 향한 열정을 깎아내리거나 비난할 수는 없다고 생각한다. 현재 우리나라는 동물권에 대한 논의가 활발한데 그런 논의의 중심에는 이렇게 남모르게 활동하셨던 활동가분들이 계셨기 때문에 가능했을 수도 있다. 다만 이분의 활동에서 나타난 몇 가지 부정적인 실태들은 우리 모두가 고민을 하면서 극복해야 할 과제 같다.

TIP 4

개와 사람이 함께 발견된 가장 오래된 유적은
언제, 어디였을까?

1978년 이스라엘에서 1만2천 년 전의 구석기 유적이 발견되었다. 성별을 알 수 없는 노인과 노인의 왼쪽에 노인이 감싸고 있는 5세 정도 된 개의 유골이었다. 이 유물은 구석기 시대서부터 인간은 자신들과 특별한 관계를 형성하는 동물을 가졌다는 사실을 알려준다.

– 《동물, 인간의 동반자》 2장 4절 〈부족사회의 애완동물〉을 참조.

이런 증거는 현재도 남아 있는 오지의 원시 부족들에게서도 발견된다. 이 부족들은 다양한 애완동물을 기르며, 이 동물은 그들이 사냥한 짐승들과는 다른 지위를 가진다. 심지어 부족의 여성들 중에는 애완동물에게 자신의 젖을 물리기도 한다. 애완동물이 죽으면 주인은 며칠을 깊은 슬픔에서 헤어 나오지 못한다고 한다.

예전 절찬리에 MBC에서 방영된 〈아마존의 눈물〉이라는 다큐멘터리를 보면 아마존의 원시 부족에게서도 애완동물은 아주 특별한 존재였음을 알 수 있다.

개는 온몸으로 웃는다

아롱이

아롱이는 동물병원 옆 빌라 맨 꼭대기 층에 사시는 할머니가 키우시는 치와와다. 아롱이는 할머니 이외에는 만지지 못할 정도로 까탈스럽고 사납다. 가끔 미용이라도 동물병원에 맡기면 미용사가 손사래를 칠 정도다. 홀로 사시는 할머니는 아롱이가 자기만 보고 자라, 그런 것 같다고 말씀하시며 미안해하셨다.

동물병원 주위는 예전 신앙촌 할머니들이 여전히 주변에서 흩어져 사신다. 이분들은 신앙촌에서 생산된 물건들을 배달하고 판매하신다. 이분들이 판매하는 주요 품목은 신앙촌 요구르트다. 할머니들은 신앙촌에서 생산된 요구르트를 1톤 트럭에 담아 직접 전국에 배달하신다. 신앙촌의 배급망에서 할머니 같은 분들의 노동력은 아주 중요하다.

아롱이 할머니도 거의 매일 새벽부터 배달을 하시고 밤늦게 집에 들어가셨다. 가끔 집에 퇴근하시는 길에 할머니는 아롱이 사료와 간식을 구입해 가셨다. 홀로 사시는 분이라 우린 몇 퍼센트 정도 항상 할인해주었다. 그게 고마우셨는지, 할머니는 그날 배달하고 남은 요구르트를 직원과 나눠 마시라며 남은 요구르트를 챙겨주셨다. 그렇게 오고 가는 선물 속에서 할머니와 나름 두툼한 정을 쌓게 되었다.

배달일이 고된지 신앙촌 할머님들은 드세다. 할머님들에겐 어떤 피해의식 같은 것이 있어, 자신이 잘 모르거나 혹은 조금이라도 피해를 입는 경우에는 거칠게 말씀하셨다. 그런데 아롱이 할머님은 유독 다르셨다. 할머님들 중 가장 작은 키에, 목소리도 작으셨고, 항상 조심스럽게 상대방을 배려하면서 말씀하셨다. 작은 선의도 되갚지 못하면 불편해하셨고, 사나운 아롱이가 미용사님 등을 위협하기라도 하면 몸 둘 바를 모르셨다. 그러니 아롱이의 성깔에도 불구하고 병원 식구들은 할머님을 좋아했다.

몇 주 할머니를 뵙지 못했다. 홀로 사시는 분이라 염려가 되어 할머니와 친하신 동네 주민분들께 할머니 소식을 수소문했다.

그 소식은 너무 허무하고 참담했다. 일요일 신앙촌 교회에서 내려오시다. 사거리 횡단보도에서 좌회전하는 버스에 치여 돌아가셨단다. 몇 주 전까지도 웃으며 조용히 병원 문을 여시는 할머님이 눈에 선한데 그렇게 갑작스럽게 횡사하셨다는 소식이 믿기지 않았고 안타까웠다. 미리 알았으면 조문이라도 했을 텐데, 할머니 소식을 이렇게 늦게 물은 자신이 원망스러웠고, 돌아가신 분께 아무것도 해드릴 수 없다는 게 너무나 허망했다.

개는 온몸으로 웃는다

물끄러미 병원으로 돌아오는 길에 할머님이 횡사하신 그 횡단보도를 바라보았다. 사는 게 그렇게 초라하게 보이는 것은 나만 그런 것일까?

아롱이는 할머니와 일면식도 없었던 조카분께 맡겨졌다. 평생 홀로 사신 할머님은 할머니 소유의 빌라와 아롱이를 유산으로 남기셨는데, 어떻게 먼 친척분을 찾은 것이다. 아롱이는 신기하게도 이 조카분에게 매달리며 예전 할머니처럼 의지하는 것이었다. 아롱이의 그런 모습이 얄밉기도 하지만 한편 안도감도 들었다. 누군가를 잊지 못하는 게 얼마나 삶을 얼어붙게 하는지 우리는 잘 알고 있다.

시간이 꽤 지났지만 할머님과의 기억은 사라지지 않았다. 어느 날 돌아가신 할머님을 잘 아는 신앙촌의 다른 할머님이 동물병원에 오셨다. 이 할머님은 신앙촌 할머님들 사이에서 마당발 같은 분이시다. 더구나 할머님 소유의 상가도 있어 그 상가에서 발생하는 수익이 꽤 있었다. 나름 경제적으로 안정되고 여러 할머님들 사이에서 인정받는 분이셨다. 이 할머님은 아롱이 할머님이 어떻게 영면하셨는지 잘 아실 것이다.

"아롱이 할머님은 어떻게 잘 보내드리셨어요?"

할머니는 눈물을 먼저 훔치셨다.

"그년, 불쌍하고 어리석은 년!"

한숨 섞어 토하듯이 말씀하셨다. 그 비통해하시는 모습에서 내가 모르는 그 할머니의 남다른 사연이 있음을 짐작할 수 있었다.

아롱이 할머님은 신앙촌에 오시기 전, 남편에게 버림받았고, 할머님의 하나 있었던 아들은 '가난' 때문에 돌아가셨단다. 아드님 죽음에 대한 죄책감은 할머님 평생을 따라다녔다. 할머님은 아들을 살리지 못했다고 자신을 학대하며 사신 것이다. 그래서 자신을 위해서는 단한 푼도 사용하지 않으셨단다. 죽도록 저주스러운 가난에 대한 원망으로 악착같이 한 푼 한 푼 모으셨다. 돌아가신 할머니의 통장에는 1억 가까운 돈이 있었다고 하셨다.

살아생전 아무도 찾아오지 않았던 홀로 사시는 할머님을 돌아가시니 먼 친척들이 찾아왔다. 결국 1억의 통장잔고와 할머님 소유의 빌라 등 할머님 모든 소유는 생면부지의 조카가 물려받게 된 것이다.

할머님은 아롱이 할머님의 이런 사정을 말씀하시면서 풀리지 않을 억울함의 사슬이 자신을 조여오는 듯 답답해하셨다.

아롱이 할머님의 개인사를 듣고, 처음 내 마음도 이 할머님과 다르지 않았다. 난방비를 아끼기 위해 한겨울에도 냉방에서 주무시면서, 단 한 번의 외식도 상상하지 못한 채, 억울하게도 아롱이 할머님은 모든 소유를 자신의 죽음과 함께 타인에게 던졌다고, 나 역시 마찬가지로 안타까워했던 것이다.

어느 추운 겨울날이었다. 할머님 소유의 빌라에서 수도관이 동파되었다. 체온이 사라진 텅 빈 빌라는 한겨울의 칼날 같은 추위를 고스란히 담았던 것이다. 마침 맨 꼭대기 층에 사셨기 때문에 그 빌라 동 전

개는 온몸으로 웃는다

체가 물벼락을 맞았다. 119를 불렀다. 주인이 없었지만 돌아가셨다는 말을 듣고 문을 따고 들어가 동파된 수도를 고쳤다.

그때 잠시 할머님 빌라 안으로 들어갈 수 있었다. 입구에는 호기심 많은 아롱이가 밖으로 나가지 못하게, 강아지용 안전문이 설치되어 있었다. 안전문을 밀고 할머님의 집안으로 들어가면 보이는 게 작은 방과 거실 그리고 화장실과 발코니가 전부였다. 거실엔 햇살들이 머무는 곳을 따라, 지금은 마른 화초밖에 없지만 작은 화분들이 가지런히 놓여 있었다. 안방은 여전히 깨끗했다. 다만 방 안쪽에 아롱이의 방석이 그대로 놓여있었고, 녀석이 입에 물고 놀았을 장난감들이 몇 개 널려 있었다. 하루 일과를 마치고 할머니와 아롱이가 도란도란 얘기하면서 취침 드는 모습이 상상이 되었다. 스치듯 아롱이의 방석에 시선이 머물 때, 갑자기 아롱이를 안고 동물병원에 들어오셨을 때 환하게 미소 짓던 할머님의 모습이 떠올랐다. 그 순간, 그 밝고 소박한 미소만으로도 할머님은 충분히 자신의 삶에 드리워진 슬픔을 넘어섰다는 확신이 차올랐다.

문득 이런 생각이 들었다.

"누가 1억을 가져가는 게 그렇게 대수인가? 이렇게 정갈하게 기거하셨던 것으로 충분하지. 그 소유권이 누구에게 넘어갔다는 게 무슨 소용인가?"

할머님의 절제 있는 생활은 결코 통장의 잔고를 목표로 하지 않으셨다. 자신의 생을 나름 알차게 사시는 하나의 방편이셨던 것이다.

우린 너무나 쉽게 아롱이 할머님을 판단했다. 우리의 합리성의 기준으로 돌아가신 분을 답답해하며 꾸중하고 있었던 것이다. 사실 그분의 살아온 생을 생각한다면 여전히 욕심부리고 집착하는 우리가 거꾸로 꾸중 들어야 하는 게 맞았다.

정호승 시인의 〈슬픔이 기쁨에게〉라는 시가 있다. 이 시에서 기쁨에게 슬픔이 충고를 한다.

나는 이제 너에게도 슬픔을 주겠다
사랑보다 소중한 슬픔을 주겠다
(중략)
나는 슬픔의 평등한 얼굴을 보여주겠다
내가 어둠 속에서 너를 부를 때
한 번도 평등하게 웃어주지 않은
(중략)
무관심한 너의 사랑을 위해
흘릴 줄 모르는 너의 눈물을 위해
나는 이제 너에게도 기다림을 주겠다

삶은 슬픈 것이다. 이 슬픈 삶을 직면하지 않는 기쁨은 가짜다. 이 시는 삶의 이름으로, 진짜의 이름으로 슬픔은 기쁨에게 함부로 나대지 말라고 경고한다.

아롱이 할머님의 슬픔을 함부로 평가하지 말라. 그분이 감당한 슬픔과 그 슬픔을 감내해서 얻어낸 여유와 미소를 폄하하지 말라. 그리고 절제의 단순한 축적물인 몇 푼으로 그분 삶을 억울하다거나 어리석다고 말하지 말라.

시인은 내게도 이렇게 충고한다.

코코

코코는 극단적으로 사나웠다. 말티즈 잡종인 소형견 코코는 웬만한 대형견을 다루는 것보다 더 어려웠다. 코코는 무차별적으로 할퀴고 물었다. 집 안에서는 건드리지 않으면 입질은 하지 않는다고 한다. 하지만 조금만 불편하면 보호자에게도 바로 입질이었다. 코코를 안고 거리를 걷는 것도 불가능하다. 누군가 곁에 갔다가는 교상을 당할 수도 있기 때문이다. 게다가 사람이 많은 곳에선 주변 전체를 향해 거칠게 으르렁대며 사방으로 미친 듯이 짖어대니 거리에서 같이 산책도 할 수 없다.

주변의 모든 동물병원과 애견미용실에서 코코를 거부했다. 우리 병원은 예외였는데, 보호자님의 간곡한 호소를 무시할 수 없어서였다. 나 역시 코코가 오는 날엔 한 번은 꼭 물렸다. 어쩌겠는가, 수의사의 숙명인 것을.

나는 사나운 견들을 많이 보고 직접 다루어보았다. 대부분의 사나움의 원인은 두려움 때문이다. 그 두려움을 훈련 등의 방법으로 하나씩 해결해주면 상태가 호전된다는 것을 나는 잘 알고 있었다. 보호자가 할 수 없다면 훈련소를 찾을 수도 있다. 전문 훈련사들은 이런 개들을 다루는 방법을 잘 알고 있다.

코코의 사나운 성격 때문에 코코가 어릴 때부터 보호자님께 여러 번 주의를 주었다. 코코를 이런 상태를 방치하면 보호자님이 난처한 입장에 처할 수도 있다고, 필요하면 코코 보호자님께 능력 있는 훈련사를 소개시켜드리겠다고 했다. 하지만 코코의 보호자님은 요지부동이었다. 본인이 코코에게 물리면서도 전혀 코코에 대해 아무런 조치를 취하지 않았다. 그냥 선한 미소를 지으며, "제 탓이지요. 제가 코코를 잘못 키워서 그런 것 같아요."라는 대답만을 반복했다.

이런 코코와 코코 보호자를 감당하는 것도 한계가 있었다. 결국 동물병원 미용사님이 반기를 들었다. 코코를 진정 후 미용시켰지만 서서히 정신이 들어올 때 갑작스럽게 미용사님의 손을 물었다. 다행히 상처는 크지 않았지만 자칫 미용사 일을 쉬게 될 수도 있었다. 게다가 예전처럼 보호자님의 죄송하다는 말씀과 자신이 잘못 키워 그렇다고 반복적으로 말하는 태도에 미용사는 질렸다. 그리고 간호사도 강력하게 코코와 코코 보호자님의 병원에 오는 것에 항의했다. 이젠 내가 코코 보호자님과 해결을 봐야 했다.

무엇보다도 나는 이런 극단적인 코코의 성격이 어떻게 형성되었는지를 알고 싶었다. 문제는 어쩌면 코코가 아니라 보호자님에게 있을 수도 있다는 의심이 들었다. 가끔은 보호자님이 이런 코코의 성격을 즐기고 있다는 극단적인 의심조차 들었기 때문이다.

보호자님은 평소에도 이웃과 교류가 거의 없으셨다. 아침 이른 시간이나 늦은 저녁때 코코만 데리고 인적이 드는 외곽 들판을 산책하셨다. 사람이 없는 한적한 장소나 시간에선 코코도 주변을 킁킁거리며 보통 개들과 다를 바 없어 돌아다녔다.

어쨌든 오랜 세월 코코와 같이 지내다 보니 코코 보호자님이 나를 많이 의지하셨다. 그래서 대화 중에 가끔 자신의 깊은 사정을 암묵적으로 말해주셨다. 그렇게 그분과의 대화에서 알게 된 것은 남편분이 코코에 대해서 어릴 때부터 상당히 폭력적이었다는 사실이었다. 코코는 줄곧 남편분의 집요한 폭력의 대상이었다. 그런데 실상, 그 폭력은 사실 코코에게만 한정된 것은 아니었다.

지금은 아니라고 말씀하시지만, 예전엔 남편분이 아주머님에게도 잠시 폭력적이었던 시절이 있었단다. 그때 마침 어린 나이의 코코가 남편에게 대들었다고 한다. 보호자님은 폭력을 행사하던 남편에게 짖고 으르렁거리며 위협적 신호를 보냈던 코코의 행위를 아주머님을 지키기 위해서라고 철저히 믿고 계셨다. 하지만 평소 코코의 성격을 고려한다면 그 대상이 반드시 남편분이기 때문에서가 아닐 수도 있었다. 코코는 자신을 위협한다고 여겨지면 무차별적으로 달려들곤 했으

개는 온몸으로 웃는다

니 말이다. 그리고 코코 역시 남편분의 폭력의 대상이었으니, 으르렁거리며 대드는 게 코코 입장에선 충분한 이유가 있었다. 내가 생각하기에는 그 후 아주머님의 코코에 대한 용서와 사랑은 그런 남편에 대한 분노라는 다른 감정을 감추고 있었던 듯하다.

지금도 남편분이 조금만 아주머님께 언성을 높이면 코코는 사납게 대든다고 한다. 남편분의 폭력도 코코를 이기지 못했던 것이다. 그러니 코코는 아주머님에게는 이중적으로 느껴졌을 것이다. 즉, 남편의 폭력성에 대한 보호자로서의 코코와 무차별적으로 입질하는 사나운 코코로 말이다. 그래서 겉으로는 코코의 사나움에 대해 모두에게 "죄송합니다. 다 제 탓입니다."라고 말하지만 속으로는 그 코코의 사나움에 대한 모종의 기대감과 위로감을 비밀스럽게 키워나가신 것 같았다.

버지니아 울프가 쓴 《올랜도》라는 소설이 있다. 남성과 여성의 양성성이 공존하는 올랜도는 소설에서 이런 주장을 한다.

"옷이 우리를 입는 것이지, 우리가 옷을 입는 게 아니다."

갑자기 코코 이야기를 하다가 옷이 주제로 나오니, 당황할 수 있을 것이다. 한데 이 구절을 패러디에서 이렇게 말할 수도 있다.
"개가 우리를 키우는 것이지, 우리가 개를 키우는 게 아니다."
소설 속 올랜도는 남성과 여성의 복장이 어떻게 성정체성을 규정하는지를 설명하기 위해서 이런 주장을 한 것이다. 이런 사례는 옷만 그런 게 아니다. 이를테면 코코와 같은 우리가 돌보는 개들에게도 적용된다.

사람들은 개들의 단순한 반응에 호응하면서 자신의 삶을 그들의 반응에 얽어맨다. 의인화와 신화화의 출발선에 서는 것이다. 그 출발선에서 다시 사람들의 삶은 재구성된다. 그러니 개들이 사람을 키우는 꼴이다.

이런 나의 주장은 사실 이미 생물학계에선 꽤 알려져 있다. 소위 숙주에 기생이나 공생하는 동식물들이 어떻게 숙주를 이용하는지는 수많은 예들로 증명되고 있다. 이를테면 어떤 꽃은 자신의 수분을 더 잘 퍼트리기 위해 수분 가까이 꿀벌 등의 곤충이 더 쉽게 접근하도록 자신의 모양을 바꾼다. 어떤 난초는 자신의 잎을 곤충의 생식기와 닮게 만들어 곤충이 접근하게 유도한다. 이런 수많은 자연의 예들은 곤충이나 새들의 능동성에 기반한 행동이라 평가했던 것이 수동적이라 여겨졌던 식물들의 유도의 산물이라는 것을 증명해준다.

마찬가지로 우리 신체 안의 약 10조 마리의 미생물들이 우리가 음식물을 선택할 때, 어떤 영향을 미치는지를 관찰하면 "우리는 미생물에 조정받는다."라는 게 빈말이 아니라는 것을 알 수 있다. 또 동물행동학에서도 겉으로는 공생이나 기생으로 비쳐도 기생체가 숙주를 조정하는 사례는 아주 많다. 그러니 개들이 인간을 키운다는 상상은 단지 상상만이 아닐 수 있다.

개는 온몸으로 웃는다

개들도 마찬가지이다.
사람이나 개나, 공동체 안에서 어떤 욕구가 습관화되기 위해선
사회화의 과정이 필수적이다.
그런데 이 사회화의 단계에 어떤 혼란을 겪게 된다면
인간과 조화롭게 살 수 있었던
그들의 사회적 능력을 상실하게 된다.

코코는 사람이 아니다. 개다. 개들은 그들의 사회성과 능력으로 다른 동물들보다 인간이란 종과 더불어 생존하는 데 유리했다. 인류 역시 개의 능력을 활용하며 자신의 감각과 능력을 넓혀왔다. 하지만 생각하는 존재인 인간은 이 개에게 그들의 생물학적 특성과 무관한 신화적 성질을 부여한다. 그래서 수많은 존재하지도 않았던 영웅적인 의인화된 개의 신화가 우리를 자극시키고 눈물샘을 자극하는 것이다.

사람들은 개를 동물인 개로서 바라보는 게 아니라 의인화된 자신의 욕망의 대변자로 이해한다. 결국 개가 사람을 키우게 되는 것이다. 때때로 자연스러운 동물적 행동조차 보호자의 삶을 결정짓는 하나의 계기가 된다. 그 계기에 따라 보호자의 상상력은 비약하고, 수많은 감정을 낳는다. 또 그 감정은 그 개와 무관한 수많은 해석을 그 개에게 부여한다. 그런 현상은 우리 인간 사회에서 다른 출구를 찾는 분들에게 더 큰 영향을 미치는 것 같다.

개들도 마찬가지이다. 사람이나 개나, 공동체 안에서 어떤 욕구가 습관화되기 위해선 사회화의 과정이 필수적이다. 그런데 이 사회화의 단계에 어떤 혼란을 겪게 된다면 인간과 조화롭게 살 수 있었던 그들의 사회적 능력을 상실하게 된다. 예를 들어 평생을 개 우리에 갇혀 지낸 견들이 우리를 탈출해서 사람을 무는 기사를 심심치 않게 보게 된다. 코코의 경우도 다르지 않다. 주인의 널뛰는 감정에 따라 코코의 폭력성은 조절되지 못하고 더 길고 강하게 잔존하게 되었다.

개는 온몸으로 웃는다

코코는 이렇게 하기로 했다. 미용사와 간호사의 코코에 대한 반감이 가라앉을 때까지, 당분간은 우리 병원에 오지 말라고 말씀드렸다. 대신 보호자님이 산책하실 때 보호자님 대신 내가 산책시켜보겠다고 제안했다. 산책을 매개로 코코가 다른 사람과 접촉할 여지를 만들려는 의도였다. 몇 번 시도 후 코코는 큰 거부감 없이 나와 산책하는 것을 선택했다.

사실 그 녀석에게는 보호자도 나도 중요한 게 아니었다. 산책하는 자신의 시간이 훨씬 더 중요했다. 거기서 산책을 같이하는 나는 부차적이다. 산책하면서 조금씩 녀석과 친해졌다. 코코의 그 폭력성이 다 사라졌다는 것은 아니다. 하지만 이젠 도로에 사람이 있어도 적어도 짖지 않는다. 사람에게 무차별적으로 입질하는 것은 거의 사라졌다.

산책이 코코와 나를 이어주었다. 산책이 무엇이었길래 그것이 가능했을까? 아마도 그것은 코코도 나도 같은 자연에 포함됐다는 의미가 아닐까? 코코를 위로한 것은 풀과 나무 그리고 숲길이었고, 그 숲길에서는 나를 믿었다. 나 또한 코코를 믿었던 것은 그가 의인화된 코코가 아니라 '개'라는 자연이기에 산책길에서 나를 거부하지 않을 것이라 확신했던 것이다.

반려동물을 키운다는 것은 의인화의 신화를 확장하는 게 결코 아니다. 우리 안에 자연을 체화하는 여러 시도 중 하나이다.

청이

그는 물소리는 물이 내는 소리가 아니라고 설명한다. 그렇군, 물소리는 물이 돌에 부딪히는 소리, 물이 바위를 넘어가는 소리, 물이 바람에 항거하는 소리, 물이 바삐 바삐 은빛 달을 앉히는 소리, 물이 은빛 별의 허리를 쓰다듬는 소리, 물이 소나무의 뿌리를 매만지는 소리… 물이 햇살을 핥는 소리, 핥아대며 반짝이는 소리, 물이 길을 찾아가는 소리…

– 강은교 〈물길의 소리〉 중에서

운길산 중턱에 올라앉아 북한강을 아래로 보는 수종사는 그 풍경과 등산객에게 보시하는 녹차로 유명하다. 잠시 수종사에는 이 두 가지 말고 한 가지 더 유명했던 게 있었다. 수종사의 삽살개들이다. 당시 수종사에는 수컷인 청이와 암컷 홍이, 그리고 그놈들이 낳은 삽살개 강아지 4마리가 같이 살았다. 삽살개들 이전에는 백구 2마리가 수종

개는 온몸으로 웃는다

사에 오르는 등산객이나 신도분들을 맞아주었는데, 그 백구들은 지역의 보살님들께 분양되고, 영험하다는 이 삽살개들을 대신 키우게 되었다.

처음엔, 청이와 홍이는 성견이 되어 절에 와서 그런지, 예전 백구들이 힘들게 언덕길을 올라온 사람들에게 꼬리를 흔들며 반겼던 것처럼 그렇게 살갑진 않았다. 시간이 지나면서 그놈들도 사람들에게 익숙해지니 나름 다정하게 다가온다. 한데 두 놈의 성격이 완전히 달랐다. 홍이는 예전 백구의 성품을 닮아가는데 청이는 안 그렇다. 이 녀석은 항상 몇 발 떨어져 사람들을 관찰하듯이 먼발치에 누워 있었다. 짓궂거나 호기심 많은 아이들이 다가가면 짐짓 귀찮다는 듯이 서서히 털고 일어나 다른 자리에 앉는다. 그 폼이 너무 의젓하고 멋있어, 오히려 사람들은 청이를 더 좋아했다.

청이는 이름처럼 청삽살이다. 마찬가지로 홍이는 홍삽살이다. 청동의 반짝이는 금속성의 푸른 빛이 감도는 청이의 색깔과 은은한 흙빛이 감도는 홍이의 털 색깔은 보면 볼수록 감탄스럽다. 크기도 대형견들이라 그 큰 놈들이 윤기 나는 털빛을 휘감으며 걸어가는 모습은 주변 시선을 다 끌어모았다. 청이의 위엄과 홍이의 다정함은 수종사에 올라온 사람들 사이사이에서 두고두고 이야기되었다.

몇 년 후 4마리의 새끼들이 태어났다. 그놈들은 봄날, 한강이 보이는 수종사 마당 한 귀퉁이를 뛰어다녔다. 그 귀여움이란 보지 않은 사람은 쉽게 상상할 수 없으리라. 6가족이 마당에서 나와 장난치다가 스님들만 출입하는 별채로 들어갈 때까지 사람들은 연신 사진찍기를 멈추지 않았다. 수종사에는 아름다운 풍경과 녹차 이외에도 수종사의 삽살개라는 명물이 점차 유명해지기 시작한 것이다.

청이와 홍이가 처음 온 날부터 그 새끼들까지 우리 병원에서 관리했다. 수종사 왕진은 일부러 주로 주말에 갔다. 주말이면 아내와 그 당시 초등학교에 입학한 우리 아이들과 더불어, 우리 가족은 주말 나들이를 겸해 운길산 중턱의 수종사까지 걸어 올라갔다. 우리 아이들은 수의사 아빠의 특권으로 수종사 별채에서 진료 후 인기 좋은 삽살이 새끼들을 잠시 독점할 수 있었다.

주말엔 특히 수종사에 오시는 등산객들이 많았다. 그분들은 수종사의 한강이 굽어보는 찻방에서 녹차를 마시고 마당에서 삽살이와 사진을 찍고 계절의 여흥을 즐기셨다. 푸른빛과 흙빛의 거구의 삽살이들이 자유롭게 등산객들과 신도들 주변에 있었다. 청이가 떨어져 있다면 홍이는 사람 사이에서 섞여 있었다.

수종사의 마당에서 한강의 풍광에 젖어 있었던 분들은 자신들의 옆에 홍이가 앉아 있어도 크게 신경 쓰지 않을 정도로 홍이는 사람들 사이에 스며들었다. 요즘같이 목줄과 입마개를 강조하는 시류에선 이런 풍경은 생소할 것이다. 삽살개 같은 대형견이 아무런 제재 없이 사람들 사이를 걸어 다닌다는 것은 당장 신고감일 테니 말이다.

가끔 별채에서 강아지 4마리가 꼬물꼬물 기어 나오면 마당은 난리

개는 온몸으로 웃는다

다. 사람들은 당시에는 다소 드문 삽살 강아지를 보기 위해 꼬였고, 하룻강아지들은 멋도 모른 채 자기들끼리 꼬무락거리며 놀았다. 그 모습에 사람들은 연실 작은 신음을 뱉어낸다.

이 삽살강아지들은 수종사 아랫마을의 보살님들께 분양되었다. 수종사 주변은 청이와 홍이의 새끼들이 퍼트린 삽살개 씨가 제법 씨족을 이루게 되었다.

나는 수종사의 삽살개들이 사람과 더불어 살아가는 모습과 유사한 풍경을 러시아의 바이칼 호수 한가운데 있는 알혼Olkhon 섬이라는 곳에서 찾을 수 있었다.

많은 관광객들이 바이칼 호수를 보기 위해 알혼섬을 찾아간다. 사람들은 바이칼 호수가 품고 있는 신화와 신비한 분위기의 풍경에 먼저 주목한다. 한데 직업이 수의사인 나는 마을이나 관광지 주변에 어슬렁거리는 큰 개들이 더 끌렸다.

이 개들은 동남아 길거리 개들과는 사뭇 다르다. 이 개들은 풍채가 삽살개만큼 컸다. 개들이 다 살집이 좋고 윤이 났다. 마을 귀퉁이나 관광객들이 잘 다니지 않는 사각지대에는 마치 원시부족들이 모여 촌을 이루고 살 듯, 아예 이놈들의 영토가 따로 있었다.

우리 가족은 바이칼 호수에서 모래사장이 아름다운, 가칭 '하와이안 비치'라고 하는 곳을 찾아갔었다. 비치를 가는 길을 관광객들이 많이 다니는 호수 쪽이 아닌, 마을로 해서 호수 가장자리로 걸어가는 코스를 택했다.

마을과 호수 사이 공터에 대충 백 마리는 족히 넘을 개들이 군락을 이루며 앉아 있는 것을 발견했다. 바로 여기가 이놈들의 영토였던 것이다. 처음엔 이 엄청난 숫자의 개들이 주는 두려움에 돌아가려 했다. 한데 그 개들 사이에서 텐트를 치고 야영하는 분들이 계셔서 위험하지 않을 것이라 판단하고, 과감히 그놈들 사이로 걸어 들어갔다.

잠시 후 그 텐트는 개들의 호기심에 못 이겨 다시 접었지만, 이미 우리 가족은 그 영토 안 깊숙한 곳에 발을 디뎠다. 그놈들의 영토를 가로질러 비치 쪽으로 오는 100여m의 거리 내내 그놈들은 호기심 때문에 우리 가족에게 접근했다. 그러다 딱히 이득 될 것이 없었다고 판단되면 무관심한 듯 몇몇 큰 개들은 멀어졌다. 한데 작은 개 몇 마리는 끝까지 따라왔다.

'하와이안 비치', 즉 바이칼의 호수가의 초입까지, 포기하지 않고 쫓아온 온 작은 강아지들에게 아들놈이 간식을 하나 주었다. 근데 그게 실수였다. 갑자기 수많은 개들이 우리 가족에게 달려온 것이다. 우리는 관광객들이 있는 호수의 모래사장 쪽으로 정신없이 달려갔다. 다행히 호수 안쪽에 있던 마을 주민들이 이 모습을 보고 소리 질러 이 개들을 쫓아주셨다. 만일 이곳을 지날 일 있는 분들은 꼭 명심해야 한다. 한 마리에게라도 우리처럼 간식이나 먹을거리를 주면, 수십 마리의 개들이 달려오는 장관을 당황해하며 볼 수 있다는 것을.

개는 온몸으로 웃는다

운이 좋아 알혼섬의 마을 바깥쪽 오지를 작은 봉고 같은 트럭을 타고 투어할 기회를 얻었다. 마을 바깥쪽은 황무지 자체였다. 길도 온전한 길이 아니어서, 능숙한 운전이 아니면 차가 쓰러지거나 처박힐 수 있었다. 멀리 야생마들이 뛰어놀고 한 무리는 한가롭게 풀을 뜯어 먹는다. 이 들판을 오기 전 마을 안쪽에서 늑대와 곰 가죽을 팔고 있는 상점을 방문했는데, 거기에서 말려지고 있던 늑대와 곰가죽의 출처가 어딘지 알 수 있었다. 그곳은 바로 이곳! 알혼섬의 마을 바깥이었다. 아직 원시의 알혼섬은 야생으로 가득 찬 곳이었다.

우연히 고개를 돌리니 멀리 갈색의 언덕이 보였다. 거기엔 작고 하얀 동물이 꼬물꼬물 움직이고 있었다. 가까이 다가가니 책에서만 보았던 지팡이를 든 목동과 양떼들 그 사이에 뛰어다니는 큰 개였다. 그렇게 목동과 큰 개는 양들을 지키고 있었다.

바이칼의 개들은 아주 오래전부터 마을과 더불어 있었을 것이다. 이 개들은 시베리아의 혹독한 기후를 사람들과 같이 견디며 늑대나 기타 위험한 야생동물로부터 마을을 지켰으리라. 이 개들은 알래스카의 에스키모인들처럼 이곳 원주민의 사냥이나 목축 혹은 그밖에 운송수단으로서 큰 역할을 했을지도 모른다. 그 개들의 후손들은 아직 이곳 마을에서 한 영토를 차지하며 생존하고 있다.

수종사의 삽살이들과 바이칼의 큰 개들에게서 나는 어떤 공통된 것을 발견할 수 있었다. '공존'이라는 것이다. 더불어 살아간다는 의미인 공존은 기실 모든 존재의 유일하고 근본적인 삶의 방식이다. 존재 자체가 공존이다. 공존 없이 자신 홀로 존재한다는 것은 애초부터 언어도단이다. 수종사의 삽살이들과 바이칼의 큰 개들은 개들과 사람의 공존하는 풍경을 잘 보여준다. 사람들은 그들이 인정하든 안 하든 이런 개들과 얽혀 인간이라는 종으로 진화해왔다.

수종사에서 삽살이들이 사라졌다. 누군가 민원을 넣은 것이다. 큰 대형견이 목줄도 입마개도 없이 절에서 돌아다닌다고, 절에서 무책임하게 그들을 풀어놓고 키운다고 말이다. 이런 민원은 또 시대의 흐름을 대변한다. 마침 언론에선 대형견의 위험을 보도하고, 정부에선 개들에게 목줄을 채우지 않거나 대형견들에게 입마개를 안 하면 강력하게 처벌한다고 발표했다.

사람들의 변덕이 시작되면서 시류가 달라졌다. 갑자기 수종사의 삽살개들은 애물단지로 변했다. 처음에는 절에서 묶어놓고 키우려 했으나 항상 자유롭게 다녔던 놈들이라 쉽지가 않았다. 틈만 나면 그 큰 덩치로 줄을 물어뜯고 탈출했다. 쇠줄을 달아놓으려 했지만 그 큰 덩치가 몸부림칠 때마다 철거덩철거덩 하는 소리 때문에 그것도 용이하지 않았다.

결국 분양했다. 내 입장에선 사라진 것이다. 우리의 공존의 한쪽 면이 사람들의 변덕 때문에 멸종한 것이었다.

개는 온몸으로 웃는다

개들이나 다른 동물들에 대해서 배우고,
그들과 더불어 사는 기술을 익히고,
그들을 보전하거나 훈련시킬 수 있는 시스템을 고안하는 것,
공존을 위해서 아니 사람으로 존재하기 위해서
당연히 먼저 시도해야 할 조치들이다.

바이칼도 지금 추세대로 관광객들의 숫자가 늘어간다면 그 큰 개들이 사라질 것이다. 그 큰 개들만 사라지는 게 아니다. 그 개들과 공존했던 바이칼 원주민의 역사도 어떤 야만의 기억 속에서만 남게 될 것이다.

사람들은 참 어리석다. 그들은 물소리가 진짜 있다고 전혀 의심 없이 떠들고 다니니 말이다. 개들도 다 안다, 물소리는 없다는 것을. 물길의 소리, 모든 것이 공존하며 만들어내는 소리들만이 있다. 모든 소리는 원래 '소리들'이고, 능력에 따라 관심에 따라 그 소리들이 더 선명하게 갈라져서 들리거나 하나의 소리로 들리는 것이다.

모르는 건 죄가 아니다. 한데 자신들이 듣는다고 주장하는 물소리를 위해 다른 모든 물소리들을 사라지게 하는 것은, 용납할 수 없는 폭력이다.

대형견의 목줄이나 입마개를 대안으로 먼저 내세울 일이 아니다. 개들이나 다른 동물들에 대해서 배우고, 그들과 더불어 사는 기술을 익히고, 그들을 보전하거나 훈련시킬 수 있는 시스템을 고안하는 것, 공존을 위해서 아니 사람으로 존재하기 위해서 당연히 먼저 시도해야 할 조치들이다.

다행히 수종사 아래 마을에는 청이와 홍이의 새끼들이 번져나가고 있다. 훗날 이 삽살개들은 마을의 새로운 성원으로 자리 잡을 것이다.

개는 온몸으로 웃는다

TIP 5

오래된 미래의 주민들은
동물들을 어떻게 대했을까?

나를 등에 태워주고 내 짐을 실어주는 짐승이

이제 나를 위해 죽음을 당했으니

내게 먹을 고기를 주는 이 짐승이

어서 빨리 부처님의 세계에 갈 수 있도록 하소서

– 헬레나 노르베리 호지 《오래된 미래》 중에서

라다크 사람들은 이런 노래를 부르고 기도를 올린 후 자신의 짐승들을 잡았다
고 한다. 짐승들은 이렇게 보시함으로 동물이나 인간을 초월한 존재인 부처에
더 가깝게 갈 수 있게 된다. 이런 관점에서는 동물과 인간의 우열은 없다. 다만
서로 서로가 의지하고 공생할 뿐이다.

라다크에는 또 다른 풍경도 있다. 천장이라는 장례 풍경이다. 천장은 가까운 친
척이 죽으면 독수리가 있는 천장터로 사체를 보내 독수리들에게 보시하는 것
이다. 사체가 깨끗이 사라지면 그들은 더욱 부처님의 세계에 다가가게 된다.

라다크 사람들에게는 동물이나 인간은 부처님 앞에선 평등하다. 동물들은 스스
로의 생명을 줌으로 부처가 되거나, 누군가의 생명을 깨끗이 취함으로 부처의

길을 예비한다. 모든 생명은 그렇게 윤회하면서 공존하고 있다.

이런 라다크의 관점은 동물과 우리 인간에 대한 새로운 시각을 제공해준다. 우선 이런 관점은 모든 만물의 중심에 인간이 있으며 삼라만상의 모든 사건들이 궁극적으로 인간의 완성을 목표로 진화해왔다는 인간중심주의의 사고를 거부한다. 라다크의 사고속에서는 인간은 만물의 극히 작은 부분일 뿐이다. 자연은 인간의 의도와 무관하게 자신의 법칙에 따라 변모하고 진화해간다. 인간은 이런 자연 속에서 모든 만물과 공존을 모색해야 한다.
또 라다크의 시각은 동물과 인간을 이원론적으로 구분하지 않는다. 인간이 영과 육이 있다면 동물 역시 마찬가지이다. 인간은 자신의 기원을 순수한 인간에 두지 않고 라다크에서 살아가는 다른 수많은 동물들에게 둔다. 비록 인간이 다른 동물을 이용하고 잡아먹기도 하지만 그것은 인간이 우월해서가 아니라 자연의 섭리가 그런 것이기 때문이다. 그 섭리에 따라, 최선을 다해 살아간다면 인간이 부처가 될 수 있는 것처럼. 가축도 독수리도 마찬가지로 부처가 될 수 있다.

필자는 라다크이 이런 시각들이 최근 우리 사회에서 회자되고 있는 인간을 넘어선 인간이란 주제, 즉 포스트 휴먼이란 주제를 이해하는 데 중요한 단초를 제공한다고 생각한다.

개는 온몸으로 웃는다

순돌이와 삼순이 그리고 깜모

오늘은 순돌이와 삼순이가 스위스로 출발하는 날이다. 며칠 전 내린 눈으로 거리는 질박하지만, 강둑으로 시선을 돌리면 논과 밭, 그리고 야산으로 눈 쌓인 전경이 흑백 사진처럼 펼쳐진다. 지금 이 겨울 들판은 아주머님과 아드님의 아득한 추억으로 쌓이리라. 주차장에서 내려 아직 목줄이 익숙하지 않은 두 강아지를 아드님이 한 아름 안고 병원 안으로 들어오셨다.

몇 달 전부터 두 강아지를 외국에 데려가시게 됐다고 아주머님이 동물병원에 여러 서류를 주문하셨다. 광견병 접종 증명서, 국문과 영문 건강진단서 등을 작성해드리면서 어느 나라에 가시느냐고 넌지시 여쭈었다. 스위스라고 하셨다.

우리가 "스위스~!"라고 따라 말할 때, 그 단어의 부드러운 어감만큼 이나 우리를 몽상으로 감싸는 어떤 이미지가 우리 안에 떠오른다. 그 이미지는 먼저 풍경으로, 다음은 유럽적 이미지의 고풍스러운 합리성과 자유로움으로 연상된다. 부러움 때문에 몇 가지 궁금한 점을 쏟아냈다. 아주머님은 친절히 답해주셨다.

무엇보다 순돌이와 삼순이가 진돗개였기 때문에 스위스 사람들이 보는 진돗개에 대한 평가가 궁금했다. 스위스에는 순돌이와 삼순이가 출국하는 2000년대 초반 이전부터 진돗개 몇 마리가 들어와 있었다고 한다. 진돗개의 외모가 주는 어떤 야생성과 진돗개의 유별난 청결함 및 주인에 대한 충성심 등 때문에 스위스 사람들에게 진돗개에 대한 평가는 후하단다. 그래서 순돌이와 삼순이도 데려가기로 결정하신 것이었다.

그리고 스위스라는 선진국에서 반려견과 주인들의 살아가는 구체적인 이야기들이 궁금했다. 아드님이 초등학생으로 입학하게 되어 스위스의 초등학교를 예를 들어 설명해주셨다. 스위스는 초등학교의 교과목에 애견 관련 교과목이 여러 개 있으며 그중 애견 훈련 과목도 있다고 하셨다. 이런 교과목을 통해 아이들은 어릴 때부터 동물과 더불어 사는 방법을 배운다고 한다.

학교에서 애견 훈련을 가르쳐준다는 말씀이 당시 내겐 신선한 충격이었다. 평소 내 신념 중 하나도 애견 훈련을 초등 교과 과정에 반드시 편입시켜야 한다는 것이었기 때문이다. 내 생각에 애견 훈련은 단순히 동물을 훈련시키는 것에 한정되지 않는다. 다른 개체를 이해하고 설득하며 공존하기 위해 관찰하고 인내해야 하는 지난한 교육적

개는 온몸으로 웃는다

과정을 함축한다. 이런 나의 바람이 담긴 상상을 이 나라에선 이미 실천하고 있었다.

순돌이와 삼순이가 스위스로 간 후 나는 스위스의 반려 문화가 어떻게 이렇게 선진적이게 됐는지 관련 자료를 찾아보았다.

놀랍게도 스위스는 헌법에 동물에 대한 규정이 있다. 이준영의 〈동물보호법 개정안을 통해 본 한국 동물법의 과제와 전망〉(하승수, 〈동물권 담론이 기존 법에 던지는 질문들〉,《제2회 공익인권법실무학교 자료집》재인용)을 보면, 스위스 헌법은 79조에서 "연방은 동물과 식물의 보호 그리고 자연 환경과 다양성을 위한 규칙을 제정한다. 연방은 멸종의 위기에 처해 있는 종을 보호한다.", "연방은 어획 및 수렵에 관하여 특히 어류 야생 의 포유류 및 조류의 다양성의 보존을 위하여 원칙을 정한다."고 자연 환경과 생명의 보호를 명시적으로 선언하고 있다.

그리고 80조에서도 "연방은 동물의 보호에 관하여 규칙을 제정한 다."라고 정하고 있으며 규칙에서 정해야 할 사항으로, "1. 동물의 보호 및 취급, 2. 동물실험 및 동물생체에의 개입, 3. 동물의 이용, 4. 동물 및 동물제품의 수입, 5. 동물의 거래 및 동물의 수송, 6. 동물의 도살"을 제시하고 있다. 무엇보다 스위스 헌법은 전문에서, "장래 세대에 대한 공동의 성과와 책임을 자각"한다고 하며 미래세대에 대한 책임을 강조하는 등 자연의 보호와 보전에 있어서 적극적인 입장을 보이고 있다.

이런 헌법 정신은 그 아래의 각종 법률과 조례 등에서 구체적으로 적용되고 있었다. 이런 사례는 스위스에만 한정되지는 않는다. 독일이나 영국, 뉴질랜드, 스웨덴, 호주 등에서도 이와 유사한 입법 사례들이 있다.

우리나라는 스위스처럼 헌법은 아니지만 법률상으로 1991년에 제정된 동물보호법이 있다. 그 후 몇 번의 개정을 거쳐 완성된 현재의 동물보호법이 시행되고 있다. 그런데 우리나라 동물보호법의 담당부처는 농림축산'식품'부이다. 이미 법 제정 당시부터 동물보호법은 축산업을 주된 업무로 하는 부서가 여론 때문에 어쩔 수 없이 편입한 인상을 숨길 수 없었다. 필자는 동물과 자연에 대한 보호의 규정이 스위스처럼 헌법은 아니라도, 법률의 수준에서 올바로 자리 잡기 위해서는 주무부서를 환경부로 이관하는 것이 반드시 필요하다고 생각한다.

순돌이와 삼순이의 추억이 유럽 선진국의 반려동물 문화에 대한 부러움과 기대를 담고 있다면 정반대의 사례도 있었다. 2018년경이었던 것 같은데, '깜모'라는 고양이를 키우시는 분에게 들었던 스웨덴의 반려동물 이야기였다.

'깜모'는 일반적인 우리나라 고양이였다. 보호자님의 이력이 독특했는데, 이분은 스웨덴에서 정치학을 전공하고 국내 몇몇 대학에서 강사로 강의하셨다. 주지하듯이 북유럽은 복지국가이다. 그 복지의 혜택이 반려동물이게도 예외가 아닐 것이다. 나는 선진적일 것이라

개는 온몸으로 웃는다

상상되는 스웨덴의 반려동물 문화에 대해 기대 섞인 질문을 던졌다. 한데 그 대답이 의외였다.

"스웨덴에서는 서민들은 반려견을 못 키워요. 비용이 너무 비싸거든요. 그래서 반려견은 부의 상징이죠. 서민들은 주로 고양이를 키워요. 고양이는 개에 비해 훨씬 비용적인 면에서 저렴하고 사는 게 바빠 특별히 신경 못 써도 잘 사니까요."

이 답변이 내게 생소했던 것은 첫째 개와 고양이가 부의 계층을 나누는 기준이 된다는 것이었다. 둘째, 특히 반려견이 복지 선진국 스웨덴에서 부의 상징이 된다는 것과 개와 고양이를 키우는 것이 보호자의 반려동물을 향한 취향이 아니라 경제적 능력에 의해 결정된다는 것이 몹시 씁쓸했다.

스웨덴 역시 동물보호법이 엄격하다. 동물을 키우기 위해선 매일 산책시켜야 하고, 일정 정도 이상의 공간이 있어야 한다. 그리고 그 공간 안의 적정온도와 햇빛이 들어오는 정도까지 구체적인 규정들이 세세하게 정해져 있다고 한다. 한데 이 모든 규정을 지키기 위해서 뒷받침되어야 하는 것은 결국 경제력이었다.

생각해보면 오랜 기간 동물병원을 운영하면서 관찰한 반려동물 문화와 관계해서 가장 극적으로 변한 것 중 하나가 반려동물을 키우는 데 소요되는 경제적 비용이다. 임상 초기, 필자같이 서울 외곽에서 동물을 키우시는 분들은 자신의 반려동물이 경제적으로 부담을 줄 것이라고는 대부분 생각하지 못했다. 동물이 먹는 음식도 사람이 먹다 남은 음식들을 희석해서 주거나 가끔 정육점이나 생선가게에서 나오는 뼈 등 부산물이었다. 설령 사료를 먹인다고 해도 사료가 당시에는 그렇게 고가가 아니었다.

동물이 아파도 지역의 동물병원은 지금처럼 많은 검사 장비들이 없었기 때문에 그렇게 경제적으로 부담을 주지 않았다. 물론 초기의 반려동물 환경이 좋았다는 게 아니다. 다만 경제적인 것이 반려동물을 키우는 데 주요 변수는 아니었다는 의미이다.

이런 문화에 급격한 변동이 생겼다. 일단 강아지 견종들에 대한 보호자들의 호불호가 분명해졌다. 그에 따라 특정 견종의 가격은 엄청나게 뛰고, 그 견종을 돌보는 비용 역시 비례해서 상승했다. 이에 따라 동물병원 수의사들도 앞다투어 고가의 장비들을 들여오고 이런 고가의 견종을 위한 의료서비스를 제공해주었다. 이렇게 형성된 동물 문화가 퍼져나가면서 지금처럼 반려동물 산업의 형태로 방향을 선회했다.

반려동물이란 단어 뒤편에 '산업'이라는 규정이 붙게 된 것이다. 이제 반려동물산업은 매년 경제 규모를 통계적으로 측정하는 '반려동물 연관 산업 4.1조'처럼 통화로 표시되었다. 이 산업에 수반되어 펫푸드, 펫테크 등의 신조어와 각 대학의 최고 경영대학원 최고위 과정에 반려동물 과정이 포함되었다.

그런데 '반려동물'과 '산업'은 같이 연관될 수 있는 단어들일까? 반

개는 온몸으로 웃는다

려동물은 삶의 어떤 진솔한 내용을 품고 있다면 산업은 자본, 즉 돈을 버는 수단을 창출하는 행위를 담고 있다. 이 두 단어는 마치 하나의 단어처럼 결합됐다. 엄밀히 두 단어의 결합이 아니라 한 단어가 다른 단어를 집어삼키는 것이다. 바로 산업이 반려동물을, 자본이 삶을 자신의 형식으로 포획하는 것이다.

반려동물만 그럴까? 우리 삶의 모든 내용은 이 자본이 집어삼키는 포획틀에 묶이게 되었다. 두레 같은 협업의 틀은 서비스 산업으로, 상부상조는 금융산업으로, 공유지들은 토지 개발 산업 등으로 재해석되어 번져나간다.

이쯤에서 순돌이와 삼순이를 통해 내가 가졌던 스위스 반려동물 문화와 관련된 환상들도 무너지기 시작했다. 그들 헌법의 자연환경과 생명보호에 대한 규정 역시 이 산업이라는 자본의 포획틀에 삼켜지고 있다는 것이 내 판단이 되었기 때문이다. 아무리 진보적이고 근본적인 정책이라고 할지라도 그 이면에서 이런 자본의 이득과 관련된다면 그 정책들은 그럴듯한 겉포장지에 불과할 것이다.

물론 겉포장지가 역으로 내용물에 영향을 줄 수 있다. 이를테면 헌법에 보장된 동물권이 동물뿐만 아니라 유럽 선진국의 인권 등에도 긍정적인 영향을 미칠 수도 있다. 하지만 그 영향이라는 게 자본의 틀 안에서만 존재한다면, 그 권리는 추상적인 권리에 불과하다. 여기서 추상적인 권리란 경제적으로 환산된 물질적 능력과 관련해서만 인정되는 권리를 말한다. 딱 그 정도만, 그들의 선진적인 정책들은 기능하고 있는 게 아닐까?

《오래된 미래》의 저자 헬레나 노르베리 호지는 그녀의 조국 스웨덴에서, 산업이라는 자본의 포획틀에 의해 전통적인 삶의 지혜가 사라지는 것을 목격했다. 그래서 떠난 히말라야의 오래된 마을 라다크에서 새로운 지혜를 발견했다.

라다크의 동물들은 어떻게 이곳 주민들과 공존했을까? 그 내용을 저자의 책에 기대어 정리해보자. 우선 라다크 불교의 관점에서 보자면, 부처님 앞에서는 인간이나 동물은 동등한 지위를 가진다. 이것은 서구의 동물권과 관련해서 중요한 차이를 보인다. 즉 서구의 경우, 초기 동물권의 주장은 우월한 인간의 연민에 의존했다. 이후 피터 싱어 같은 동물해방론자들은 고통에 대한 공리주의적 관점에서 동물해방을 주장한다. 하지만 이런 주장은 여전히 인간중심주의를 전제한다. 즉 동물을 향한 연민은 우월한 인간을 전제하며, 고통의 공리주의적 평가는 동물의 고통을 인간의 관점에서 바라본 고통을 중심으로 해석하고 평가하고 있는 것이다.

라다크에서 히말라야의 부처 앞에서는 모두가 동등하다. 인간과 동물은 서로 윤회하며 공존한다. 그들은 부처 앞에서 자신의 생을 최선다해 살아갈 뿐이다.

둘째, 히말라야의 부처 앞에는 인간과 동물만 있는 것이 아니다. 삼라만상 모든 무생물이나 생물들까지 공존한다. 서구적 관점에서 권리가 있다면, 동물들만이 아니다. 곤충, 나무, 흙, 대지, 물, 공기 등도 권리가 있다. 이 문명에서 가장 중요한 것은 이들 모든 삼라만상의 공존이다. 히말라야의 부처님 앞에서는 만물은 자기 권리를 주장할 수 있는 것이다.

사실 이런 주장은 전통적인 원주민 사회에서는 일반적이다. 이미 널리 회자된 〈시애틀 추장의 편지〉는 북미 원주민들이 어떻게 자연을 대했는지를 암시적으로 설명해준다. 현재까지 자신의 고유한 전통을 고수하는 뉴질랜드의 마오리족에게는 여전히 이런 정서를 곳곳에 간직하고 있다. 이를테면 뉴질랜드는 자연의 권리를 주장하는 마오리족들의 반대 때문에 석유 시추를 무한정 연기하고 있다. .

이런 라다크 사람들의 생활방식과 상상력은 스웨덴 출신의 인류학자만을 매혹시킨 것이 아니었다. 이후 이 《오래된 미래》는 전 세계 수많은 나라의 언어로 번역되었으며 라다크는 지구 환경 위기를 고민하는 수많은 분들의 상상력을 자극했다.

하지만 지금 라다크는 스웨덴보다 더 극적인 악몽에 시달리고 있다. 처음 라다크를 소개했던 오래된 마을의 지혜는 산업으로 대표되는 대자본들의 침범으로 산산이 부서지고 있다. 자살이라든가 우울이라는 단어조차 없었던 라다크의 어휘에서, 이 신조어들이 라다크를 설명하는 통계자료에 등장하게 되고, 라다크의 50%가 넘는 청년들이 경험하는 단어가 되었다. 척박할수록 서로 돕고 사는 게 일상이었던 곳에 가난과 굶주림, 환경오염 등이 침범했다. 여기서 그녀는 이런 현상이 스웨덴이나 라다크에 한정되지 않는 전 지구적 현상이었다는 것을 깨달았다.

그녀는 산업의 세계화에 맞서는 지역의 고유한 가치를 수호하는 삶의 태도를 대안으로 내세운다. 다시 우리 시대의 오래된 미래를 이 산업으로 병들어가는 지구에 대안으로 내놓는 것이다.

동물보호, 동물복지 나아가 동물권으로 이어지는 동물의 권리 장전의 여정을 결코 폄하하는 것이 아니다. 필자 생각엔, 이런 권리 장전의 논쟁 아래에는, 사실 더 큰 논쟁이 숨겨져 있다고 생각한다. 그것은 헬레나 노르베리 호지의 생각처럼 세계화와 지역화의 논쟁이고, 자본과 삶의 논쟁이다. 만일 이런 더 깊은 논쟁을 염두해두지 않는다면 권리 장전의 논쟁은 현실에는 없는 어떤 추상화된 동물의 권리 주장이거나 기실 산업 자본의 세련된 위장막으로 전락할 가능성이 농후한 주장일 뿐이다.

우리는 거꾸로 산업을 반려동물로 껴안을 수 없을까? 자본과 돈의 욕구를 삶과 공존의 지혜로 품어서, 새로운 관점의 경제를 창출할 수 없을까? 예전의 라다크처럼 동물권을 넘어 삼라만상의 공존을 추구하는 경제 시스템을 실현할 수는 없을까?

먼 이야기고 실현될 수 없거나 지나치게 낭만적이라고 반론을 제기할 수 있다. 하지만 자세히, 침착하게, 그리고 멀리 갈 필요 없이 제

개는 온몸으로 웃는다

자리에서 살펴보자. 자본과 자본 사이에는 사실 너무나 많은 공백이 있지 않는가? 우린 그 공백을 우리 수준에서 조금씩 향유하면 된다. 우리처럼 향유하는 자들과 소중한 연대의 끈을 이어가는 더 큰 기쁨을 누리면서 말이다.

플로베르의 앵무새

《플로베르의 앵무새》는 줄리언 반스라는 영국 소설가의 작품 제목이다. 프랑스 소설가 귀스타브 플로베르의 전기를 픽션 장르인 소설과 독특하게 버무려 썼다. 이 소설 안에서는 소설적 픽션, 문학 비평, 그리고 플로베르의 전기들이 모두 혼재되어 있다. 플로베르의 전기들도 우리에게 알려진 거시적 이야기만이 아니라, 그 거시적 시각을 뒤흔들어 놓을 만한 미시적 기록들도 이 소설에서 가감 없이 소개한다. 사실 이 소설을 제대로 읽으려면 플로베르의 몇 권의 소설들은 먼저 읽어야 한다. 그런 전이해 없이 줄리언 반스의 이 소설은 접근할 수 없다.

플로베르가 현대 소설의 시발점이라는 사실은 아무도 부인할 수 없다. 그는 소설적 내용보다 소설의 내용을 담은 문체를 창조하는 것이 소설이라는 것을 그의 모든 작품을 통해 증명했다. 1877년 플로베르는 그의 생애 마지막 단편집을 출간한다. 《세 단편》이 그것이다. 이 책의 첫 단편 소설 제목이 〈순박한 마음Un coeur simple〉인데 줄리언 반스는 이 소설에 등장하는 박제된 앵무새를 소재로 플로베르의 전기 소설을 집필한 것이다. 이 세 단편 이후 플로베르는 단편 소설집 때문에 잠시 중단했던 《부바르와 페퀴셰》라는 소설을 다시 집필한다. 하지만 1880년 집필 중 뇌출혈로 사망하면서 《부바르와 페퀴셰》는 미완의 작품이 된다.

단편 소설 〈순박한 마음〉을 집필할 당시 플로베르의 책상 위에는 실제 박제된 앵무새가 있었다고 한다. 반스는 그의 소설에서 가상의 인물인 브레이스웨이트를 통해서 이 유명한 앵무새를 찾는다.

이 소설에서 내 시선을 모은 것은 주인공 브레이스웨이트이다. 그의 직업이 독특했기 때문이다. 전직 의사였다. 그는 의사지만, 플로베르의 작품뿐만 아니라 19세기 당시 프랑스를 비롯한 유럽의 문학에 대한 깊은 통찰력을 지니고 있었다. 물론 그를 가장 매혹시킨 작가는 플로베르였다. 그는 플로베르의 대부분의 작품뿐만 아니라 평론집, 심지어 플로베르의 내밀한 개인 기록물 등까지 섭렵했다. 또 재미있는 것은 의사가 이런 플로베르 문학의 전문가가 된다는 것에 작중 브레이스웨이트 이외의 다른 등장인물들 아무도 전혀 개의치 않았다는 사실이다.

나는 수의사이다. 수의사이지만 수년째, 소설, 시 등 문학작품과 철학책 등을 틈틈이 읽고 있다. 가끔 이런 인문학의 작품들을 주제로 세

미나나 강연에 참석하게 된다. 그 자리에서 여러 사람들과 대화하는 중, 각자의 직업을 말할 기회가 있다. 내 직업이 수의사라고 하면, 대부분이 상당히 낯설게 여기신다. 간단히 말하면 어떻게 이과생이 문과 과목에 이렇게 집착하냐는 것이다. 우리나라에서는 인문학이 어떤한 인물이 삶의 의미를 찾아가는 공통된 주제가 아니라, 입시 등과 관련된 하나의 분야로 취급받고 있는 것이다. 유럽과 우리나라의 전혀 다른 문화적 풍토가 반스의 이 소설에 먼저 전제되어 있었다.

문과와 이과를 나누는 게 과연 가당한 것일까? 우리가 고등학교 윤리시간에 잠시 배우는 철학자들을 먼저 생각해보자. 철학의 시작은 그리스 자연 철학자들이다. 앞의 자연이라는 말마따나 이들의 철학은 자연학이다. 플라톤은 어떨까? 그의 이데아론이 마치 관념 철학처럼 보이지만 사실 엄밀한 수학적 기반 위에 서있다. 그가 저술한《티마이오스》를 보라. 기하학과 수학의 수열이론으로 가득 차 있다. 17세기에는 좌표이론을 고안해 낸 데카르트, 미분수학의 창시자인 라이프니츠나 광학이론의 대가인 스피노자 등등의 철학자를 보면 철학은 소위 문과 학문이 아니었다.

현대 철학은 어떨까? 조르주 캉길렘이란 프랑스 철학자는 의철학의 창시자이다. 의학은 기계가 아닌 생명의 문제와 접하게 되면 필연적으로 철학적 문제에 직면할 수밖에 없다. 그는 의사이자 철학자로서 질병이라는 인간 현상을 분석해 우리 사회의 정상과 병리에 대한

개는 온몸으로 웃는다

새로운 관점을 제시한다. 그의 이런 관점은 푸코나 들뢰즈 등의 철학자들로 이어지는 철학적 계보를 형성하게 된다. 만일 여러분들이 푸코의 《임상의학의 탄생》이나 가타리와 공저인 들뢰즈의 《천 개의 고원》을 접할 기회가 있다면 놀랄 것이다. 이 책들은 우리가 인문서적이라고 파악하는 그런 류와는 너무나 다르다. 들뢰즈의 말대로 그의 책들은 동물행동학, 생물학, 물리학 등에 더 가깝다. 문과와 이과라는 우리들의 구분법은 인문학의 역사와 관련해선 전혀 근거가 없다.

동물병원에는 진료 차트라는 게 있다. 환축이 병원에 오면 환축과 관련된 모든 사항이 세세히 기록된다. 우선 그 환축이 겪는 주 증상과 그 증상을 관찰한 내용을 적는다. 이 내용에는 환축의 사양환경이나 병력 등뿐만 아니라 증상과 관련되어 필요한 검사 내용들이 포함되어 있다. 수의사는 그 결과와 기존의 데이터를 비교해 그 환축을 진단하고 진단명을 차트에 기록한다. 그리고 적절한 처치나 약물 혹은 수술 종류 등의 내용 모두를 세세하게 적는다.

철학책도 사실 이 범주에서 크게 벗어나지 않는 것 같다. 먼저 제기된 문제를 관찰하고 질문을 던진다. 그다음 질문자는 관찰한 그 문제의 의미를 파악하기 위해 적절한 개념을 찾거나 창조한다. 그 개념들은 문제에 대한 나름의 혜안을 제시해주는 것들이다. 그 혜안들이 질문을 던진 자의 삶에 어떤 영향을 끼치는지를 관찰하고 평가한다.

차이점도 있다. 환축에 대한 질병의 해석은 기존의 데이터의 틀에서 벗어날 수 없다. 임의의 한 점을 어떤 좌표로 환원해서 해석하는 데카르트의 좌표처럼 수의사는 기존의 임상경험이나 자료 논문을 참조해 문제를 해결해 나간다. 즉 수의학이나 의학 같은 과학은 문제 제기된 것들의 한 단면을 표본처럼 절편화시켜야 한다. 과학은 그런 표본화된 절편 위에서만 함수를 그릴 수 있는 좌표의 면을 세울 수 있기 때문이다.

반면 철학적 질문에 대한 해결책은 과학처럼 어떤 유한한 좌표로 환원될 수는 없다. 왜냐면 모든 개체는 독특하고, 유일무이하기 때문이다. 그러니 각각, 하나하나의 모든 의미는 그 자체로 절대적이다. 이를테면 "왜 사는가?"라는 질문은 유일하고 독특한 한 생을 대상으로 삼기 때문에 기존의 자료들이 담을 수 없는 것이다. 설령 있더라도 그 좌표들은 견지망월見指忘月, 달을 보라고 손을 들어 가리켰더니 손가락만 본다의 손가락일 뿐이다. 이런 물음에 답은 그 손가락 너머에 있다. 들뢰즈는 철학에서 과학의 좌표의 면과 구별되는 이 면을 내재성의 평면이라 설명한다. 이 평면에 기대, 철학자들은 자신만의 개념들을 발명한다. 어쨌든 철학은 이 무한의 내재성의 평면을 거쳐, 문제에 대한 해답을 찾아간다.

필자는 한 지역에서 20년을 넘게 동물병원을 운영해왔다. 필자 같은 임상 수의사가 대상으로 하는 환축들은 이 환축의 어린 시절부터 알고 있었던 반려동물들이 많다. 이 환축들이 병원에 오면, 아무리 나와 친했어도 수의사로서 일단은 그 환축을 독특한, 한 개체로 취급하지 않는다. 그 환축은 병의 증상에 따라 일반화되어 기존의 자료에 나온 진단명으로 다시 호명되어 평가받는다. 이 지점에선 환축 각자의 특이점들을 최대한 없애는 것이 목표가 된다.

한데 임상은 반드시 그렇지만은 않다. 임상을 하다 보면 환축 각자의 고유한 특징들과 반드시 마주해야 하기 때문이다. 예를 들어 어떤 환축이 수액을 맞아야 하는데 집 밖에서 자유롭게 자란 개체는 병원 내 입원장으로 들어가는 것을 죽도록 거부한다. 그런 환축은 입원장에 가두는 것 자체가 극심한 스트레스를 주고 질병을 더 악화시킬 수 있다. 이런 경우, 직접 환축이 거주하는 곳에서 녀석들이 신뢰하는 보호자의 관리하에 수액을 맞추거나, 피하 수액이나 다른 경구요법 등으로 우회적으로 해결해야 한다. 이처럼 모든 개체에는 별개의 치료법을 고민할 수밖에 없다.

또 임상 수의사에겐 환축과 별개로 환축 보호자와의 관계도 중요하다. 동물의 보호자들은 사람의 보호자들과 달리 일관된 입장에 서 있지 않다. 어떤 보호자분들은 환축의 회복을 위해 자신의 많은 것들을 희생할 준비가 되어 있지만 정반대의 보호자분들도 많다. 보호자분들 만큼이나 그분들의 개인의 생각과 처지가 다 다르다. 이런 사정은 임상 수의사에게 하나의 시험이다.

따라서 임상 수의학의 전선은 과학과 철학의 경계 위에 서 있다고 해도 무리가 없다. 수의사는 과학자로서 질병을 일반화하고 좌표화해서 해결점을 찾아야 하지만, 철학자로서 환축과 환축 보호자분들의 의미있고 독특한 개별적 사정을 충분히 고려해 평가해야 한다.

사정이 이러니 수의사라고 해서, 인문학을 공부하는 게 낯설게 볼 필요가 전혀 없다. 오히려 인문학을 마다하는 게 이상한 현상 아닐까? 그리고 개인적으로 인문학은 재미있다. 인문학은 삶의 많은 순간을 충분히 채색해서 보게 해주기 때문이다. 어떤 실용적인 목적보다 이 재미가 내 삶을 풍부하게 해준다,

앞에서 플로베르의 《부바르와 페퀴셰》라는 미완의 소설책을 소개했다. 이 책을 읽다 보면 플로베르의 작가로서의 초인간적인 분투에 대해 경의를 표할 수밖에 없다. 거의 3천 권이 넘는 참고도서를 참조하고 있다고 하니 이 소설 안에는 플로베르 시대의 거의 모든 새로운 기술이나 과학적 발견, 발명들이 총 망라되어 있다. 이 소설을 통해 플로베르는 자연과학자들이 인문학을 찾는 것과 역으로 소설가로서의 인문학자가 자연과학을 총괄하고 있는 것이다.

플로베르가 이상한 것일까? 물론 아니다. 우리의 인간 조건이 그렇다. 우린 모든 문제를 우리 경험의 범주 안에서 찾을 수밖에 없지만 문제는 그렇게 답해지지 않는다. 항상 새로운 문제가 다시 설정된다. 왜냐면 모든 문제는 항상 초월적인 측면을 담고 있기 때문이다.

브레이스웨이트는 플로베르의 앵무새를 찾았을까? 라캉의 '잃어버린 편지'처럼 그의 삶은 앵무새를 중심으로 빙빙 돌 뿐이다. 브레이스

개는 온몸으로 웃는다

웨이트의 이 빙빙 도는 과정을 우리는 그의 삶이라 부를 수 있을 것이다. 삶의 본질, 그것은 나와 여러분이 그 해를 구하려 뛰어든 과정에서만 존재한다. 그 안에서 내가 수의사이든, 다른 직장인이든 아무런 상관이 없다.

3부

저는 자폐 스펙트럼을
가지고 있습니다

"저는 자폐 스펙트럼을 가지고 있습니다. 하지만 법을 사랑하고 피고인을 존중하는 마음만은 어느 변호사와 다르지 않습니다."

드라마 〈이상한 변호사 우영우〉의 명대사이다. 변호사에게 요구되는 것은 정상인이냐 자폐인이냐가 아니다. 변호사로서 자신의 능력을 적절하게 펼칠 수 있는가이다. 이런 능력에 있어 우영우 변호사는 변호사로서 장점이 많다. 하지만 어떤 편견이 우리를 가로막는다.

동물들 역시 몸이 불편한 장애동물이 있다. 이 장애동물을 우린 정상과 비정상의 전제를 두고 판단한다. 여기서 정상은 바로 생명의 본질에 충실하여 이상이 없다는 의미이리라. 그렇다면 비정상은 이 생명에 이상이 생긴 것이다. 변질된 손상된 망가진 존재라는 것이다. 또는 부수적이거나 예외적인 존재라는 것이다.

하지만 진화의 역사에서 정상과 비정상은 없다. 모든 동물은 자신의 환경에 따라 너무나 다양한 방식으로 적응해왔다. 따라서 비정상이라 여겨지는 것이 정상이라 판단된 주류 생태계를 뛰어넘어 새로운 세대의 생물군을 이루었다. 장애동물을

개는 온몸으로 웃는다

정상과 비정상의 관점에서 재단하는 것은 지금 정상이라고 생각하는 주류 인간 사회의 망상이다.

오히려 우리는 장애동물들이 가진 놀라운 적응력을 발견한다. 이 적응력은 극단적으로 다른 환경이라면 더 훌륭히 적응할 수 있는 가능성을 보여준다. 그리고 최소한 이들 동물들이 자신의 불행을 얼마나 낙관적으로 극복하는지를 지켜보고, 그들의 이런 놀라운 생명력에서 새로운 삶의 의지를 배울 수 있다. 이런 가치는 아마 이들 장애견을 키우는 보호자들만 얻을 수 있는 특권이리라.

허쉬

소리에도 벽이 있다. 벽들 사이의 공간도 있다. 시력에 이상이 없는 이들에겐 소리의 벽과 공간을 이해할 수 없을 것이다. 그러나 허쉬를 보면 이런 사실을 명확히 알 수 있다.

허쉬는 태어나자마자 장님이 되었다. 몸무게 0.2kg이 안 되는 푸들 강아지로 병원에 왔을 때, 이미 장님이었다. 추정컨대 아직 눈도 뜨기 전에 양쪽 눈에 감염이 진행된 것을 예전 보호자가 방치시켜 실명한 듯했다. 양쪽 안구에서 여전히 진물이 나고 있어 감염은 확실했으니 말이다.

이런 상태의 허쉬는 새벽 산책을 하던 어떤 노부부에게 발견되었다. 수풀 속에 작은 실뭉치처럼 무언가 있어 가까이 가보니 강아지였다고 한다. 처음에는 죽은 것처럼 보였는데 자세히 보니 꼬물꼬물 움직였단다. 날씨는 봄이지만 새벽은 쌀쌀해서 급한 대로 윗옷을 벗어 감싸주고 우리 병원에 아침 일찍 오신 것이다.

개는 온몸으로 웃는다

이미 실명 상태였고 몸무게는 작았지만, 살려는 의지가 강했다. 허쉬를 구조한 노부부는 사정상 허쉬를 입양할 수 없다고 말씀하셔서 어쩔 수 없이 병원에서 키우다가 분양하기로 했다.

허쉬는 다른 푸들에 비해 몸이 왜소했다. 그 왜소한 몸이 앞이 안 보이니 케이지 밖으로만 나오면 부딪혔다. 한데 먹을 것이 있으면 같이 키우던 다른 견들에 뒤지지 않을 만큼 집착했다. 병원의 큰 개들은 먹을 것 앞에서 허쉬의 돌직구에 당황한 듯 물러서야 했다. 허쉬는 정말 뵈는 게 없었다. 앞이 보이는 견들은 큰 개 앞에선 움찔거릴 텐데, 허쉬는 아무 거리낌 없이 가까이 다가갔다. 다행히 병원의 동물들은 순해 이런 허쉬를 보고 뒤로 물러나췄다.

늑대 사회에선 나이 들었거나 약하고 어린 늑대들이 보호받는다. 이런 현상을 다양하게 해석할 수 있지만 동물학자들은 강자만이 독식하는 사회보다는 협동과 공생의 사회가 훨씬 더 강력한 능력을 발휘할 수 있기 때문이라 해석한다. 늑대는 사냥부터 사냥한 고기나 잠자리를 나누는 것에 이르기까지 모든 생활에서 탁월한 협동력을 보여준다. 마찬가지로 늑대의 후손인 개들도 유사한 현상을 쉽게 관찰할 수 있다.

크고 힘센 대형견들이 작고 어린 강아지를 더 잘 배려한다. 이런 특성은 대형견을 키우는 일반 가정집에서 쉽게 관찰할 수 있다. 막연히 대형견들이 위험하다고만 생각하는데, 실상은 일반 소형견들보다 아직 어린 아이들을 이 큰 동물이 더 잘 보살핀다.

허쉬의 무법 행동에 대해 병원동물들이 관대한 것은 본능적인 것이다. 어쨌든 허쉬는 병원에서 잘 적응해 자랐다.

.

허쉬의 입양은 순조롭지 않았다. 여러 분들이 관심을 가졌고 대다수가 허쉬의 실명에는 안타까워했지만, 그 아이를 감당하는 것에 자신 없어 했다. 또 막연한 연민 때문에 온 분들 중에는 허쉬를 보고 불쌍하다고 눈물까지 훔치는 분들도 계셨다. 하지만 그 연민에 대해선 책임지기를 꺼려했다. 병원 입장에서도 허쉬를 단순히 불쌍한 아이로 바라보는 분들께 입양시킬 순 없었다. 허쉬는 적응하며 적극적으로 자신의 삶을 살아야 하기 때문이다. 허쉬를 동정이나 연민으로 바라보지 않고 허쉬에게서 허쉬만의 독특한 가치를 발견할 수 있는 긍정적이고 명랑하신 분이면 좋을 텐데 그런 분들은 아직 안 오셨다.

허쉬가 4개월 때쯤, 두 자녀를 두신 50대의 부부가 허쉬에게 관심을 보였다. 자녀분들은 이미 장성해서 딸은 피아노를 전공하고, 아들은 군대에서 이제 막 제대하고 복학 준비 중이었다. 가족들이 여행을 좋아했고 무엇보다 환하고 긍정적이었다. 최근 키우던 반려견이 노환으로 죽어 새로운 반려견을 찾고 계셨다. 이 가족은 이미 충분한 반려견에 대한 식견과 책임감 등이 있었다. 게다가 무엇보다 연민과 동정이 아닌 장애견인 허쉬의 놀라운 적응력에 감탄하셨다. 이런 분들이라면 허쉬를 맡기는 데 망설일 이유가 없었다.

개는 온몸으로 웃는다

허쉬의 이름은 작은아들이 작명했다. 처음 봤을 때 허쉬의 털 색깔이 인상 깊은 초콜릿색이라 그렇게 이름 지었다고 한다. 첫 입양 후 몇 달은 이 가족에겐 쉽지 않은 시간이었다. 허쉬는 새로운 집의 환경에 완벽하게 무지했다. 거실에 내려놓는 순간 여기저기 헤매다 몇 번을 크게 부딪히면 아예 멈춰서 움직이지 않으려 했다. 그런 상태에서 대소변을 보고 그것을 밟아 짓이겨놓았다. 허쉬 어머님에 따르면, 가족들이 각자 자신 일들로 바쁜데 하루 종일 일을 하고 피곤해하며 돌아온 집에서 허쉬의 이런 장면을 보면 우울증이 안 생길 수가 없을 것 같다고 하셨다. 수없이 포기하고 싶었지만 책임감 때문에 허쉬와의 공존을 포기하실 수 없었다.

그런데 몇 달 후 상황은 완전히 달라졌다. 허쉬는 집안의 모든 환경에 완벽히 적응했다. 완벽하다는 것은 과장이 아니었다. 거실에서 장난치고 있는 허쉬를 보면 그 아이가 실명한 아이인지 아닌지를 구별할 수 없을 정도였다. 배변 배뇨는 보호자님이 흔적을 남겨놓은 패드에서만 봤다. 심지어 식탁 아래 다리 사이에서도 허쉬는 부딪히지 않고 걸어다녔다. 마치 털에 감각기관이 있는지 허쉬는 스치듯 모서리 사이를 비켜 가며 멋지게 보행했다.

바깥에서는 어땠을까? 여러분들이 만일 산책 중 허쉬를 발견한다면 너무나 작고 귀여운 푸들에 시선을 뗄 수 없을 것이다. 그리고 이 아이가 실명한 채 걷고 있다고는 상상하지 못할 것이다.

그런데 자세히 보면 허쉬 보행에는 몇 가지 특징이 있다.

첫째, 허쉬는 뛰는 게 마치 토끼같이 뛴다. 앞이 안 보이기 때문에 전방으로 돌진하지 못하고 위아래로 제자리 뛰면서 서서히 전진하는 것이다. 허쉬에겐 미안하지만 그 모습이 너무 귀여웠다.

둘째, 이게 더 흥미로운데 허쉬는 소리의 벽을 타고 산책한다. 이 소리는 보호자분들의 발소리였다. 사람들이 많이 없는 산책길에서 허쉬는 앞에 걸으시는 부인과 뒤에 처져서 오는 남편의 발자국 사이에서 뛰고 장난친다. 이 발자국의 소리벽이 있는 곳이라면 허쉬는 너무나 편안하게 산책한다. 하지만 사람들이 많아 발자국소리가 많아지면 허쉬는 순간 혼란에 빠져 제자리에 멈추어 선다. 그럼 보호자님들이 박수를 치고 이름을 부르면 곧바로 그 방향을 향해 허쉬는 주저 없이 달려왔다. 소리의 벽과 그 사이의 공간 그리고 소리가 향하는 방향을 통해 허쉬는 시력을 대신하여 산책했다.

다만 문제는 허쉬의 목줄이었다. 사정이 이러니 허쉬의 목줄을 맬 수는 없었다. 허쉬는 온몸이 감각기관이라 목줄을 매는 순간 제자리에 주저앉아 산책을 시킬 수 없었다. 다행히 주변에서 목줄을 채우라고 하는 분들에게 허쉬의 사정을 말씀드리면 대다수는 놀라워하고 오히려 허쉬를 칭찬했다.

이런 허쉬의 소리의 감수성은 다른 곳에서도 나타났다. 어느 날 피아노를 전공하는 딸이 병원으로 달려왔다. 허쉬가 노래를 한다는 것

개는 온몸으로 웃는다

이다. 본인이 피아노를 치는데 그 피아노 소리에 맞추어 노래를 불렀단다. 그리고 동영상을 보여주었다. 보여준 동영상에서 허쉬는 피아노에 따라 분명 노래를 불렀다. 게다가 피아노의 곡이 달라지면 완전히 다른 톤의 소리를 냈다. 누가 봐도 피아노와 연동된 소리였다.

우리는 허쉬의 노래를 어떻게 해석할 수 있을까? 허쉬에게 소리는 암흑인 세상 속에서 수많은 별들이 쏟아지는 것 같을 것이다. 그렇게 셀 수 없는 소리들이 고유한 음색을 간직한 채 소나기처럼 밀려 들어왔을 때, 마치 반짝이는 작은 별이 우리의 시선을 모았듯이 어떤 소리 주변에는 작은 중심이 만들어졌을 것이다. 그 작은 중심은 무너지지 않고 하나의 외관을 가진다. 카오스의 수많은 소리들 중 어떤 소리들이 의미를 가지게 되는 것이다. 우리가 이미 살펴본 보호자분들의 발자국소리, 손뼉 소리 등이 그 소리들일 것이다. 그렇게 의미를 갖추기 시작한 어떤 소리들은 둘레에 벽을 친다. 그 벽은 때론 두 부부의 보폭 차이 때문에 발생하기도 했다. 보폭의 차이가 만든 소리의 공간만큼, 산책로 안에서 허쉬를 위한 작은 공간이 만들어진다. 때론 작은 대화에서도 소리벽은 형성되고, 그 안에 허쉬는 편안하게 잠든다.

마침내 그렇게 만들어진 카오스 위의 작은 코스모스의 공간에서 허쉬는 모험을 하게 된다. 더 확장되고 소란스러워진 공간으로 허쉬의 영토가 비약하는 것이다. 바로 딸의 피아노 소리의 자극이 허쉬가 목소리 도약을 하도록 유발했다. 허쉬는 자신 안에 본능처럼 박혀 있는 하울링Howling의 욕구에 따라 새로운 소리를 창조하며 어떤 가수로

서의 예술가가 된 것이다. 그렇게 허쉬는 끊임없이 확장하면서 자신의 노래를 부르고 있었다.

"예술은 인간을 기다리지 않은 채 시작한다."라는 프랑스 철학자 들뢰즈의 선언은 분명한 사실이다. 인간이 아닌 허쉬는 가수이며 음악가다. 선천적인 예술가이기도 하다. 이들 가족은 허쉬 입양했을 때, 그들은 바로 이 예술가 친구들을 받아들인 것이다.

분명 나이가 들면서 허쉬의 노래 실력은 줄어들 것이다. 그것은 하울링이 짖는 소리로, 하위 노래가 완전한 노래로 바꾸는 과정과 유사하다. 물론 전문적인 돌봄이 있다면 하울링의 능력은 더 독창적으로 발전할 것이다. 하지만 아쉽게도 아직 우리에겐 그런 배경지식과 노하우가 그리고 무엇보다 실험정신이 없다.

이 가족이 허쉬와 어떻게 얼마나 행복하게 사는지, 상상은 여러분들의 몫이다. 분명한 것은 이 세상에 하나밖에 없는 허쉬라는 독특한 개를 입양 후 어떤 반려동물 보호자분들보다 이 가족분들은 행복해한다는 사실이다.

개들도 노래할 수 있을까?

사실 노래 부르는 개들은 많다. 아니 개들은 이미 선천적으로 가수다. 내 말이 의심된다면 개의 조상인 늑대를 보면 된다. 늑대 울음소리Howling를 유튜브에서 검색해보라. 언제든 노래하는 늑대의 소리를 들을 수 있다. 이 울음소리는 우는 소리가 아니라 울리는 소리이다. 즉, 일종의 음악이다. 늑대는 이런 울리는 소리로 자신 감정의 여러 가지 상태를 표시한다. 만일 우리가 늑대의 하울링 Howling을 노래로 인정한다면, 늑대 사회는 자연을 무대로 한 오페라의 공연이 매일 완벽하게 실연되는 시공간이라 말할 수 있을 것이다.

동물행동학자들, 특히 새들을 연구하는 학자들은 새들의 노래를 크게 하위 노래sub song와 완전한 노래full song로 나누어 이해한다. 전자는 아직 영토적 특성을 가지지 않은, 즉 의미화되지 않는 노래이다. 비유하자면 사람 아기의 옹알이 같은 소리이다.

이 하위 노래가 어떤 영토적 특성을 가질 때, 그것은 그 지역의 독특한 새소리 인 완전한 노래가 된다. 지역에 따라 같은 종들의 새들이지만 그들의 리듬이 각기 다른 것은 이 때문이다. 만일 경상도 종달새와 전라도 종달새를 같이 두면 두 다른 지역의 새들은 전혀 의사소통할 수 없다. 그들의 완전한 소리가 다르기 때문이다. 하지만 어린 아직 하위 노래 단계인 종달새를 다른 지역으로 옮기면 그 새는 이전 지역과 무관하게 다른 지역의 완전한 노래를 익힐 수 있다. 우린 경험적으로도 이런 새소리의 두 차원과 관련된 인간의 언어능력의 두 차원에 대해서 알고 있다. 예를 들어 어린 시절에 다른 나라에 입양되어 돌아오신 분이 한국어를 전혀 못하게 되는 것과 같은 이치이다.

개들은 그들의 조상인 늑대의 울음소리 즉 하울링, 소리 대신 짖는 소리Barking 로 진화했다. 그것은 인간 사회와의 교류 속에서 발생한 개들 소리의 새로운 자연선택일 수 있다. 하지만 아직도 개들 중 늑대에 가장 근접하다고 알려진 중앙 아프리카가 원산지인 바센지종, 호주의 딩고종 등은 짖지 않고 하울링을 한다. 또 많은 수의 반려견들도 완전한 노래로서 하울링의 기능은 사라졌지만 하위 노래의 내재된 영역에서 여전히 하울링을 하고 있다. 특히 어린 강아지들에겐 두드러지는데 이런 현상은 성견이 되면 거의 사라진다. 보호자님이 발견한 허쉬의 노래는 바로 하위 노래에 남아 있는 하울링의 잔여물이다.

개는 온몸으로 웃는다

토리

　우리 병원에는 자폐 스펙트럼을 앓고 있는 분들이 가끔 오신다. 그
분들의 증상은 천차만별이다. 어떤 분들은 진료 중 기본적인 의사소
통이 전혀 불가능한 경우도 있다. 때로 그분들이 흥분하면 병원에는
잠시 소동이 일어나기도 했다. 부모님과 같이 오는 대부분의 자폐인
들은 큰 불편 없이 진료를 마칠 수 있었다.

　사실 불편이라고 할 것까지도 없었다. 그 친구들 중 어떤 친구는 가
끔 하트를 그려 "원장님 좋아!"라고 해서 필자를 쑥스럽게 하기도 하
고, 어떤 친구는 주머니에서 캔디나 간식 몇 개를 꼭 쥐어주었으니 말
이다. 그런 친구들의 모습은 어떤 가식도 없어서 수의사로서 보람을
느끼게 한다. 한데 이 친구들 중 누구도 혼자 병원에 반려견을 데리고
오는 경우는 없다. 오직 토리라는 코커스패니얼 품종의 반려견을 키
우던 보호자님의 따님은 예외였다.

토리의 보호자분은 두 분의 자녀를 돌보는데, 막내따님이 자폐 스펙트럼을 가지고 있었다. 이 친구는 또래 친구들보다 키도 작고 약해 보였는데, 다른 자폐 스펙트럼을 가진 분들과 달리 크게 불안정해 보이진 않았다. 키 작고 왜소한 체구의 따님이 토리를 안고 병원에서 진료를 기다리는 모습은 마치 커다란 인형을 안고 앉아 있는 만화영화의 어린 여자 주인공 같았다.

따님은 토리를 진심으로 아꼈다. 마찬가지로 토리도 딸을 잘 따랐다. 진료 중 누구 하나가 안 보이면 서로가 두리번거리면서 찾았다.

토리가 처음 병원에 올 때, 주 증상은 외이도의 혈종이었다. 귓병이 많은 코커스패니얼종은 염증 등 어떤 원인에 의해 귀가 불편하면 심하게 귀를 흔든다. 그러다 원심력에 의해 외이의 혈관이 터져 외이도의 끝으로 혈액이 차는 증상이 나타난다. 이개혈종Aural Hematoma이라고 하는데, 이 혈종은 수술이 주 처치 방법이다. 다른 내과 처치는 대부분 재발된다.

문제는 이개혈종이 아니었다. 토리가 병원에 왔을 때, 외이도의 염증이 너무 심한 상태라 수술 후 2차 감염 우려와 완치되지 않은 염증 때문에 귀를 흔들면 혈종이 재발될 가능성도 있었다. 보호자분의 협조로 이개혈종의 수술과 회복은 순조로웠지만 이미 만성화된 외이염은 이개혈종 수술로 좋아질 수 있는 단계가 아니었다. 경과를 봐서 고막을 포함 외이도 전체를 드러내는 외이도 전체를 적출하는 수술을

개는 온몸으로 웃는다

해야 할 것 같았다.

수술 문제로 보호자분과 대화를 나누다가 이분이 동물병원에서 사용하는 약물에 해박한 지식을 가지고 있는 것을 알았다. 그래서 혹시나 의료 계통에 근무하시는 분이냐고 여쭈어보았다. 그분은 손사래를 치면서 전혀 아니라고 했다. 그리고 자신은 금속 공예 작가라고 명함과 함께 자신을 소개했다. 약리학의 전문 지식을 금속 공예 하시는 분이 안다는 것에 더욱 궁금증이 생겨 나로서는 연거푸 물어볼 수밖에 없었다. 그분은 마지못해 그 사연을 설명해주셨다.

원래는 약사셨단다. 대학을 졸업 후 약국에서 일했지만 도저히 그 일이 적성이 안 맞았다고 한다. 그 이유는 자신이 조제한 약이 여러 사람들의 건강과 나아가 생명에까지 영향을 끼친다는 생각을 하면 두려움이 앞서서였다고 했다. 그러다 지금의 남편분을 만나 결혼 후 연년생의 사내와 여자 자녀를 보게 되었다. 그런데 둘째 딸이 자폐였다.

당시 토리의 보호자님은 약사라는 직업에 너무나 지쳐 있었고, 딸의 자폐에 대한 주변의 편견이 너무 심해 잠시 한국을 떠나고 싶어 하셨다. 남편분도 젊은 시절 독일 유학을 꿈꿨지만, 결혼과 함께 그 꿈을 접었던 터라 흔쾌히 동의했단다. 결국 남편분의 늦은 독일 유학을 핑계로 가족 모두가 독일로 떠났다.

독일은 따님 같은 자폐 스펙트럼을 가진 친구들이 사는 데는 최고의 국가라고 말씀하셨다. 보호자님은 독일에서는 장애인들이 자신의 어려움을 말하고 도움을 요청하거나 혹은 자신의 시민으로서의 권리를 요구하는 것을 아무도 낯설어하지 않는다고 하셨다. 그리고 신체적 정신적 장애는 각 가정이 감당하는 것이 아니라 사회나 국가가 함께 해야 한다는 의식이 시민들 사이에 팽배해 있다고 말씀하셨다. 그래서 장애가 있는 가족분들을 돌보는 가정에겐 유학생이든 독일 국적의 시민이든 상관없이 무상교육은 물론이고 생활비와 렌트비 등 다방면의 지원 프로그램을 운영하고 있다고 말씀하셨다. 그런 독일 사회의 분위기와 지원 정책에 힘입어 두 부부는 막내딸을 위해 남편이 박사학위를 마친 후에도 독일에 계속 거주할 수 있었다.

그리고 남편이 공부하는 동안 부인께서도 적성에 맞지 않았던 약사일을 접고 본격적으로 자신의 관심에 따라 금속 공예 학과에 편입하셨단다. 남편분과 마찬가지로 공예와 관련된 박사학위를 받았다. 물론 그 과정은 독일에서는 모두 무료였다. 지금은 국내로 돌아오셔서 서울 모 대학의 공예과 교수로 재직 중이시다.

만일 그 보호자분이 딸과 함께 한국에 계속 지내셨으면, 약사라는 직업을 버리고 금속 공예 예술가의 길로 접어들 수 있었을까? 또 자폐 스펙트럼을 가진 딸이 자신의 반려견을 데리고 동물병원에 가는 시도를 과감히 허락할 수 있었을까? 무엇보다 딸이 다른 자폐 친구들보다 덜 불안한 것은 어린 시절 경험한 독일이라는 사회의 분위기 때문이 아니었을까?

개는 온몸으로 웃는다

김호식이란 장애인 활동가가 있었다. 뇌병변 1급 장애인이었다. 초등학교 교육을 받지 못해 한글도 잘 못 읽지만, 그는 루쉰을 읽고, 푸코를 읽고, 니체를 읽고, 스피노자를 읽었다고 한다. 어떻게 가능했을까? 노들 야학에서 만난 활동 보조인 덕분이었다. 매주 일요일 오후 1시부터 5시까지 모니터에 스캔한 책을 띄워놓고 보조인 분이 읽으면 그걸 두고 김호식 씨와 이야기를 나누었다고 한다. 생전 김호식 씨는 인문학을 공부하면서 이런 말씀을 하셨다.

"전에는 혼자 살면 되지 뭐, 그런 생각을 했지만… (인문학을 공부하면서) 그게 아니란 걸 느낀 거지, 아직까지는 구체적으로 어떻게 해야겠다는 건 모르겠는데, 어울린다는 것에 대해서는 알게 된 것 같아."

이런 그의 말에 은유라는 작가분은 "그는 철학이 '사람과 관계 맺는 법'에 대한 공부임을 정확히 이해했다."라고 설명한다.

장애인이 사람과 관계 맺는 방법은 무엇일까? 독일이라는 나라에 대해 잘 모르는 필자지만 토리 보호자님들의 사례를 보면 독일에서는 우리나라와 달리 그 관계 맺음이 자연스러운 것 같다. 독일은 장애인들을 사회의 온전한 구성원으로 존중한다.

우리나라는 어떨까? 우린 과연 그들을 우리와 동등한 구성원으로 대할까? 최근 지하철 역사에서 장애인 이동권을 위해 투쟁하는 장애인 단체에 대한 우리 사회의 대응을 보자면, 여전히 우리는 그들을 이

방인으로 취급하고 있다.

김호식 활동가는 평생을 장애인의 권리를 위해 헌신하다 2014년 6월 심장마비로 돌아가셨다. 여성의 투표권이 실시되기 전 수많은 여성들의 투쟁이 있었던 것처럼, 지금 우리 사회에서는 장애인들의 고단한 투쟁이 이어지고 있다.

토리의 외이도는 크게 개선되었다. 항생제 감수성 테스트의 도움을 받았지만 약사 출신의 공예과 교수님의 자문도 결정적이었다. 전이도 적출술은 하지 않아도 되었다.

긴 장화를 신고 중형견인 코커스패니얼 토리를 데리고 병원 문을 나서는 따님의 모습이 아직도 눈에 선하다.

개는 온몸으로 웃는다

별이

별이를 생각하면 너무 부끄럽다. 쉽게 말하는 게 아니었다. 보호자 분께서 충분히 이해해주셨지만 그래도 조심조심 아니면 아예 그런 말을 꺼내는 게 아니었다. 어쨌든 생명이란 너무나 놀랍다. 별이를 보면 우리의 기대를 넘어서는 생명력에 감탄하게 된다.

별이는 초등학교 교사를 정년퇴직한 아주머님과 자그마한 사업체를 운영하시다 지금은 정리하시고 소일하는 남편분의 강아지이다. 자녀분들은 모두 결혼하여 다른 곳에 사신다. 자그마한 아파트에는 그렇게 두 부부만 별이와 함께 옹기종기 사셨다.

별이는 기실 아주머님의 강아지였다. 결혼 후 남편분은 사업을 하면서 외박하는 일이 다반사였고, 자녀들은 아주머님이 키워야 했다.

문제는 시어머님이셨다. 결혼 초부터 시어머님이 치매 기질이 있으셨단다. 사업으로 바쁜 남편은 이런 어머님을 순전히 아주머님께 맡겨두셨단다. 경상도의 투박한 사투리를 숨기지 못하는 남편은 다소

가부장적이셔서 이런 아내분의 노고를 여성이 당연히 감당해야 할 사명 정도로 아셨던 것 같았다. 이러니 아주머님의 외로움과 고통은 말로 표현하기 힘들 정도였다. 이런 상황에서 아주머님을 위로했던 것은 별이었다. 말티즈였던 별이는 치매 시어머님을 가족들의 도움 없이 감당해야 했을 때 아주머님의 유일한 말벗이었단다.

지금은 어떨까? 모든 게 역전되었다. 남편분은 사업을 정리하신 후 집안에만 계셨다. 부인분은 시어머님이 돌아가시고 정년퇴직 후 홀로 혹은 여동생과 함께 세계 여러 곳을 여행 다니신다. 남편분과는 같이 안 다니시냐고 은근히 물어보면, 그분은 젊은 시절 너무 돌아다녀서 집을 좋아한다고 말씀하신다. 그 속내야 모르겠지만 정확히 상황이 역전된 것은 맞다.

여행에도 내공이 있다. 가령 단순한 패키지 여행이거나 누구나 아는 대도시의 비싼 호텔에서 묵는 여행이 있다면 개척하는 여행이 있다. 잘 알려지지 않은 곳의 정보를 모아 인터넷을 통해 적당한 숙소를 수소문하고 갈 수 있는 교통편을 알아보면서 소수의 용기 있는 사람들만이 먼저 떠났던 내공 높은 여행도 있다. 아주머님의 수준은 후자였다. 그분은 당시로서는 오지였던 아프리카 모로코, 러시아의 이르쿠츠크, 바이칼 호수의 마을들, 두바이에서 유럽을 거쳐 내려오는 여행 루트, 스페인 순례길 등 전 세계의 구석구석을 여행 다니셨다. 첨언하자면, 이런 아주머님의 여행 루트 중 몇 곳을 고스란히 베껴 우리

개는 온몸으로 웃는다

가족은 러시아의 몇몇 도시를 여행 갔다.

이렇게 아주머님과 여행 등으로 대화가 트이면서 결혼 후 아주머님이 치매에 걸리신 시어머님 때문에 고생하셨던 말씀을 들을 수 있었다. 치매 노인을 돌보는 데는 우리가 감히 짐작도 할 수 없는 고통이 수반된다. 직장 생활하면서 결혼 초부터 홀로 그 노인분과 같이하셨으니 아주머님의 마음속에 맺힌 게 많았다. 여행을 좋아하게 된 것은 그 시절의 반작용 같다고 말씀하셨다.

아주머님이 여행 다니시는 동안 별이는 누가 돌볼까? 고스란히 남편분의 몫이었다. 남편분은 아내분의 여행 외도(?)를 전혀 신경 쓰지 않으시며 별이를 돌보셨다.

별이는 어린 시절부터 슬개골 탈구가 심했다. 어린 시절 다녔던 병원에서 수술을 받았지만 슬개골은 호전되지 않았다. 그래서 편측 정확히는 좌측 다리의 파행을 달고 살았다. 소염진통제를 처방하면 잠시 호전됐지만 근본적인 슬개골의 문제는 해결되지 않았다. 그리고 나이 들면서 갑자기 청력에 이상이 생겼다. 어느 날부터 별이는 서서히 청력 소실이 나타나더니 갑자기 아무 소리도 듣지 못하게 된 것이다. 그 원인을 찾기 위해선 MRI를 찍어야 했지만 서울 외곽 동네에선 용이한 게 아니었다.

청력의 문제는 가정생활에선 크지 않았다. 별이는 소리를 못 듣지만 주인의 반응을 보면서 눈치껏 행동하고 자신의 욕구를 잘 표현했다. 몇 년 후 대략 별이가 13살 정도 되었을 때 시력에도 문제가 나타 났다. 양쪽 시력의 동공이 축동되고 동공 부동증이 나타난 것이다. 몇 주 후 시력도 잃었다. 이런 별이를 남편분은 담담하게 정성껏 돌보셨 다. 물론 여행에서 돌아오신 아주머님도 별이에게 헌신했다.

별이에게 치매 증상이 나타나기 시작했다. 한쪽으로 돌고, 침을 흘 리고 밤새 짖고, 대변을 뭉개고 오줌을 지리고 한 번 쓰러지면 일어나 질 못하고, 다가가려 하면 입질부터 하면서 으르렁거렸다. 보호자분 들을 못 알아보는 것이었다. 별이 아주머님이 더 이상 견딜 수 없다고 하시면서 병원에 왔을 때 나는 그만 말하지 않아도 될 것을 말하게 되 었다.

"아주머님 너무 힘드시면 안락사를 고려하셔도 됩니다. 별이가 이 미 15세를 넘은 고령이고 자기 의식이 없는 상태이니, 안락사를 생각 하셔도 됩니다."

이런 필자의 가벼운 해결책에 별이 아주머님은 아무 말씀도 안 하 셨다. 내 심산에는 젊은 날 치매 시어머님 때문에 고생하신 아주머님 에 대한 배려가 있었다고 변명할 수 있을 것이다. 일단 별이에게 항전 간제를 주사하고 다소 안정된 상태에서 퇴원시켰다. 그리고 혹시 재 발되면 먹이시라 항전간제와 안정제를 고용량으로 조제해드렸다.

몇 주 후 별이 아주머님이 다시 오셨다. 안락사는 남편이 반대하신 다고 하셨다. 그리고 별이의 수명이 다할 때까지 자신이 돌보겠다고

개는 온몸으로 웃는다

말씀하셨단다.

그런데 놀랍게도 별이가 호전되었다. 밤새 울부짖거나 보호자들에게 입질하는 증상이 사라졌다. 여전히 대소변에 문제가 있지만 거실에서 부딪히지 않고 걸어 다니려 노력했다. 그러다 막힌 벽이 나타나면 그 앞에서 머리를 앞으로 밀며 계속 전진하려 애썼다. 호전됐지만 여전히 치매는 진행 중이었던 것이다.

보호자 입장에서는 기적과 같은 일이 벌어졌다. 그렇게 별이는 6개월 더 살다가 보호자의 품 안에서 조용히 숨을 거두었다.

하세가와 가즈오라는 50년을 치매 의사로, 그리고 5년을 치매 환자로 보냈다. 그는 세계 최초의 표준치매진단검사를 만든 일본 치매 의료의 제일인자였다. 그런 그가 치매에 걸리게 되었다. 이 사실을 알게 된 후 그는 자신의 상태를 세상에 공표한다. 그래서 쓴 책이 《나는 치매 의사입니다》라는 책이다. 이 책을 쓸 당시에도 치매가 진행되고 있었지만, 그는 요미우리신문사의 이노쿠마 리쓰코라는 편집위원의 도움을 받아 이 책을 출간할 수 있었다.

치매환자를 치료하는 의사가 치매를 겪게 된다는 것은 다소 아이러니하게 들린다. 이분의 견해로는 치매는 그만큼 자연스러운 질환인 것이다. 이 책의 추천서를 쓰신 이해인 수녀의 말대로 "우리는 예비적인 치매환자"일 수 있다는 의미이다. 그래서 저자는 치매 증상을 굳이 숨기거나 부끄러워할 필요가 없다고 주장한다. 그리고 이분은 과거

일본에서 치매환자를 구속복을 입히거나 침대에 묶어놓는 방식을 비판하고, 치매 환자에게도 존엄성과 권리가 있음을 평생에 걸쳐 주장하셨다.

치매 당사자를 마주할 때 우리는 한 사람 한 사람이 모두 다르고 똑같이 소중한 존재라는 사실을 잊지 말아야 합니다. 전 세계를 통틀어 보아도 '나'라는 인간과 똑같이 살아오고 똑같은 생각을 하는 사람은 세상에 나 한 사람 외에는 없습니다. 그래서 존엄한 가치가 생겨나는 것이지요. 한 사람 한 사람이 다 존엄한 존재입니다. 치매인 사람도 그 옆에 있는 사람도, 모르는 사람도 잘 아는 사람도 마찬가지입니다. 인간은 모두 존엄성을 지닌 존재입니다.

치매에 걸린 별이 역시 세상에 단 한 존재였다. 별이는 치매에 걸리든 안 걸리든 고유한 존엄성을 가진 개체였던 것이다. 녀석에 대한 나의 쉬운 처방은 이런 별이의 존엄성을 보지 못한 잘못된 처방이었다.

만일 내 권유대로 별이에게 안락사를 시행했다면 별이의 마지막 6개월은 사라졌을 것이다. 그리고 보호자님의 죄책감은 평생 남았을 것이다. 물론 별이의 6개월이 의식이 없는 상태에서 나타난 습관적인 반복이었다고 말할 수 있을지도 모른다. 하지만 그 6개월 동안, 별이는 우리가 모르는 방식으로 삶을 영위했을지도 모른다. 나는 그 사건 이후 다시는 보호자가 먼저 말씀하시기 전에 안락사를 미리 권고하지

개는 온몸으로 웃는다

별이의 6개월이
의식이 없는 상태에서 나타난
습관적인 반복이었다고 말할 수 있을지도 모른다.
하지만 그 6개월 동안. 별이는
우리가 모르는 방식으로 삶을 영위했을지도 모른다.
나는 그 사건 이후 다시는 보호자가 먼저 말씀하시기 전에
안락사를 미리 권고하지 않을 것을 결심했다.

않을 것을 결심했다.

　남편분의 별이에 대한 헌신은 인상적이었다. 그분은 젊은 날 부인분의 노력을 기억하고 있었으리라. 어쩌면 별이는 그분의 어머님과 만나고 있지 않을까?

개는 온몸으로 웃는다

동물의 사체는 어떻게
처리해야 할까?

가장 힘든 말은 아니지만, 너무나 민망한 말들이 있다. 일단 힘든 말들은 아마도 동물들의 사망 선고일 것이다. 이 선고의 전후에 벌어지는 사건들은 동물병원 입장에서 정말 감당하기 힘든 경우가 허다하기 때문이다. 가장 민망한 말들은 뭘까? 그것은 죽은 동물의 남은 사체를 처리하는 문제이다. 그러나 모든 보호자들이 한 번은 거쳐가야 할 현실적인 시련이라면 미리 정보를 알아두자.

사체를 처리하는 방법은 크게 자가로 혹은 업체를 통해서 처리하는 방법이 있다.

예전 방식은 주로 자신 소유의 토지 위에 땅을 파서 묻고 보호자님에 따라 꽃나무 등을 심어 표시하는 방법이다. 사체가 전염병으로 죽은 것이 아닐 경우, 이런 매장 방법은 법적으로 문제가 없다.

다음으로 업체를 이용하는 방법이 있다. 모든 동물병원은 의료 폐기물 업체와 계약을 맺고 있다. 이 업체들은 동물 사체의 화장도 병행하고 있다. 국가에 정식으로 등록되어 있어, 법적으로 깨끗한 화장처리를 보장받을 수 있다. 또한 가격도 몸무게에 따라 매겨지므로 작은 소형견의 경우 처리 비용을 대폭 낮출 수 있다. 문제는 이들 업체의 화장 처리과정에 보호자가 참관할 수 없다는 것이다.

보호자들은 사체를 동물병원에 맡기고 비용을 정산하면 끝나지만 아쉬움은 어쩔 수 없다.

마지막으로 사설 업체를 찾아가는 것이다. 최근 지자체마다 엄청난 수의 사설 화장 업체들이 난립하고 있다. 보호자분들은 이 업체들 중 인터넷을 수소문해 합리적인 가격의 장례업체를 선택할 수 있다. 업체가 많은 만큼 서비스도 천차만별이고 가격도 들쑥날쑥이다. 또 초기 이 장례업체들이 사체 하나하나 화장을 하는 개별적인 화장을 한다는 광고를 내놓고 장례처리비를 비싸게 받은 후 실상은 연고도 알지 못하는 다른 동물의 뼛가루를 보호자의 반려동물이라 속여 사회적으로 문제가 된 적이 있다. 이런 점은 보호자의 각별한 주의가 있어야 한다. 무엇보다 이런 업체를 이용하면 비용이 월등히 높아진다. 보호자분들은 그런 점을 감안하고 꼼꼼히 시장조사 해야 할 것이다.

개는 온몸으로 웃는다

축복이

축복이가 병원에 올 때는 항상 모든 가족분들이 함께 오신다. 축복이 아버님은 정년퇴직 후 주차장에서, 어머님은 주로 식당에서 아르바이트 일을 하셨고, 두 딸 중 첫째 딸은 수자원 공사에, 막내딸은 공무원으로 근무했다. 그렇게 축복이를 포함한 다섯 식구가 진료실을 가득 메우면, 와자지껄 개성 강한 가족들의 의견들이 빗발쳤다. 가족들 모두가 고집이 강하셔서, 지기 싫어하는 듯 자신의 목소리를 쉽게 낮추지 않으셨기 때문이다. 하지만 이 산만할 것 같은 가족은 축복이와 묘하게 조화를 이루었다. 막내인 축복이는 이 가족에겐 너무나 소중한 강아지였던 것이다.

축복이는 지금 12살 정도고 하반신을 못 쓴다. 어느 날 갑자기 하반신 마비가 와서 치료받았지만 회복되지 못하고 지금처럼 앞다리로만 기어 다닌다. 이 당당한 가족분들은 축복이의 장애를 처음부터 슬퍼하거나 원망하지 않았다. 가족분들은 이런 상태의 축복이를 그저 담담하게 받아들이셨다. 다만 축복이가 겪을 불편함을 안타까워하실 뿐이었다.

진료 중 축복이의 상태를 설명드리고 어떤 어려움이 축복이에게 발생할 수 있는지를 말씀드렸을 때, 이 개성 강한 가족 구성원들은 일체 자신의 바람을 감추고 축복이에게 어떤 게 좋은지 진지하면서도 적극적으로 의견을 교환했다. 어떻게 축복이가 이 가족을 이렇게 모을 수 있었을까? 축복이는 어떻게 이 가족의 구성원이 되었을까?

아버님은 젊은 시절 스님으로 출가를 계획하시고 절에서 스님 되는 공부를 하셨다고 하셨다. 그 공부하시는 습관은 지금도 갖고 계셔서 틈만 나면 뭐든지 배우신단다. 최근에는 EBS에서 하는 일본어 강의를 듣고 일본어도 곧잘 하신다고 가족분들이 아버님을 치켜세우셨다. 지금 부인분은 절에서 공부하다 만나게 되셨다고 하셨다. 그 구체적인 연애담은 모르겠지만 어쨌든 두 분은 출가를 준비하시다가 입가, 즉 가정을 꾸미게 되셨다. 성품이 온화하신 부부는 두 딸을 낳고 단출하지만 따뜻하게 사셨다.

이 평온한 가족에도 시련은 비켜 가지 않았다. 아버님이 친구의 보증을 서준 게 화근이었다. 친구분은 숨고 그 빚이 고스란히 아버님에게 들어온 것이다. 당시로선 꽤 많은 액수라 해결할 일이 막막했다고 하셨다. 그런데 그 돈이 문제가 아니었다. 어린 시절부터 믿었던 친구가 자신을 속이고 숨었다는 배신감에 아버님은 더 분노하셨단다. 분

개는 온몸으로 웃는다

노를 못 마시는 술로 대신하면서, 아버님의 생활은 엉망이 되고, 화목한 가족은 그야말로 풍비박산의 위험에 직면하게 된 것이었다. 하루하루가 지옥에 있는 것처럼 쓰러져갔다. 더 이상 이렇게 살 수는 없었다. 어느 날, 부인분께서 비장하게 말씀하셨단다.

"우리 가족 여행 가요. 저와 아이들 당신 망가지는 것 보는 게 얼마나 힘든지 알아요…. 만일 당신이 다시 돌아올 자신 없으면 다 같이 여행 가서 죽어요."

목에 가시가 박혀 피를 토하듯 처절하게 하소연하는 어머님의 바람을 따라 가족은 낡은 차를 빌려 여행을 떠나셨단다.

여행이 이 가족에게 도피처가 될까? 전혀 아니었다. 여전히 핸드폰으론 빚쟁이들의 전화가 그치지 않았고, 나지막하게 전화받는 부모님들의 목소리들은 차 안에서 더 크게 들렸다.

그러다 어느 국도변의 휴게소를 들르게 되었다. 가족들은 멍하게 각자의 원망과 서글픔을 안고 다른 곳들을 바라보았다. 그러다 막내가 어떤 강아지를 본 것이다.

처음 봤을 때는 회색이나 검정색 발바리로 보였단다. 너무 말라 비실비실 걸으면서 사람들이 버린 쓰레기를 뒤지고 있었다고 했다. 막내딸이 그 아이가 너무 안쓰러워, 먹을 것을 조금 나누어주니 그 강아지는 가족들이 있는 곳까지 막내딸을 따라왔단다. 이 착한 가족은 자신들의 불행도 컸지만 이 강아지를 외면할 수 없었다. 그래서 급하게 씻기고 살펴보니 하얀색의 발바리였다. 구석구석 살폈지만 아픈 곳은 없어 보였다. 막내딸의 간절한 요구 때문에 결국 이 강아지를 차에 태우고 여행을 이어갔다.

이후, 이 강아지와의 여행은 침울했던 차 안 분위기를 완전히 바꾸어 놓았단다. 차 안에서 대화의 주제가 생기고, 이야기가 만들어지면서 작은 웃음꽃도 피어났다. 가족 여행에 나름의 즐거움이 슬며시 끼여 들어온 것이다. 그리고 무엇보다 결정적이었던 것은 여행 막바지에, 아버님께서 보증 서준 친구에게서 전화가 온 것이다. 친구분은 아버님께 진심으로 사과하시고 자신이 어떻게든 막아볼 테니깐 아이들 데리고 제발 서울로 올라오라고 당부했다고 한다.

당장 사정이 하루아침에 좋아졌을 리는 없을 것이다. 하지만 희망의 서광이 비친 것이다. 그 후 이 가족은 각자 자신의 자리에서 성실하게 노력했다. 두 부모님은 할 수 있는 모든 일들을 밤낮 가리지 않고 열심히 해 빚을 갚았고, 두 따님은 남들 모두 다닌다는 학원이나 과외 한 번 없이 그 어렵다는 공사와 공무원 시험에 합격하셨다. 지금은 가족의 상황이 많이 안정되었지만 그렇게 열심히 살던 버릇은 사라지지 않았단다.

왜 이 발바리의 이름이 축복이인 줄 이제 아셨으리라! 진료실에서도 틈만 나면 어머님은 축복이를 만난 후 모든 일들이 다 잘되었다고 마치 무슨 주술을 믿듯이 확신에 차서 말씀하셨다.

물론 강아지 한 마리가 이 가족의 모든 불행을 일소시킬 수는 없었

　　　　　　　　개는 온몸으로 웃는다

을 것이다. 하지만 이 가족이 희망을 가지는 데 이 강아지가 도움을 주었다는 것은 부인할 수 없다. 그래서 그 아이의 이름을 축복이라 명명한 것은 결코 과장된 치장이 아니리라.

축복이는 처음부터 건강한 강아지는 아니었다. 어린 시절부터 슬개골 탈구와 초기 디스크 증상 등 정형외과적인 문제가 있었다. 게다가 아토피도 있었다. 하지만 그런 질환은 축복이라는 명칭 아래에 선 삶의 질곡이 아니라 극복되어야 할 고난이었다. 고난 앞에선 전사들처럼 가족들은 축복이와 더불어 똘똘 뭉쳐 가족 앞의 시련을 헤쳐나간 것이다.

진료 중 하반신이 마비된 축복이에게 휠체어를 만들어주는 문제가 대두되었다. 당시 수제 구두를 만드시는 분이 실험적으로 강아지 휠체어를 만든다는 정보가 있었지만 너무 고가였다. 그래서 구글에 검색해보았다. 거기에는 다양한 강아지 휠체어에 대한 정보가 있었다.

가족들은 자신들이 손수 만들겠다고 나섰다. 아버님은 지자체에서 하는 목공 과정을 수소문하셨고 어머님은 뜨개질로 할 수 있는 방법을, 따님들은 구글에 돌아다니는 정보들을 모았다.

이 각자 목소리 높고 개성 강한 가족은 결국 축복이의 휠체어를 완성했다. 나무로 뼈대를 만들어 뒤쪽에 바퀴를 달고, 몸이 닿는 부분은 뜨개질한 천으로 딱 붙게 만든 휠체어였다. 몇 번의 수정과정이 있었지만 외출할 때는 축복이의 필수품이 되었다.

대학생 시절 자주 가던 주점 벽면에 도종환 시인의 〈접시꽃 당신〉이란 시가 한쪽 벽면을 장식하고 있었다. 젊은 날 이 시를 읽으며 내 생애에도 시인처럼 나의 '접시꽃 당신'을 만나길 고대했다. '접시꽃'의 꽃말은 '애절한 사랑'이다. 시에서 '당신'은 시한부 인생을 살아가는 시인의 아내였다. 시인은 그 아내의 투병생활의 아픔을 함께하며 둘 사이의 지순한 사랑을 이 시를 통해 표현했다. 이 시의 아름다움은 시인에겐 '접시꽃 당신'이 있었기 때문에 완성될 수 있었다. 그 '당신'은 사랑의 진면목을 시인의 삶에서 체화할 수 있게 만들어주었고 시인의 남은 생을 더 가열 차게 살아가게 하는 동력이었다. 그렇게 보면 이 시의 '당신'은 분명히 시인에겐 '축복'이었다. 일부분을 읽어보자.

우리가 버리지 못했던
보잘것없는 눈높음과 영욕까지도
이제는 스스럼없이 버리고
내 마음의 모두를 더욱 아리고 슬픈 사람에게
줄 수 있는 날들이 짧아진 것을 아파해야 합니다
남은 날은 참으로 짧지만
남겨진 하루하루를 마지막 날인 듯 살 수 있는 길은
우리가 곪고 썩은 상처의 가운데에
있는 힘을 다해 맞서는 길입니다.

　　　　　　　　　　개는 온몸으로 웃는다

축복이를 보면, 이 가족에겐 어쩌면 도종환 시인의 '접시꽃 당신'이 이 가족의 반려견 축복이일 수 있다는 생각이 들었다. 가족 중 가장 약하지만 그만큼 가장 소중하고 사랑하는 막내! 가족분들은 이 막내를 통해 생의 활력과 의미를 재발견할 수 있었다. 그러니 축복이는 이 가족의 '접시꽃 당신'이리라.

우리의 남은 생에서 우리들의 '접시꽃 당신'을 찾을 수 있을까? 그런 축복이 우리와 같이할 수 있기를!

장애견에게 재활치료는
필수적인 과정

재활치료Rehabilitation treatment가 국내에 처음 도입되었을 때 소위 위약 효과
정도로 이해하는 경향이 있었다. 하지만 재활치료의 결과가 경험적으로 드러나
면서 이제 수의학 분야에서도 재활 치료를 '제3의 의학'이라 부른다.

재활치료에서 재활Rehabilitation은 접두사 're'와 라틴어 'Habilitation'이 결합
해서 만들어진 단어이다. re는 다시 등의 재귀의 뜻이 있으며 Habilitation은
'자격을 획득하다, 적합하게 하다'라는 뜻이 있다. 즉, 재활치료란 신체적이고
정신적인 장애를 최적의 상태로 회복시키는 과정을 의미한다. 따라서 장애견에
게 재활치료는 필수적인 과정이다.

일반인이 재활치료의 전 과정을 알 필요는 없다. 하지만 간단한 마사지 정도만
으로도 장애견이나 노령견에게 상상 이상의 영향을 끼친다.

재활치료 방법을 간략하게 정리하면 먼저 표피에 작용하는 냉온 찜질치료가
있다. 사람의 방법에 준해서 준비하면 된다.

욕탕 등을 이용한 수중치료, 각종 물리치료기나 레이저 등을 동원해서 하는 치
료도 있다. 주로 심부치료를 하게 된다.

개는 온몸으로 웃는다

수동 관절 가동범위 운동치료PROM; Passive Range of Motion가 있다. 적절한 압력을 가해 관절 가동 범위를 증진시키는 운동치료다. 이것은 전문 재활치료사의 도움이 필요하다.

고유감각과 균형을 위한 운동치료Exercise Therapy는 간단히 운동치료라 부를 수 있다. 이 치료 영역은 전문 치료사보다는 장애견의 보호자가 접근하는 게 용이할 수 있다. 운동치료에서 중요한 것은 장애견의 보호자에 대한 신뢰이기 때문이다. 신뢰 관계가 전제되지 않으면 운동치료에서 장애견의 어떠한 협조도 이끌어낼 수 없다. 또한 장애견이 운동치료를 받을 수 있는 최상 컨디션의 시간대를 보호자는 잘 알고 있으며 이때 일정 시간 동안 집중해서 한다면 운동치료의 영향력은 극대화된다. 그리고 운동치료가 특별히 고정된 프로그램을 전제하는 것은 아니다. 개별 장애견의 수준에 따라 보호자가 언제든지 독창적으로 개별적인 운동치료를 만들 수 있다.

최근 반려동물 마사지에 대한 정보가 많이 회자되는데 크게 보면 이런 운동치료의 영역에 속한다. 보호자는 장애견의 부위별 상태별로 적절히 조절해 마사지 등의 방법으로 자극을 준다면 틀림없이 기대 이상의 효과를 볼 수 있다. 물론 이런 과정에서 보호자와 반려동물의 유대는 더욱 깊어지고 끈끈해진다.

후크

같은 것과 다른 것 중 어느 것이 더 자연스러운 것일까? 우리의 정서상 같다는 것에 우선 다가가고 싶은 것은 사실이다. 하지만 가까이 다가가면 다 다르다는 데 놀란다. 모든 게 다 다르다. 수많은 눈송이나 빗방울도, 사람마다 게다가 자기 자신도 어제 다르고 오늘 다르다. 그러니 다르다는 것은 자연스러운 것이다

UN이 소개한 아프리카 어느 소녀의 시가 있다. 이 시는 단순하지만 강렬하게 다름에 대한 통찰을 담고 있다. 그중 일부를 발췌하겠다.

When I born, I Black(태어날 때부터 내 피부는 검은색)

When I grow, I Black(자라서도 검은색)

…

And When I die, I still Black(죽을 때도 나는 여전히 검은색이죠)

And, you White fellow(그런데 백인들은)

개는 온몸으로 웃는다

When You born, you pink(태어날 때는 분홍색)

When you grow up, you white(자라서는 흰색)

When you in sun, you red(태양 아래 있으면 빨간색)

…

And when you die, you Gray(또 죽을 때는 회색이죠)

And you calling me colored(그런데 왜 백인은 나를 유색인종이라 하나요?)

이 소녀에게는, 검은 피부의 흑인이 유색인종이 아니라 백인이 유색인종이다. 이 소녀의 시처럼 같은 것과 다른 것은 보는 관점에 따라 달라진다.

우리의 감성을 바꿀 필요가 있다. 우선 순수한 같은 것이 존재한다는 편견에서 벗어나야 한다. 그리고 우리가 같다고 알고 있는 것에서 물러나 그것들이 가지는 다른 것, 즉 차이를 살펴보고 그 차이를 긍정해야 한다. 이를테면 눈이 양쪽 두 개이지만 각자의 눈은 생김새나 역할은 다르다. 또 동물들의 품종에 따라서는 두 눈의 기능이 전혀 다른 경우도 허다하다. 그리고 두 개의 눈이 아니라 분명 하나의 눈을 가진 개체도 있을 수 있다. 익숙한 두 개의 눈에서 하나의 눈을 가진 것을 긍정하고 그 사연을 궁금해한다면 우린 새로운 삶의 세계로 넘나들수 있게 된다.

아이들은 특히 그런 점에서 자유롭다. 다른 것은 아이들에게 새로운 상상의 통로다. 우리가 이런 아이의 정서를 마다한다면, 우린 상상력이 없는 앙꼬 없는 찐빵처럼 무미건조하게 같은 것만 반복되는 삶을 견디어낼 수밖에 없을 것이다.

2002년 월드컵이 기점이었던 것 같다. 그 이후 애견에 대한 수요가 폭발적으로 늘어나면서 서울 외곽에는 수많은 번식장이 생겼다. 당시엔 마을 외곽을 조금만 벗어나면 여러 마리의 개 짖는 소리를 들을 수 있었다. 실상 강아지 번식이 어떤 축산보다 부가가치가 높은 산업이었다. 그 번식장들은 아무리 청결하게 해도 키우는 모견이 건강할 순 없었다. 번식장의 모견들은 90%가 넘는 일반 가정견의 자연 분만 비율에 비해 10%도 넘지 못했다.

후크의 엄마는 번식장 출신이었다. 태반이 걸려 응급으로 우리 병원에서 제왕절개로 분만했다. 모두 여섯 마리를 분만했으니, 수술을 마치고 나온 강아지들을 안고 사장님은 흐뭇해하셨다.

문제는 며칠 후에 드러났다. 번식장 사장이 아침부터 병원으로 달려왔다. 강아지들 중에 가장 목소리도 우렁차고, 사지도 분명해 방금 태어난 아이 같지 않은 놈이 눈이 이상하다는 것이다. 병원 진료실에서 녀석을 살펴봤다. 그 녀석은 한쪽이 아예 발육이 안 되어 있었다. 반대편은 아몬드처럼 크고 이쁜데 한쪽은 흔적만 있는 선천적인 애꾸였던 것이다.

번식업자 입장에선 애꾸는 상품가치가 없는 애물단지였다. 이런 아

개는 온몸으로 웃는다

이를 먹이고 키우는 사료값이 아까웠을 것이다. 번식업자는 내게 안락사를 부탁하며 녀석을 두고 병원을 나가셨다.

차마 살겠다고 조물조물 뒤척이고 있는 녀석을 안락사시킬 수는 없었다. 일단 초유를 먹이면서 간호사와 같이 키워보기로 했다. 수컷인 녀석은 한쪽 눈이 발육되지 못한 채 애꾸로 태어났지만, 다른 곳에는 아무 문제가 없었다. 오히려 같은 연령인 다른 강아지들보다 건강했다. 그리고 성품도 순하고 사람을 잘 따랐다.

속상하게도 녀석은 자라면서 성한 한쪽 눈을 마치 눈치 보는 것처럼 쳐다보는 것이었다. 자신이 버림받았다는 것을 아는 듯 다른 강아지들 사이에서도 한쪽 눈을 옆으로 뜨면서 주변 눈치를 살폈다. 그 모습이 너무 안쓰러워 녀석을 보면 왠지 마음이 불편했다. 언제 녀석이 다른 아이들처럼 눈을 똑바로 뜨고 쳐다볼 수 있을지 염려되었다.

녀석은 다행히 빨리 입양됐다. 강아지를 구입하러 애견숍에 가시던 젊은 부부가 먼저 우리 병원 입양 게시판을 본 것이었다. 무료로 입양한다는 말에 혹했을까? 어린 사내아이를 둔 젊은 부부는 병원 안으로 들어왔다.

이 사내아이는 애꾸눈의 강아지를 보더니 단번에 "후크 선장이다!" 하면서 가까이 다가갔다. 사람을 좋아했던 애꾸눈의 강아지는 사내아이의 손길을 허락하며 맹렬히 짧은 꼬리를 흔들었다. 이 부부는 그렇게 후크를 입양해 가고 후크라는 이름은 그렇게 생긴 것이다.

후크는 정말 영리했다. 보호자분의 말씀으로는 사내아이가 가지고 놀았던 오리 인형, 테니스공, 고무로 된 공룡 인형 같은 여러 장난감들을 보호자분의 명령에 따라 구분해서 물어왔다고 한다. 이를테면 테니스공을 물고 있는 후크에게 "공룡 물어 와!" 하면, 즉시 테니스공을 떨어뜨리고 공룡인형을 물어왔다. "오리 물어 와!" 하면 마찬가지로 그렇게 했다. 기본 훈련도 쉽게 익혔다.

무엇보다 후크는 운동을 좋아했다. 보호자분들이 공을 던지면 쫓아가 물어오는데, 그 동작을 수도 없이 반복해도 너무 행복한 표정으로 지치지도 않은 듯 계속 던지라고 낑낑거린단다.

다만 주의할 점은 공을 공중으로 던지면 못 찾는다고 하셨다. 아이의 아버님이 공을 공중으로 던지면, 눈이 하나인 후크는 그 공의 방향을 찾지 못해 제자리를 난처한 듯 빙빙 돈다고 하셨다. 아마 눈이 하나라 공간 위, 한 점의 위치를 잡기 어려워서였던 것 같다. 그래서 공은 항상 땅볼로, 즉 땅으로 반동을 주며 던져야 했다. 그래서 야외 공놀이는 사내아이의 몫이었다. 아이는 자신의 시선으로 공을 던지면 후크는 매번 꼬리를 흔들고 흥분한 채 헥헥 거리며 끊임없이 아이 앞에 공을 가져왔다.

그 아이가 초등학교 고학년이 되면서 축구를 하게 됐는데, 땅볼로 던지는 패턴은 이제 아이와 같이 축구하는 패턴으로 바뀌었다. 축구에 빠진 후크와 아이는 둘만의 우정을 남다르게 쌓아 갔다.

아이와 함께 자라면서 후크의 눈치 보는 눈은 완전히 바뀌었다. 아

개는 온몸으로 웃는다

래로 뜨는 게 아니라 거침없이 정면을 향해 사람들을 쳐다봤다. 영리한 후크에게 다소 어려운 요구가 있을 때 후크는 정면을 바라보는 한쪽 눈을 하면서, 고개를 갸웃거리는데 그 모습이 너무도 사랑스러웠다. 부인분 말마따나 후크는 애꾸눈 후크에서 매일 윙크하는 후크로 바뀐 것이다.

이 집 아이를 보면 적어도 이 아이에겐 후크의 한쪽 눈이 어떤 부족이나 결핍이 아니었다. 다만 다른 조건이었고 다르다는 것은 아이에게 상상의 발판이었다. 후크 선장과 윙크하는 후크는 그렇게 아이의 상상 속에서 이어진 것이다.

한번은 아이의 어머님이 아이가 얼마나 후크를 좋아하는지 설명하면서 아이의 잠꼬대에 대해 말씀하셨다. 아이는 꿈속에서도 후크를 불렀다고 한다. 그 아이와의 우정 속에서 후크도 단 한 번 잔병 없이 무럭무럭 자랐다. 많은 강아지들이 알러지 등 면역계 질환이 하나씩은 나타나는데, 후크는 그런 잔병조차 없이 건강하게 컸다. 이제 노령견인 후크지만 며칠 전 치석이 생겨 스케일링한 후 병원에 올 일이 거의 없었다.

고등학생이 된 그 아이가 굵어진 목소리로 "후크야~"라고 부를 때 나는 처음 애꾸눈의 강아지를 보고 "후크 선장이다"!라고 말한 어린 그 친구의 아이다운 목소리를 느낄 수 있다. 그 아이가 자라서 어른이 될지라도, 그 친구는 틀림없이 후크라는 이름을 기억만 해도 어린 시

절 그때의 상상력이 충만하던 장소로 옮겨갈 것이다. 다른 것을 향유
할 수 있었던 그 호기심 많았던 시절로 말이다.

개는 온몸으로 웃는다

오로지

ROZY가 뜨겁다. 국내의 대기업과 유명 은행 광고에 연달아 출연할 만큼 그 인기와 화제가 연일 인터넷을 달군다. ROZY의 본명은 오로지OH ROZY이다. 대개 ROZY로 소개된다. 이 ROZY는 2020년 탄생한 영원한 22세 여성인 버추얼 휴먼가상 인간이다. 디지털 모델 개발업체 사이더스 스튜디오 엑소사 '출신'이다. ROZY의 외모는 실상 인기 여성 연예인의 외모처럼 미모가 뛰어나진 않다. 엑소사의 의도는 연애인 같은 외모가 아닌 '세상 어디에도 없는 개성 있는 외모'를 만든다는 전략으로 탄생시켰다고 한다.

ROZY의 취미는 패션 스타일링과 식물 가꾸기, 여행이며 사회관계망서비스SNS 통해 관련된 일상을 대중과 공유한다. 팔로워수가 13만 명을 넘었다고 한다.(22년 8월 기준)

우리 동물병원에서 이 OH ROZY만큼 유명한 '오로지'가 있다. ROZY보다 다섯 살 정도 많다. 로지가 우리 병원에 왔을 때는 3살 정도이니 이미 성견이 된 후다.

첫 진료는 소화기의 문제였다. 만성적인 설사를 반복해 진료를 받았다. 진료 차트에 올리는 '오로지'라는 이름부터가 시선 끌기에 충분했다. 대개 강아지 이름은 주로 어떤 추억이나 바람, 희망 등을 담는다. 그런데 그 이름에 의지와 가치를 담은 것은 아마도 '오로지'라는 이름이 최초인 것 같았다. 진료를 위해 이제 '오로지'의 기왕력을 여쭤보아야 한다. 병력이 특이했다. 선천적 장애견이라고 말씀하셨다. 장애는 후천적인 사고 등의 이유로 발생하는 경우가 훨씬 많다. '오로지' 같은 선천적 장애견들은 드물어 수의사가 더 집중하게 된다.

품종은 폼피츠다. 전 세계에는 없는 우리나라 고유 품종이다. 고유 품종이라면 진돗개나 삽살개, 풍산개 등을 떠올리는 분들께는 폼피츠라는 품종이 생소할 것이다. 이 품종은 엄밀히 분류하자면 잡종이다. 번식업자들이 포메라니안과 스피츠 교잡종을 생산하면서 퍼뜨린 교잡종이다. 초기 동물병원 차트에 이 품종을 적을 때 그냥 MIX, Mongre 혹은 Mixed Pome 등으로 등재했다. 요즘은 폼피츠Pompitz라는 항목이 진료 차트에 생겨 마치 하나의 품종처럼 기록하게 되었다.

여기서 잠시 폼피츠가 어떻게 유사 품종처럼 알려지게 되었는지 살펴보자. 번식업자들이 이 교잡종을 생산하게 된 계기는 내가 아는 정보로는 별로 유쾌한 것은 아니다.

개는 온몸으로 웃는다

폼피츠가 나오기 전, 유명 여성 연예인이 포메라니안 품종의 강아지를 키우기 시작한다는 연예 뉴스가 퍼지기 시작했다. 이 기사와 더불어 몇몇 광고에서 이 품종이 등장하면서 전국에 포메라니안 붐이 일었다. 당시 포메라니안의 자견 가격은 번식장 가격 기준으로 수백만 원을 호가했다. 소비자 가격은 그 배를 너끈히 넘었다.

한데 이 비싼 포메라니안은 대부분 번식업자들에겐 그림의 떡이다. 왜냐하면 포메라니안은 번식견으로 키우기가 까다롭다. 임신해도 분만하는 강아지들은 고작 한두 마리도 정도에 불과하다. 또 출산 과정도 원만하지 않아, 수의사를 불러 제왕절개를 해야 하는 경우가 많아 진료비 부담도 컸다.

어느 때부터인가 애견 시장에서 포메라니안의 자견이 원활하게 유통되기 시작했다. 엄밀히 포메라니안의 품종이 아니라 번식업자들이 스피츠와 포메라니안의 잡종견을 교배해 그 자견들을 유통시킨 것이다. 어린 강아지 때는 이 자견들과 포메라니안을 구별하는 데 전문가들도 종종 어려움을 느낄 정도로 유사하다. 하지만 자라면서 확연히 모양이 달라진다. 시중에 갑자기 나타난 이 교잡종이 포메라니안을 대신하기 시작했다. 현재 보호자님이 포메라니안이라고 알고 있는 품종들에도 이 교잡종이 흔하다.

이 잡종견은 포메라니안보다 훨씬 건강하다. 번식도 용이했고 출산율도 높았다. 외모도 잡종이라고 하지만 결코 애견인들의 취향을 막무가내로 실망시킬 정도는 아니다. 그러니 모두가 어느 정도 만족하게 되고 새로운 품종인 폼피츠는 애견 시장에서 점차 주류로 등극하게 되었다.

바로 이 폼피츠인 오로지는 동물단체를 통해 현재의 보호자님께 입양되었다. 동물단체가 이 오로지를 구조할 때는 번식업자의 안락사 대상견이었단다. 경제적으로 아무 가치가 없다고 판단되는 오로지를 번식업자는 폐사 처리하려 했던 것이다.

오로지는 걸을 때 전지와 후지가 불균형해서 몸 전체를 뒤뚱거리며 걸었다. 방사선 사진을 보면 전지의 경우, 오른쪽 견갑골 어깨 관절의 선천적인 변성으로, 아예 탈구된 채 태어나, 어깨 관절이 제대로 기능하지 못하고 있다. 후지, 즉 뒷다리는 왼쪽 대퇴 관절의 선천적인 변성이 있어서, 현재는 심한 쪽의 대퇴 골두를 절단한 상태였다.

대퇴골두의 변성이 심할 경우 소형견들은 아예 대퇴골두를 제거한다. 변성된 골두가 오히려 보행을 방해하기 때문이다. 이렇게 제거된 골두를 대신해서 대둔근 주변의 근육이 그 역할을 대신하게 된다. 수술과 수술 후 재활치료만 잘 마치면 대퇴골두가 절단되어도 일상의 보행이나 달리기 등에는 크게 문제가 되지 않는다.

신기하게도 전지 양측 근육량은 크게 차이나지 않았다. 선천적이었기 때문에 전지의 기형을 신체가 어느 정도 적응한 것 같았다. 오히려 나중에 수술한 뒷다리는 현저히 수술한 쪽 근육이 위축되어 있었다. 수술 후 재활 과정이 충분하지 않아, 후천적으로 수술한 다리 근육에

개는 온몸으로 웃는다

불용성 위축이 나타난 것이다. 아마도 전지의 불편함 때문에 지속적이고 충분한 재활치료가 힘들어서였던 것 같았다.

처음 방문 시 오로지의 설사 증상은 식이성 대장염이라 쉽게 치료될 수 있었다. 더 문제인 장애 부분은 차근차근 치료해 나가기로 했다. 이 장애 부분에서 가장 문제가 되는 것은 후지의 불용성 위축이었다. 보호자께 꾸준한 마사지와 산책, 가능하면 욕조에 물을 담아 수영 등의 물리치료를 하라고 권했다. 직장 생활이 바쁜 보호자님이었지만 이런 나의 당부에 적극 협조해주셨다. 현재는 후지의 근육량도 많이 회복되었다. 후지의 보행이 자연스러워지면서 전반적으로 예전같이 뒤뚱거리는 모습은 확연히 줄어들었다. 근육량도 늘면서 몸무게도 증가했다. 이제 오로지는 제법 이쁘고 사랑스러운 폼피츠의 모습을 갖추어 나갔다.

오로지 같은 장애견을 입양한다고 결단하는 것은 실로 엄청난 결심이 아니면 불가능하다. 오로지의 처음 상태의 심각성을 상상하면, 관절 변성이 진행 중이라 앞으로 상태가 더 나빠질 게 확실했기 때문이다. 수술 등 후처치를 고려해야 할 텐데, 경제적 비용과 마음고생을 생각 안 할 수는 없었을 것이다. 오로지를 돌보는 데서 오는 필연적인 어려움을 감수하겠다는 결심은 정말 쉽지 않은 것이다.

오로지 보호자님들은 젊은 부부셨다. 이 부부가 오로지를 키우기로 결심한 이유는 우선 오로지의 선한 눈 때문이라고 말씀하셨다. 선천적인 장애에도 불구하고 오로지의 눈은 크고 맑았다. 그 선한 눈이 이 부부의 마음을 사로잡은 것이다. 다음으로는 오로지의 사연 때문이었단다. 단지 장애가 있다는 이유로 번식업자가 안락사를 예정하고 있었고, 구조되었지만 만일 적당한 시기에 입양되지 못한다면 동물구조단체에서도 안락사를 고려할 수밖에 없다는 이야기를 들었기 때문이었다. 이 부부는 장애가 안락사의 원인이 되어서는 안된다고 판단하셨다. 이 부부 입장에선 모든 생명은 존엄한데 단지 불편하게 태어났다고 우리가 그들의 생명을 사라지게 하는 것은 부당한 일이었던 것이다.

두 부부는 밤새 상의하셨단다. 명백히 오로지를 입양하면 이 젊은 부부의 생활에 큰 불편이 야기될 것이다. 그러니 부부의 고민은 작지 않았을 것이다. 결국 그들은 오로지를 입양하셨다.

입양을 결심하기 전 밤새 부부가 이야기를 나누는 중에 이 부부의 마음속에서 어떤 믿음이 싹 텄다고 말씀하셨다. 이 말씀을 하시면서 부인분의 눈 안쪽이 잠시 붉게 물들었다. 분명 이 아이의 장애는 부부의 삶을 불편하게 할 것이다. 하지만 '오로지의 장애를, 오로지와 같이 극복해가는 과정 속에서 부부의 삶은 이전보다 더욱 가치 있고 보람될 수 있을 것이다.'라는 어떤 믿음이 피어났다고 말씀하셨다. 이 부부는 비록 나보다 나이가 한참 적었지만 그 심성과 도전의식은 나를 부끄럽게 했다.

입양 후 두 부부의 생활은 오로지를 중심으로 이루어졌다. 다행히

개는 온몸으로 웃는다

남편분의 직장이 집에서 가까워 낮 동안에도 잠시 집에 와서 오로지를 챙길 수 있었다. 오로지는 꾸준히 물리치료를 이어갔다. 그렇게 생활하시면서 불편해하던 오로지의 후지 대퇴골두의 탈구도 수술을 하게 되었다.

지금은 어떨까? 아무런 편견 없이 말하자면, 장애가 있는 반려동물을 돌보는 대부분의 가정들은 여러 어려움에도 불구하고 화목하다. 이 부부와 오로지의 생활도 마찬가지이다. 입양을 결심했을 때 가졌던 믿음처럼 오히려 오로지 덕분에 이 부부는 더욱 사랑하게 되었고, 하루하루를 더 소중하게 여기게 되었다고 말씀하셨다.

'오로지'라는 이름은 고유명사이지만 그 안에 '오로지!'라는 부사의 간절함이 살아 있다. 반면 그 이름에 간절한 부사의 특성은 없어지고, 변질된 고유명사의 이름, 즉 OH ROZY라는 새로운 이미지로 불리운 경우도 있다. 전자의 이름에는 장애와 그 장애를 극복하려는 의지를 담은 삶의 드라마가 투영되어 있다면, 후자의 이름에는 상품 광고 전략을 구현한 현란한 유혹의 이미지가 담겨 있다.

국립현대미술관 과천에는 안규철 님의 〈우리의 소중한 내일〉이라는 조형물이 있다. 이 조형물의 겉모습은 온전한 초콜릿의 모양이다. 관객은 그 겉모습만 보면, 당장 한 입 베어 물고 싶다. 그 작품의 달콤 쌉싸름한 맛의 유혹이 너무나 현실적이기 때문이다. 그런데 그 초콜릿은 초콜릿이 아니다. 작가가 미니멀적으로 재현한 딱딱한 금속이다. 만일 누군가가 겉모습에 현혹돼 그것을 한 잎 베어 문다면 그 관객의 이빨은 몽창 뭉개질 것이다. 작가는 이 가짜 초콜릿의 작품 제목을 〈우리의 소중한 내일〉이라 정했다.

이 작품의 가짜 초콜릿처럼 'OH ROZY'는 겉으로는 삶의 화려한 이미지를 보여주지만 실상은 상품 경제라는 자본의 논리를 대변하고 있다. 우리가 자칫 이 이미지에 취해 그 이미지를 한 입 문다면 우리는 삶의 진정한 가치는 상실되고 소비문화의 트렌드를 따라가는 광고 소비자로 전락할 것이다. '우리의 소중한 내일'은 광고판의 문구 안에서만 의미를 가지게 될 것이다. 다행히 우리에겐 '오로지'의 보호자분들처럼 삶의 의지를 간직한 소중한 분들이 가까이에 있다. '우리의 소중한 내일'은 그런 분들 덕분에 진정한 의미를 보존할 수 있다.

개는 온몸으로 웃는다

비밀

누군가에게나 비밀은 있다. 점점 나이 들어가면서, 청진 시 청력도 예전 같지 않고, 큰 글씨 아니면 차트도 잘 읽히지 않을 때 이 비밀은 가슴을 후비며 스멀스멀 피어오른다. 40대의 젊은 날에는 이 비밀이 없었냐고 물으면, 그렇지 않았다고 대답할 수밖에 없다. 수의사라는 딱지를 가슴에 붙이는 순간부터 이 비밀은 운명처럼 나를 두려움에 떨게 했다.

처음부터 이 비밀을 확연히 느낀 것은 아니었다. 신참 임상 수의사 때 이 비밀은 서서히 어두워지는 밤안개처럼 깜깜한 대뇌 속에서 막연히 숨 쉬고 있었다.

이 비밀이 정체를 드러낸 것은 개업 후 몇 년 지나서였다. 어떤 아가씨의 탄성 섞인 항의에 담겨 이 비밀은 동물병원 내부에서 사방에 공개되었던 것이다. 다행히 그 안의 사람들은 모두 바빠 내 비밀에 신경 쓸 여유가 없었다. 첫 폭로는 그렇게 가라앉았고, 비밀은 다음의 고백을 준비하면서 다시 잠들어 있다.

이 비밀을 여러분들께 말씀드리겠다. 그 이유는 독자에게 진실을 펼쳐 보이지 않는 작가는 기만적일 수밖에 없기 때문이다. 작가가 독자를 속이는 것을, 최소한 글을 쓰는 작가 자신은 알 것이다. "나는 진실하지 않다."라는 사실 말이다. 그것은 작가에 대한 또 그가 쓴 글에 대한 부정이고 모욕이다. 그래서 진실을 알리기로 했다. 다음 비밀이 폭로되기 전에 내 입으로 먼저 만천하에 알리겠다.

최초의 비밀이 폭로된 현장으로 우선 가보자. 그날은 신촌에서 친구들과 모임 약속이 있었다.

개원 후 몇 년을 병원에 매달리다 보니, 예전 친구들을 만나는 것도 오랜만이었다. 대략 오후 8시, 가을은 하늘을 빠르게 검게 했다. 사방은 어두워지지만 찬 공기 덕분인지 사물들은 모서리를 명확히 드러냈고 환하게 비추어지는 가로등은 어떤 모호함도 없이 직선으로 아래에 꽂혔다. 동물병원 문을 닫고 나는 이미 어두워진 늦가을 저녁 풍경 속으로 뛰어 들어갔다.

강변북로를 타고 달리는데, 영동대교를 지날 무렵, 전화가 왔다. 모르는 전화번호였다. 동물병원 전화를 착신해둔 게 생각났다. 이 시간이라면 손님 전화일 것이다. 20대 여성분의 다급한 목소리가 수화기를 통해 들려왔다.

"지금 병원 앞이거든요. 퇴근한 거 알아요. 다른 병원들도 문 다 닫았어요. 와주시면 안 돼요? 우리 강아지가 아파요."

그때나 지금이나 마음 약한 수의사였다. 강단이 원체 없어 누군가의 부탁을 거부하지 못한다. 특히 지금처럼 아가씨의 당부라면…. 쩝! 그게 실수였다. 마음을 각박하게 먹어야 했다. 어쨌든 영동대교를 지나 성동대교에서 올림픽대로를 건너 다시 남양주의 병원으로 차를 몰았다. 친구들과는 다음 만남을 기약해야 했다.

병원 문 앞에 무언가를 꼭 안은 채 바닥에 쪼그려 앉아 있는 실루엣이 보였다. 늦가을, 밤바람이 제법 매서웠다. 밖에서 떨고 있었을 그녀를 생각해, 서둘러 병원 문을 열었다. 마침내 그녀와 진료실에서 대면했다.

짧은 대면이지만, 그동안의 경험으로 미루어 보건대 그녀는 '평범'하지 않았다. 강한 집착이 그녀를 꽉 두르고 있었다. 그 집착만큼이나 강한 불신과 의심의 눈초리가 외부로 날아가고 있었다. 만일 자신의 애견에게 무슨 일이라도 생기면 그녀는 당장 무슨 일이라도 벌일 기세였다.

구입한 지 일주일 된 그 강아지는 설사와 구토가 주 증상이었다. 파보 장염이 분명했다. 하지만 세련되고 정확한 수의사의 모습으로 비치길 원해, 먼저 침착하게 몸무게를 쟀다. 0.4kg, 즉 400g이었다. 그리고 진단 키트 검사를 말씀드리고 그녀가 보는 앞에서 항문에서 배변을 채취해 시연했다. 예상대로 파보 장염 양성이 떴다.

파보 바이러스가 원인인 이 장염은 어린 강아지에겐 치명적이다. 구토와 썩은 토마토 모양의 악취 나는 피설사를 반복하다 결국 폐사한다. 물론 예방접종을 하면 대부분 면역 항체가 생긴다. 불행하게도, 그녀의 강아지는 예방접종이 안 되어 있었다. 한데 다행인 것은, 법적으로는 2주 동안은 분양한 곳이 책임을 져야 했다. 이 2주란 기간은 파보 장염처럼 바이러스의 잠복기를 염두해둔 것이다. 그녀가 애견 센터에서 이 강아지를 구입한 것은 일주일 전이기 때문에 교환이나 환불이 가능하다. 그러면 이 불행한 강아지의 치료는 온전히 애견 센터의 몫이 된다.

불안해하시는 보호자님께 먼저 구입한 곳과 날짜에 대해서 다시 확인하기 위해 여쭀다. 다소 배타적인 보호자께서는 이런 나의 물음이 엉뚱하다고 판단하신 것 같았다.

"왜! 그러세요?"

잘 돌려 말하지 못하는 나는 이렇게 말했다.

"아무래도 예후가 안 좋을 수도 있을 것 같아서요."

그 순간, 그녀는 나를 잡아먹을 듯 다그쳤다.

"죽을 수 있다는 거예요. 죽을 수 있는 애를 다시 애견숍에 돌려주라는 말씀이세요."

'어! 이렇게 꼬이네!' 내 머릿속은 내 의도와 달리 어떤 오해가 그녀와 나 사이에 발생하는 것 같아 복잡해졌다. 그녀는 지금 내가 그녀의 소중한 강아지를 어떤 경우에도, 무슨 일이 있어도, 살려야 할 생명이라 생각 안 하고, 교환 가능한 상품으로만 생각한다고 여기는 것 같았다. 여기서 한마디라도 잘못 말하면 나는 돈만 아는 수의사가 되는 것이다.

"이런 경우, 법적으로 애견 구입 후 2주는 애견숍에서 책임을 져야 하거든요."

그녀는 침묵했다. 다행이었다. 법에 약한 것은 인지상정 같았다. 그 짧은 침묵 사이로 다른 환축과 한 가족으로 보이는 아이 둘, 어른 두 분이 들어오셨다. 환축 때문에 병원을 찾아 돌아다니시다가 우리 병원 불이 켜진 걸 보시고 들어오신 것이었다. 삽시간에 좁은 병원이 왁자지껄해졌다. 진료실 안에서 그녀는 밖의 사정에는 전혀 미동도 없이 내게 단호하고 간절히 말씀하셨다.

"꼭 살려주세요. 애견숍에 다시 돌려보내지 않을 거예요. 거기서 병든 개를 판 거잖아요. 거기 가면 얘는 죽을 거 잖아요." 그리고 "흑, 흑…! 엉엉!" 점점 울음소리가 커지셨다.

만일 내가 치료를 거부한다면 그녀의 울음은 나를 향한 분노로 바뀔 것이다. 수의사인 나는 최선을 다해야 한다. 일단 수액부터 달아야 했다. 하지만 수액을 단다는 의미는 곧 엄청난 시련이 닥친다는 의미였다. 왜냐면 지금 강아지 몸무게는 0.4kg 즉 400g이다. 이런 몸무게의 강아지 혈관은 생각보다 가늘다. 게다가 심하게 설사했으니 탈수 증상도 있고, 이 아이는 사람처럼 카테터를 장착할 때 가만히 있지 않을 것이다. 혈관을 찾아도 누군가는 잡아주어야 하는데 현재 간호사가 없다. 어떻게 해야 할 것인가?

일반적인 경우 보호자님들께 잡아달라고 부탁드리지만 아직 불신과 두려움에 떠는 그녀에게 붙잡아달라고 할 수는 없었다. 만일 그녀 앞에서 혈관 찾는 데 실패하고 '유혈'이 솟구치기라도 한다면…! 으, 생각하고 싶지 않았다. 결국 속으로 다짐했다.

'그래, 나 프로야. 나 혼자도 할 수 있어.'

일단 처치실로 강아지를 데리고 숨었다. 집중해서 가장 작은 게이지Gage 정맥주사침을 찾아 꽂았다. 들어갔다. 그런데 '어 움직이네. 안 돼, 안 돼!' 실패! 다시 시도! 실패! 시간이 흘렀다.

그 시간이 불안했던지. 갑자기 그녀가 처치실문을 확 열고 들어왔다. 그녀는 온전히 처치실 안의 풍경을 보셨다, 0.4kg 강아지의 선혈이 낭자한 팔뚝과 엉거주춤한 자세로 정맥주사침을 들고 땀 흘리며 서 있는 거구의 사내를. 잠시 조용해지더니 그녀는 앙칼지고 따박따박한 목소리로 내게 수액도 못 다냐고 거칠게 따지셨다. 밖의 가족분들은 문 열린 처치실의 소동을 고스란히 보고 계셨다. 그리고 그녀는 탄성을 지르듯이 거칠게 마지막 한마디를 던지며, 강아지를 안고 병원 문을 열고 꽝 소리와 함께 나가셨다.

그 마지막 말을 들었을 때, 내 감정을 말해주고 싶다. 분노나, 이런

개는 온몸으로 웃는다

건 전혀 아니었다. 수의사 딱지를 가슴에 붙이고 나서부터 알게 모르게 감추고 있었던 막연한 비밀이 확연히 모습을 드러내는 것 같은 느낌이었다.

그 비밀은 어쩌면 나는 그녀가 말한 그런 사람일 수도 있다는 두려움이었다. 그 두려움이 너무 컸기 때문에, 나 스스로도 모르게 하기 위해 꼭꼭 감추어두어야 했던 것이었다. 지금도 젊은 수의사들이 학술지에 새로운 논문을 발표하거나, 새로운 장비들을 멋지게 사용할 때 괜히 주눅 들면서 의기소침해지는 이유도 사실 이 비밀 때문이었다. 당시 그녀의 폭로는 그 단단하게 안으로 감춘 비밀의 막을 금 가게 했던 것이었다. 그리고 금 간 막 사이로 비밀은 끔찍하게 흘러나왔다.

이 비밀을 왜 이렇게 두려워하는지, 내 변명도 들어주길 바란다. 사실 나는 편입했다. 시작부터 불순한 수의사였다. 게다가 예전 학부는 이과 계열도 아니었다. 문과 그것도 신학이었다. 하늘과 땅만큼 수의과와는 아무런 공통점이 없었다. 신학을 하면서 예수로 생계를 이어나가지 않겠다는 결심이 전문 직종을 선호하게 했고, 어릴 때부터 동물을 좋아했기 때문에 수의과를 선택해 편입한 것이었다.

지금은 수의과가 6년제이지만 당시에는 4년제였다. 게다가 난 편입생이라 3년 공부하고 졸업했다. 편입생이다 보니 아는 선배도 없었고, 나이도 좀 있어서 인턴으로 고용되기도 쉽지 않았다. 다행히 미국에서 수의사하시던 분이 국내에 와 국내 임상 수의사들을 위한 6개월

실습과정을 마련해둔 게 있어서, 이 코스를 수료하는 게 인맥이 없는 나 같은 수의사에겐 제격이라 판단했다. 사실 학교에서 배운 건 임상 현장에선 한계가 있었다. 이 과정을 수료하고 임상 수의사로 출발하게 된 것이다.

경제적으로도 여유가 없었다. 동물병원을 개원하는 데 비용을 충당하기가 힘들었다. 일단 지출이 큰 부분은 대출로 해결했지만, 의료기 등을 구입하기에는 부족했다. 그런데 지금은 사라졌지만 1990년대 말엔, 청량리 근방에 가면 의료기 고물상들이 있었다. 그곳에서 중고로 의료기구를 구입해서 사용했다. 멸균기로 철저히 소독했지만 중고로 사용한 의료기구는 평생 마음의 짐처럼 여겨졌다. 그러니 3년 공부한 편입생이라는 이력과 병원 장비도 중고로 시작했다는 사정 등이 수의사로서 태생적으로 내게 어떤 부정적인 자의식을 지니게 했다.

그녀의 고발은 이런 나의 자의식을 거칠게 열어젖힌 것이었다. 그녀의 목소리가 활짝 열린 처치실 안에서 밖으로 퍼졌을 때. 밖에서 진료를 기다리셨던 가족분들도 들을 수 있었다. 모두 난처한 듯 시선을 피하는 모습에서 다시 한번 부끄러움을 느끼게 했다.

그런데 이상한 것은 이 비밀의 폭로가 오히려 나를 자유롭게 하는 것 같았다. 마치 작용과 반작용의 법칙처럼 '그녀 덕분에' 바닥으로 추락했던 내 심리 상태가 다시 팽팽한 긴장감으로 튀어 올라갔다. '그래 어쩌라구. 나는 최선을 다했고 앞으로도 최선을 다할 거야!'라는 어떤

개는 온몸으로 웃는다

깡 같은 것이 솟구쳐 올라왔다. 이젠 뒤에 남은 것은 아무것도 없다. 바닥에서 내 수준에 맞게 도약하면 될 뿐이다.

물론 이 비밀이 해결됐다는 것은 아니다. 다음의 폭로가 더 극적일지도 모른다. 하지만 염려 마시라. 여러분들에게는 그때가 되면 이 비밀을 다시 고백하겠다.

그녀가 폭로한 비밀은 아래와 같다.

"아저씨, 돌팔이지!"

4부

우리 만난 적 있나요?

《우리 만난 적 있나요?》는 충남야생동물구조센터에서 2018년 발행한 책 제목이다. 야생동물구조센터는 조난이나 부상당한 야생동물을 구조하고 치료한 후 재활 훈련을 거쳐 야생으로 돌려보는 것을 목적으로 한다. 여러분들은 이 책에서 야생동물을 치료하는 수의사들이 임상 수의사로서 얼마나 자질이 뛰어나며 헌신적인지 엿볼 수 있다. 그리고 이 책은 수의사들이 없었다면 알려지지 않았을 국내 거주하는 수많은 야생동물에 대한 생생한 정보를 담고 있다.

야생동물 수의사로서의 삶은 일반 가축이나 반려동물을 대상으로 하는 수의사들과는 너무나 다르다. 그야말로 박봉의 월급과 빈약한 처우 그리고 각종 감염과 사고 가능성을 달고 살아야 한다. 그러니 이 분들의 삶은 사명감과 도전의식이 없으면 불가능하다.

이분들이 있었기에 야생동물의학의 불모지나 다름 없었던 우리나라에서 각종 야생동물에 대한 소중한 정보들이 축적될 수 있었다. 그리고 그 정보를 바탕으로 우리나라에는 야생동물의학의 체계들이 구축될 수 있었으며, 지역마다 야생동물센터들이 자리 잡을 수 있게 되었다. 지금도 이런 센터들을 중심으로 야생동물 수의사들은 국내의 야생동물 보호와 처우 개선을 위해 분투하고 있다.

개는 온몸으로 웃는다

필자는 짧은 기간이지만 대전에서 야생동물 수의사로 근무한 경력이 있다. 당시 필자가 접한 야생동물들에 대한 경험은 수의사로서뿐만 아니라 한 사람의 인간으로서도 너무나 소중한 것이었다. 하지만 평생을 야생동물 수의사로 자신의 전생을 헌신하는 분들께 필자의 경험을 들먹인다는 자체가 너무나 부끄러운 일이리라. 필자의 야생동물 이야기가 그분들의 드러나지 않은 분투에 누가 되지 않기를 간절히 바란다.

여기서는 필자가 지역의 임상 수의사로 활동하면서 접한 야생동물의 사연과 야생동물센터에서 만난 몇몇 야생동물의 이야기들을 담았다.

토실이

사람이 아름답다면 그 이유는 토실이 보호자님 같은 분들이 계시기 때문이다. 토실이는 토끼다. 토실이는 바로 이분의 가치관과 의지 그리고 몸소 실험하고 도전하는 정신의 상징이다. 토끼를 키우시는 분에게 이런 거창한 수사가 전혀 궁색하지 않은 것은 이분의 삶이 비범하기 때문이다.

이분은 동물병원이 있는 남양주 외곽 지역에서 토박이로 사시는 분이시다. 어릴 적부터 농사를 지으셨고, 들로 산으로 뛰어다니시며 노셨단다. 젊은 날 잠시 서울로 이사 간 적이 있지만, 그때 빼곤 이 지역을 떠나신 적이 없으시다. 홀로 사시는 어머님을 모시다가 어머님은 돌아가시고 어머님이 가꾸셨던 전과 야산을 상속받으셨다. 어린 시절 토끼나 꿩을 잡으러 다녔던 깊은 산중의 야산을 물려받으신 것이다.

서울 근교의 야산은 하루가 다르게 헐벗어갔다. 주변에 도로의 흔

개는 온몸으로 웃는다

적만 있으면 사람들은 창고를 짓고 콘크리트로 길을 포장했다. 부동산 업자들이 한바탕 몰려오면 어느새 나무들은 사라졌고 산은 깎였다. 토실이 보호자님의 어린 시절, 수많은 야생동물이 넘나들던 곳들이 하루아침에 파괴되어갔다.

이분은 이런 파괴를 방치하실 수 없으셨다. 그래서 자비를 들여 자신 소유의 야산뿐만 아니라 헐벗어가는 주변 산들에 나무를 심으셨다. 또 나무 중간중간에 직접 제작하신 새집들을 설치하시고 숲에서 사라진 새들이 다시 돌아오기를 기원하셨다. 이분의 걸음걸음마다에 숲에선 작은 나무들이 작은 새들과 더불어 살아나게 된 것이다.

한 개인이 홀로 거대한 탐욕과 맞서는 것은 쉽지 않았다. 도로는 다른 지역을 지나 결국 이분 소유의 야산을 향해 들어오고 있었다. 도로를 따라 우후죽순처럼 창고가 덕지덕지 따라붙었고, 작은 도로라도 포장이 되면, 큰 트럭들이 인정사정없이 나뭇가지를 뭉개면서 침입했다. 전봇대가 세워지고 나뭇가지가 사라진 도로 위 텅 빈 하늘에는 전선들이 얼키설키 마치 외래종 덩굴처럼 산을 덮어 들어갔다.

이제 숲은 도로를 경계로 찢어졌다. 이분이 가꾼 모든 숲들도 위기감에 떨었으리라. 예전부터 그 숲에는 수달이 있었지만 이미 사라진 지 오래됐고, 맑은 계곡물이 흐를 때는 상상도 못 했던 창고에서 쏟아지는 폐수가 숲 전체에 악취를 진동시키며 흘렀다. 그 많은 토끼나 꿩들도 찾을 수가 없었다. 오래된 나무들이 거의 사라졌고 남은 것들도 하나 성한 곳이 없으니 짐승들이 기거할 수 없었으리라. 토실이 보호자님은 어린 시절 그분이 경험한 숲과는 비교할 가치조차 없는 저 엄청난 오염덩어리들을 도저히 받아들일 수가 없으셨다.

처음엔 작게 시작하셨다. 함부로 나무를 베는 사람들에게 항의하고, 최대한 아스팔트 포장을 늦추기 위해 민원을 시청에 줄기차게 제기했다. 마치 골리앗과 싸우는 다윗처럼 작고 단단하신 보호자님은 비타협적으로 자신의 숲을 지키려 애쓰셨다.

그분은 철저히 혼자셨다. 동네 사람들은 마을이 발전하는 것을 막는다고 그분을 괴짜, ○○놈. 심지어 정신병자 하면서 흉흉한 소문을 퍼트렸다. 하지만 이분은 자신의 뜻을 굽히지 않으셨다.

이쯤되면 이분의 인상이 궁금하리라. 마을 사람들, 개발업자들과 홀로 싸우고 계시는 이분은 인상에서 강인함이 넘쳐흐를 거라 상상할 수 있을 것이다. 한데 진실로 그분의 인상을 단 한마디로 묘사하자면 말 그대로 '천사 같다'는 표현이 맞을 것이다. 둥그렇고 큰 얼굴에 항상 웃으시고 낮고 잔잔한 목소리로 조곤조곤 설명하시는 그 모습만으로도 사람들의 마음을 편하게 해주시는 그런 분이셨다.

이분의 의지는 얼굴에 있지 않고 손에 있었다. 작은 키에 손은 얼마나 두텁고 크신지 그분의 손과 마주 잡으면 내 손이 너무 초라해 부끄러울 정도였다. 수많은 노동에 단련되고, 숙련된 그 손은 또 얼마나 따뜻한가! 손의 따뜻함만큼이나 배려심은 모든 동작에서 읽혔다. 타인

개는 온몸으로 웃는다

과 자연 만물에 대한 조심성이 몸에 배인 것이다. 이런 분이 우리 병원의 단골이라는 게 내겐 커다란 자부심이었다.

이분이 어느 날부터 토끼를 데려오셨다. 그것도 한두 마리가 아니었다. 처음엔 단순히 취미로 토끼를 키우시겠거니 하고 가볍게 생각했다. 한데 꾸준히 매번 다른 토끼를 데려오시는데, 뭔가 다른 이유가 있는 게 분명했다.

뒷다리가 기형으로 태어난 토실이를 데려오신 날, 토실이의 욕창 부분을 치료한 후, 차를 권해드리고 마주 앉아 많은 토끼를 키우시는 이유를 은근히 여쭈어보았다. 겸손하신 토실이 보호자님은 웃기만 하시고 다른 이유가 없으시단다. 계속된 나의 지근덕거림에 마지못해서 말씀하신 사연이 너무도 감동적이었다.

숲을 지키고 싶었던 토실이 보호자님은 개발된 숲에서 서서히 동물이 사라지는 것을 안타깝게 생각하셨다. 처음엔 새집도 달고 계곡에 쓰레기도 치우고 숲을 깨끗이 하면서 동물들이 돌아오기를 학수고대하셨다. 하지만 돌아오는 동물은 거의 없었다. 그래서 보호자분은 동물을 직접 방목하겠다 마음먹으셨단다.

여러 동물 중 토끼가 번식력도 강하고 건강해 추천되었다. 어린 토끼를 분양받아 마당에 토끼굴을 파서 토끼를 키우시다가 어느 정도 생존할 수 있으면 산속에다 방생하신 것이다. 그게 몇 년째다. 우리 동물병원에 오는 토끼는 그 토끼들 중 선천적으로 장애가 있거나 부상당한 토끼들이었다. 그 토끼들은 어쩔 수 없이 몸소 돌보신 것이다. 이미 꽤 많은 토끼들이 방목되었다. 작은 토끼로 숲을 지키려는 이분의 상상력과 의지에 고개가 절로 숙여졌다.

그해 몇 달 쯤 지나, 토실이 보호자님이 평소와 다른 모습으로 분노에 차서 동물병원에 오셨다. 사냥꾼 때문이었다. 야산의 개발로 터전을 잃은 멧돼지들이 도심으로 내려와서 지자체에서 사냥꾼들을 모아 멧돼지 사냥을 시킨 것이다. 이분 숲 주변에서도 매일 총소리가 들렸단다. 이분은 지자체가 이런 데 세금을 지출하는 것을 용납할 수 없으셨다. 그래서 직접 시청에 항의하고 민원 넣고 오시는 길이라 말씀하셨다.

이분의 어린 시절에도 겨울이면 멧돼지들이 사람 사는 민가에 내려온 적이 곧잘 있었다고 하셨다. 그런데 당시에는 멧돼지가 사람을 공격했다는 말은 듣도 보도 못했다고 하셨다. 반대로 멧돼지들을 잡아먹는 사람들에 대한 이야기는 숱하게 들으셨단다. 이분 지론은 멧돼지는 사람을 무서워해 사람이 가까이 오면 먼저 도망간다는 것이다. 그런 멧돼지에게 농가에 피해를 주고 사람을 공격할 수 있다는 구실로 총질을 해대는 것은 옳지 않다는 것이다. 그리고 지금 계절은 숲속에 멧돼지가 좋아하는 먹이가 많아 예전 같으면 내려오지 않았을 것이라 강변하셨다. 숲속에서 있었을 멧돼지가 내려오는 것은 사람들이 숲을 파괴하고 서식지를 없애니 내려오는 게 당연한 것 아니냐고

개는 온몸으로 웃는다

토로하셨다. 멧돼지가 안 오게 하려면 숲을 회복시키면 된다는 것이었다.

흥분을 가라앉으시고, 이번엔 숲에 사는 '어떤 동물'에 대해 말씀을 이어서 해주셨다. 그 동물은 '뱀'이었다. 지금은 눈을 씻고 찾아도 찾을 수 없는, 거의 멸종된 것처럼 우리 주변에서 사라진 뱀 이야기였다. 뱀이 보이지 않게 되었다는 말씀이셨다. 예전엔 뱀이 많았단다. 심지어 오래된 고택에는 거기에 사는 나이 든 구렁이들이 있어서 사람과 뱀이 그냥 섞여 살았던 시절도 있었단다. 이 뱀이 사라지는 것과 멧돼지가 내려온 게 거의 일치한다는 말씀도 하셨다.

뱀과 멧돼지의 연관 관계는 토실이 보호자님의 경험으로는 확실한 것이었다. 이분의 시각에선 뱀은 건강한 숲의 지표였던 것이다. 숲이 파괴되고 뱀이 사라지고 서식지를 잃은 멧돼지들이 민가에 내려오는 게 자연스러운 이치였던 것이다.

몇 주 후 다시 오셨는데 다소 의기소침한 표정이셨다. 민원을 넣어도 공무원들이 꿈쩍도 안 한다고 하셨다. 더 이상 자신의 힘으로는 이런 짓거리를 막을 수 없다고 내게 도움을 청하셨다.

"원장님 어떻게 하면 좋겠어요? 숲이 다 파괴되고 있어요. 혹시 원장님 아시는 데 있을까요? 무슨 단체들도 많던데… 제가 무식해서…!"

토실이 보호자님은 동지가 필요했다. 나는 인터넷으로 녹색연합과 환경운동연합의 전화번호를 찾아 쥐여드렸다. 하지만 토실이 보호자님은 다른 한편으론 이들 단체들을 낯설어하셨다. 제가 전화를 대신 드리겠다고 말씀드려도 평생 야산에서 홀로 사신 분이 사회단체와 연대한다는 것은 불가능해 보였다. 전화번호를 받으시고 고맙다고 손을 꼭 맞잡아주시며 집에 가서 곰곰이 생각해보시겠다고 말씀하시며 병원을 나가셨다.

결국 토실이 보호자님은 이들 NGO단체들에게 전화하지 못하셨다. 그분은 자신의 삶이 여러 사람들에게 공개되는 것을 꺼리셨다. 나 역시 그분의 마음을 알기에 더 이상 말씀을 드리지 않았다.

숲은 토실이 보호자님의 의도와 어긋나게 빠른 속도로 파괴되었다. 이젠 그곳이 숲이었다는 생각을 아무도 하지 않을 것이다. 하지만 토실이 보호자님은 아직도 토끼를 방목하시고 틈틈이 나무를 심고 새집을 다신다. 숲에 다시 뱀이 돌아오고, 멧돼지가 더 이상 민가를 기웃거리지 않아도 될 만큼 숲이 풍족하게 우거지고, 나갔던 온갖 종류의 새들이 돌아와 다시 지저귈 때까지 그분은 멈추지 않으실 것이다.

〈지금 여기가 맨 앞〉이라는 이문재 시인의 시가 있다. 토실이 보호자님의 위치를 이해하는 데 이 시만큼 적확한 것은 없다. 전문을 읽어보자.

나무는 끝이 시작이다

개는 온몸으로 웃는다

언제나 끝에서 시작한다
실뿌리에서 잔가지 우듬지
새순에서 꽃 열매에 이르기까지
나무는 전부 끝이 시작이다

지금 여기가 맨 끝이다
나무 땅 불 바람 햇빛도
저마다 모두 맨 끝이어서 맨 앞이다
기억 그리움 고독 절망 눈물 분노도
꿈 희망 공감 연민 연대도 사랑도
역사 시대 문명 진화 지구 우주도
지금 여기가 맨 앞이다

지금 여기 내가 정면이다
지금 여기가 맨 끝이다
나무 땅 불 바람 햇빛도
저마다 모두 맨 끝이어서 맨 앞이다
기억 그리움 고독 절망 눈물 분노도
꿈 희망 공감 연민 연대도 사랑도
역사 시대 문명 진화 지구 우주도
지금 여기가 맨 앞이다

지금 토실이 보호자님은 우리의 맨 끝에 계신다. 우리의 세상은 그 맨 끝에서 시작해 차곡차곡 도로를 잊고 흙을 덮으며 석회질의 건물을 올리면서 발전했다. 그 맨 끝은 또한 '원래 있었던 세상'의 맨 앞이다. 모든 생명은 거기서 시작되었다. 지구에서 유일하게 스스로 양분을 만들어내는 식물들이 모여 있고 그 식물들 아래로는 한 주먹에도 셀 수 없이 많은 생명들이 거주하는 흙이 있다. 식물들 사이에는 흙을 밝고 다니는 짐승들과 하늘엔 새들이 거처를 나무 어디쯤 만들었고, 작은 곤충은 수많은 식물들의 씨앗을 퍼트렸다. 그 자체로 완벽한 하나의 온전한 세계가 시작되고 있다.

토실이 보호자님은 바로 그곳에서 정면으로 세상과 싸우고 계신다. 행여 경기도의 외곽에서 작은 새집이나 토끼를 만나거든 꼭 기억해달라. 누군가가 숲을 위해 싸우고 있다는 것을 말이다.

고순이

　이제 도착한 병원 앞에는 검은색 커다란 가방을 옆에 둔 어떤 분이 앉아 기다리고 계셨다. 가방 안은 무슨 내용물인지 울퉁불퉁하게 부풀어 있었고, 이분의 첫인상에는 농사짓는 분들의 숨길 수 없는 순박함이 묻어 나왔다. 병원 문을 열면서 가볍게 눈인사를 드렸다.

　"어떻게 오셨어요?"

　의례적인 수의사의 인사에 선뜻 말씀을 못 하시고 무언가 불편한 기색을 보이셨다. 일단 진료실로 모시고 들어와, 자초지종을 들을 일이다. 진료실로 들어오시면서 커다란 검정 가방을 소중한 듯 안으시면서 조심스럽게 내려놓으셨다. 무언가 가방과 관련된 사연일 것이다.

　"저희 고순이 때문에~"

　"아 네~ 고순이라구요. 고양이겠네요. 고순이가 가방 안에 있나요. 아이가 민감하면 잠시 후에 꺼낼게요"

　고순이라는 말에 단박에 익숙한 고양이를 생각한 것이다. 시골 분

275

들이 가끔 케이지가 없이 큰 가방 안에 고양이를 데려오는 경우가 있었다.

가방에 손을 대니, 가방 표피로 안에서 몸을 뒤척이는 모양새가 불거졌다. 어라 전혀 다른 동물이었다. 긴 다리와 단단한 몸통 그리고 열려진 지퍼 사이로 까만 콧잔등이 보였다. 잠시 당황해하는데 보호자님이 웃으시면서 고양이가 아니라 고라니라고 말씀하셨다.

"고라니라구요."

고라니는 야생동물이다. 사람이 근처에만 가도 거의 2m 높이는 풀쩍 뛰면서 달아난다. 그러니 어떤 사람이, 이 동물을 만지고 가방 안에 담았다는 것은 상상도 할 수 없는 일이다. 게다가 이 큰 가방 안에서 고라니는 지금까지 숨죽인 듯 조용히 있었다.

이 충격적인 상황에 잠시 말을 더듬다가 정신 차려 동물병원 수의사의 본업을 겨우 챙긴다. 진료를 봐야 하는 것이다.

다시 그 가방 안을 살피니 정말로 작은 암컷 고라니가 있었다. 이 고라니는 오른쪽 앞다리의 요골과 척골이 단순 골절 상태였다. 이 진단은 어떻게 내릴 수 있었을까? 물론 엑스레이x-ray의 도움을 받았다. 고순이를 가방 밖으로 일부만 노출시키고 보호자님의 도움을 받아 겨우 찍을 수 있었다. 이 골절의 병력을 들을 차례이다.

고순이의 보호자님이 사는 곳은 중미산 너머의 계곡에 있는 작은 마을이다. 당시 우리 병원 앞에는 '야생동물 무료진료'라는 작은 표식

개는 온몸으로 웃는다

이 달려 있었는데 그 소문이 양평의 이 작은 시골 마을까지 퍼진 것이다.

우리 동물병원에 오시기 전에 가까운 양평의 여러 동물 병원을 먼저 들르셨단다. 대부분의 병원에서는 아예 진료조차 받아주지 않아 우리 동물병원에서 야생동물 진료를 해준다는 소문을 듣고 커다란 가방에 고순이를 담아 새벽 버스를 타고 방문하신 것이었다. 고순이가 덜컹거렸을 시골 버스 안에서 동요 없이 보호자분의 손길의 의지해 그 먼 거리를 참고 왔다는 게 너무나 놀라왔다. 고순이의 병력을 들으면서 자연스럽게 어떻게 고순이가 보호자님과 이런 신뢰 관계를 가지게 되었는지 알게 되었다. 고순이는 이 보호자님 가족의 너무나 사랑스러운 반려동물이었다.

보호자님이 사시는 중미산 계곡은 계곡 옆으로 중미산으로 올라가는 비포장도로가 있었다. 평소엔 차량의 통행이 뜸하지만 행락철이 되면 중미산의 아름다운 산세를 감상하려는 많은 관광객들이 모여들어 이 한적한 도로에도 차량 통행이 많아졌다. 낮에는 많은 차량 때문에 흐름이 더디지만, 밤이 되면 낮의 답답함을 보상받고 싶은 듯, 캄캄한 밤을 타고 과속으로 치달리는 차들이 많았다. 가로등 하나 없는 마을 옆길은 이런 과속 차량 때문에 교통사고가 빈발해, 마을 주민들은 행락철 야밤엔 이 도로가에는 아예 나가지 않으셨다. 몇 건의 교통사고 때문에 주민들 스스로 조심하시게 된 것이다. 하지만 야생동물들은 이 도로의 위험을 피해갈 수 없었다. 아침! 멀리 환한 기운이 이 도로를 다시 비추면, 어김없이 지난밤 로드킬의 흔적이 이 도로 군데군데 널부러져 있었다.

보호자님이 사시는 곳은 마을에서도 외곽에 위치해 있다고 하셨다. 마당에 빈 외양간도 있어 나름 꽤 넓은 부지여서 여러 가축들을 돌보는 데 부족하지 않으셨단다. 그날 새벽도 평소처럼 도로 옆 보호자님의 밭으로 나가시는데 저 멀리 도로가에 한 마리의 커다란 고라니가 쓰러져 있었단다. 지난밤의 로드킬의 흔적이었다. 도로에 걸쳐서 쓰러져 있는 고라니의 사체가 주변 교통을 위험하게 할 것이라 판단하시고, 고라니 사체를 길옆으로 치워놓기 위해 가까이 가셨단다.

그런데 이 사체 옆에는 젖먹이 고라니 새끼가 어미의 젖을 물고 쓰러져 있었다. 너무 기운이 없어, 사람이 다가가는데 도망도 못 가고 어미 옆에 착 달라붙어 울부짖고 있었던 것이다. 보호자님은 이 고라니 새끼를 차마 방치하실 수가 없으셔서 안아서 집으로 데려오셨단다. 마침 집에는 송아지 먹이는 초유가 있어 젖병에 담아 이 어린 고라니에게 먹이셨단다. 새끼 고라니는 굶주렸는지 잘 받아먹었다. 그리고 고라니가 좀 더 자라면 야생으로 방목할 심산으로 있는 동안은 편안하라고 빈 외양간을 개조하셨다. 그리고 이름도 정하셨다, 고순이라고!

기운이 회복하면서 고순이는 마당에도 곧잘 나와 뛰어놀기 시작했다. 가족 중에 누구라도 "고순아~" 하고 부르면, 강아지처럼 긴 사지를 깡총거리며 보호자님들께 달려왔단다. 보호자님에겐 어린 따님이 한 분 계셨는데, 특히 따님이 이 어린 고라니를 좋아한다고 하신다. 고순이 역시 따님을 좋아해 항상 따님 뒤를 졸졸 따라다닌단다. 마당에서 돌아다니는 닭들도 고라니인 고순이를 야생동물처럼 낯설어하지 않고 자연스럽게 더불어 살게 되었다. 이렇게 1년 정도 가족과 같이 자란 고순이는 이 가족의 소중한 반려동물이 되었다. 이런 사정이 있었기 때문에 덜컹거리는 버스 안이나 가방 안에서도, 동물병원 진료실, 방사선실, 처치실에서도 고순이는 보호자님의 손길을 느끼며 견딜 수 있었던 것이다.

고순이의 골절은 마당으로 갑자기 들어온 외부 차량 때문이었다. 마을과 다소 동떨어져 방문객이 거의 없었던 이 집에 예고 없이 마을 주민 한 분이 트럭을 몰고 마당 안으로 들어오신 것이다. 평소엔 마당 위에서 자유롭게 다니지만 사람들의 방문이 있으면 잘 놀라 고순이를 외양간에 가둬놓았는데, 이날 갑작스러운 방문에 고순이가 놀라 이리저리 뛰다 후진하는 차량에 부딪혀 앞다리가 골절된 것이었다.

다친 고순이를 데리고 급하게 여러 곳의 동물병원에 가봤지만 아무도 고라니를 진료하지 않았다. 게다가 그중 어떤 동물병원에서 보호자님 입장에선 충격적인 말을 듣기까지 했다. 그 말은 "고라니는 가정에서 키울 수 없으니 동물원으로 보내야 합니다."라는 설명이었다. 이런 부당한 설명을 사실 그대로 받아들일 정도로 이 보호자님 가족은 순박하셨다. 동물원으로 보내면 고순이와 이별을 하게 되고, 고순이는 평생 갇혀 지내야 한다고 생각하니, 너무나 가슴이 아팠고, 따님을 위해서라도 고순이를 떠나 보낼 수는 없었다.

행여 다친 고순이가 발견되어 동물원으로 보내질까 염려한 보호자님은 큰 가방에 고순이를 숨긴 채 우리 병원에 오신 것이다.

진료 중 이 사정을 듣고 숨이 막힐 것 같았다. 그 이유는 첫째는 이 가족과 어린 고라니의 특별한 인연이 너무 감동적이라 그랬다. 어쩌면 둘째가 더 근본적일 텐데 지금까지 나는 고라니의 골절을 수술해 본 적이 없었다.

어떤 사정이든 이 고순이는 나의 환자였고 내가 감당할 몫이었다. 일단 골절 부위를 확인했으니 급한 대로 석고로 외고정을 해놔야 했다. 다행히 큰 가방 안에 몸을 담그고 골절한 발만 꺼내 석고 깁스를 할 수 있었다. 그다음 수술을 해야 했다. 일단 그 상태로 퇴원을 시키고 전문 야생동물 수의사에게 자문을 의뢰하기로 했다. 기적 같은 하루였다. 고라니를 마취 없이 방사선을 찍고 외고정했으니 말이다.

급하게 고라니의 정형외과 관련 논문들을 찾아보았다. 2000년대 초반에는 단 한 케이스도 고라니 정형외과 수술 자료는 없었다. 야생동물 수의사도 지리산의 반달곰 관련해서 일하시는 몇몇 분들과 동물원의 수의사가 전부였다. 급하게 어린이대공원 동물병원에 자문을 구했다. 동물원의 수의사들 역시 고라니 수술은 전무했다. 설령 수술을

개는 온몸으로 웃는다

할 수 있다고 해도 외부의 야생동물을 대상으로 동물원의 동물병원이 수술을 해주지 않는다는 설명을 들었다.

극히 예외적인 경우가 있겠지만 그것은 관공서의 특성상 상부의 허가가 필요했다. 보호자님이 다른 동물병원에서 들었던 고라니는 집에서 키우는 반려동물이 아니기 때문에 동물원으로 보내야 한다는 경고가 빈말이 아닐 수도 있었다. 이렇게 보호자님에게 전달해줄 실망스러운 답변만 가지고 다시 보호자님을 만나야 했다.

고순이 없이 보호자님이 다시 방문해주셨다. 보호자님께 수술을 못하게 되는 제반 사정을 설명해드렸다. 다행히 보호자님은 충분히 이해해주셨다. 그리고 지난 방문 때 장착해드렸던 고순이의 석고 깁스가 도움이 될지 여쭈어보셨다. 사람 같은 경우 움직이지 않고 충분한 시간이 지나면 골절 부위가 다시 회복될 수 있지만 고라니는 조그마한 자극에도 민감하기 때문에 쉽지 않을 것 같다고 말씀드렸다. 다리가 다시 회복될 때까지 고순이가 놀라는 일 없도록 애써보겠다고 하셨다.

그리고 그날 처음 우리 병원에 온 날 고순이가 너무나 큰 스트레스를 받은 것 같다고 하셨다. 며칠 사료도 안 먹고 가족이 가까이 가도 놀란 듯 깜짝깜짝 도망가려 한다는 것이다. 지금은 안정되었지만 두 번은 병원에 못 데리고 오실 것 같다고 말씀하셨다.

몇 년후 고순이 보호자님이 다른 이유로 오랜만에 동물병원에 오셨다. 고순이의 다리 상태가 궁금해 여쭈어보았다. 보호자님은 웃으시면서 괜찮아졌다고 말씀하셨다. 고순이는 처음에는 힘들어했지만 집에선 깁스된 다리 상태로 잘 돌아다니더니 몇 개월 후 깁스를 집에서 제거한 후에도 별탈 없이 잘 지낸다고 했다. 고마운 일이었다.

이와 유사한 사례를 20년 후에 다시 보게 되었다. 필자가 야생동물센터에 근무할 때였다. 입사 때부터 입원해 있었던 1년생 고라니의 상태가 고순이와 거의 같은 부위의 단순 골절 상태였다. 다만 이 고라니는 수의사나 구조사가 다가가는 것을 허락하지 않았다. 마취가 아니면 어떤 처치도 불가능했던 것이다. 처음 본 상태가 석고 깁스를 한 상태였지만, 흥분에 의한 반복적인 재골절로 가골의 과형성에 의해 골단면의 회복이 불가능한 상태였다. 즉 이 상태로는 다리가 붙을 수는 없다는 의미였다. 결국 외과적으로 재골절시켜 기존의 골절면을 제거하고 신선한 뼈조직끼리 내고정하는 방법밖에 없었다.

20년 만에 다시 고라니의 정형외과 수술 논문들을 검색해보았다. 단 한 케이스의 성공 사례가 있었다. 전북대 야생동물외과팀에서 성공시킨 사례였다. 한데 이 케이스의 뒷이야기가 더 흥미롭다. 이 고라니의 골절 수술을 성공시킨 것은 수의사가 아니었다. 수술이 문제가 아니었기 때문이다. 수술 후 안정적인 관리가 더욱 중요한데, 이 외과팀에는 헌신적인 구조사 한 분 계셨단다. 그 구조사분은 수술 대상인 고라니와 수술 전부터 안면이 있었고, 수술 후에도 24시간 붙어서 철

개는 온몸으로 웃는다

저히 관리하셨단다. 그래서 이 고라니의 다리는 회복될 수 있었던 것이다. 불행히 필자가 소속된 야생동물센터에는 그런 사양관리를 위한 시설이나 구조사분들의 인력이 충분하지 못했다. 결국 수술을 포기해야 했다.

사람들에게 반려동물이 되는 조건은 무엇일까? 품종일까? 아니면 사회적 관계 이를테면 개와 가축들은 대부분 사람처럼 사회적 동물이기 때문에 사람 사회에 편입이 가능해서일까? 고순이를 보면 이런 해석은 적용되지 않는다. 고라니는 사회적 동물도 아니고 품종적으로도 순수한 야생동물인 고라니이기 때문이다. 어쩌면 그 답은 동물학자나 생물학자의 몫이 아닐지 모른다.

"넌 누구지? 넌 참 예쁘구나."

어린 왕자가 말했다.

"난 여우야."

여우는 말했다.

"이라 와서 나하고 놀자. 난 아주 슬프단다."

어린 왕자가 제의했다.

"난 너하고 놀 수 없어. 나는 길들어져 있지 않거든."

여우가 말했다.

"아! 미안해."

어린 왕자가 말했다.

그러나 잠깐 생각해 본 후에 어린 왕자는 다시 말했다.

"길들여진다는 게 뭐지?"

(중략)

"그건 너무 잘 잊혀지고 있는 거지. 그건 '관계를 맺는다'는 뜻이야."

여우가 말했다.

"관계를 맺는다고?"

"그래."

여우가 말했다.

"넌 아직은 나에겐 수많은 다른 소년들과 다를 바 없는 한 소년에 지나지 않아. 그래서 난 너를 필요로 하지 않고. 너 역시 마찬가지 일 거야. 난 너에겐 수많은 다른 여우와 똑같은 한 마리 여우에 지나지 않아. 하지만 네가 나를 길들인다면 나는 너에겐 이 세상에 오직 하나밖에 없는 존재가 될 거야."

"무슨 말인지 조금 이해가 가."

어린 왕자가 말했다.

"꽃 한 송이가 있는데… 그 꽃이 나를 길들인 걸 거야….'

생텍쥐페리의 《어린 왕자》의 한 구절이다. 고순이와 이 보호자님의 가족의 인연 혹은 골절 수술을 성공시킨 그 구조사와 고라니의 관계를 이해하는 데, 이 구절만큼 과학적이고 아름다운 설명이 있을까? 우리가 충분히 시간을 가지고 어떤 대상을 사랑한다면 그 대상이 비록

개는 온몸으로 웃는다

야생동물일지라도 우리는 서로에게 길들여질 수 있는 것이다. 문제는
품종도 사회적 관계도 아니었다. 사랑, 즉 서로 길들여지는 것이었다.

뽀롱이

뽀롱이는 2010년 서울대공원에서 태어났다. '뽀롱이'란 이름은 태어날 당시 담당 사육사가 지어주었다고 한다. 하룻강아지처럼 뽀롱이는 사육사들이나 수의사들과 장난치며 어린 시절을 보냈다. 주말에는 다른 대공원의 새끼 포유류들과 같이 수많은 어린 관람객들을 만났다. 아이들은 어린 새끼 퓨마를 서로 안아보겠다고 뽀롱이에게 매달렸을 것이다. 뽀롱이는 동물원에 있는 고양잇과 포유류들 중에서 가장 온순했다고 하니, 아마도 이런 아이들의 짓궂음을 감당했을 것이다. 서울대공원이 고향이었으니, 어린 뽀롱이는 다른 동물들보다 사람들 사이에서 더 많은 시간을 보냈을 것이다.

2013년 2월경 겨울, 막바지 한파가 기승을 부리고 전국에 폭설이 내리던 날, 뽀롱이는 대전동물원으로 이송되었다. 이송 과정에서 아마도 뽀롱이는 동물원 밖을 처음으로 볼 수 있었을 것이다. 뽀롱이가 보았을 하얀 눈이 내리는 겨울 풍경은 뽀롱이의 마음에 어떤 잔상을

개는 온몸으로 웃는다

남겨두었을지 모른다. 그 잔상은 뽀롱이에겐 다른 퓨마가 가지지 못하는 어떤 욕망이 자라게 했으리라.

2018년경 필자는 어떤 잡지에서 동물 관련 에세이를 청탁받았다. 글의 소재를 찾다 당시 대전동물원에서 탈출한 퓨마의 사연을 신문 지면에서 보게 되었다. 대부분의 신문은 대전동물원에서 탈출한 퓨마를 어쩔 수 없이 사살했다는 짧은 단신의 내용을 싣고 있었다. 나는 이 퓨마의 이야기를 더 알고 싶었다. 하나의 종으로서의 퓨마가 아니라 우리와 똑같은 시대, 같은 공간에서 태어난 개체로서 사살당한 누군가에 대해 알고 싶었던 것이다.

먼저 대전동물원의 사육사들과 전화인터뷰를 했다. 사육사들은 사살당한 퓨마의 이름이 뽀롱이라는 것을 알려 주셨다. 8살 암컷인 뽀롱이는 이미 한 번 임신을 해서 두 마리의 새끼 퓨마를 둔 엄마였다. 뽀롱이는 사육사들에게도 인기가 많았다고 했다. 애교가 넘치고 호기심이 많아 장난도 잘 쳤다고 하셨다. 인터뷰하시는 사육사님의 한 마디 한 마디마다 안타까움이 맺혀 있었다.

너무 사람을 잘 따라 잠시 방심한게 실수를 한 이유였을까? 뽀롱이에 대한 긴장을 놓으면서 사육사님들 중 한 분이 뽀롱이가 있는 사육장의 출입문을 잠그는 것을 깜박하신 것이다. 사육장 안에는 뽀롱이와 녀석의 두 자녀들도 같이 있었는데 호기심 많은 뽀롱이만 그 출입문을 열고 밖을 나갔다고 하셨다. 그리고 전화 인터뷰한 그 사육사님은 2013년 뽀롱이가 대전에 오면서 보았을 눈이 쏟아진 겨울 풍경에 대해 말씀하셨다. 이 세 마리의 퓨마 중 동물원 밖을 본 퓨마는 뽀롱이뿐이었던 것이다.

이번에는 서울대공원에 인터뷰를 요청했다. 마침 대공원에 아는 후배 수의사가 있어, 오래 세월이 지났지만 뽀롱이에 대해 잘 아는 사육사분과 전화를 연결할 수 있었다. 이 사육사분 역시 이번 사태에 대해 너무나 상심이 크셨다. 녀석을 대전으로 보내는 날도 너무나 마음이 아팠지만 그래도 서울보다 더 따뜻하고 새롭게 개장한 곳이라 시설이 더 좋을 것이라는 기대로 앞으로의 행복을 기원하며 보냈는데, 이런 갑작스러운 비보가 들려온 것에 대해 가슴 아파하셨다. 이 사육사분도 뽀롱이의 순하고 호기심 많은 성격에 대해 말씀해주셨다. 이런 아이를 4시간 30분 만에 사살했다는 사실에 화를 감추질 못하셨다.

다음으로 동물원 퓨마의 탈출 기록을 살펴보았다. 호기심과 장난끼 많은 퓨마는 미국 등 여러나라 동물원에서 의외로 자주 탈출했다. 가까운 기사는 2015년 미국 로스앤젤레스에서 동물원을 탈출했던 퓨마 이야기였다.

P-22라는 이름을 가진 이 퓨마는 동물원을 탈출해 인근 가정집에 잠입했다 그 집 주인에게 발각됐다고 한다. 가정집 좁은 공간에서 주인과 마주친 퓨마는 주인보다 더 놀라 집 안쪽으로 숨어들었다. 이후 도착한 구조대가 퓨마를 잡기 위해 마취총 등으로 무장하고 집 안으

개는 온몸으로 웃는다

로 들어갔는데 이미 퓨마는 사라진 뒤였다. 다음 날 해가 밝자 그 퓨마는 자신이 살던 동물원으로 귀가해 아무 일도 없었다는 듯 평소처럼 얌전히 자신의 자리에 앉아 있었다고 한다. 당시 퓨마 구조에 나섰던 대원의 인터뷰 기사가 인상적이다.

"퓨마는 혼자 위험한 문제를 일으키지 않아요. 마치 사슴이나 토끼 같은 동물입니다."

뽀롱이는 동물원을 탈출한지 4시간 30분 만에 사살되었다. 사살되기 전 마취총을 맞았지만 뽀롱이는 긴장상태여서인지 마취가 잘 안된 상태로 동물원 주변에 숨어있었다. 밤이 어두워지고, 멀리 사라졌다고 생각했던 뽀롱이가 엽사들 가까이에서 숨어 있다가 갑자기 발견되었다. 불빛을 비추자 긴장한 뽀롱이는 움직이지도 못하고 이빨을 드러낸 채 떨고 있었다고 한다. 이 상태에서 엽사들은 일제히 산탄총을 쏴서 뽀롱이를 사살한 것이다.

뽀롱이를 사살해야 한다고 주장한 근거는 모두 미래의 가능성 때문이었다. 동물원 옆 보문산으로 도망가면 잡을 수 없을 것이다. 날이 어두워지면 흔적을 찾지 못해 퓨마의 위협이 장기화될 수 있다. 사람을 공격할 가능성이 있다. 기타 등등 모두가 어떤 가능성과 개연성하에서 사살 결정이 내려졌다.

야생상태에서 사람을 공격한 사례가 드물게 있지만 동물원에서 탈출한 퓨마가 공격한 사례는 없다. 다른 동물원의 익명의 수의사분들은 동물원에 익숙한 뽀롱이가 자신에겐 생소한 보문산으로 들어갈 가능성은 정말 희박했다고 말씀하셨다.

그런데 왜 이런 일이 벌어진 것일까? 가능성의 실상은 미래에 대한 누군가의 강요된 관점 아닐까? 이 사살 명령의 바탕에는 어쩌면 이해타산의 저열한 계산이 내재해 있는지도 모른다. 즉 만에 하나라도 뽀롱이가 사람을 공격한다면, 사육사의 실수로 퓨마가 탈출했다는 것과는 완전히 다른 책임추궁이 이어질 것이기 때문에, 그 있을지도 모를 추궁에서 벗어나기 위해, 보다 높은 결정권자가 퓨마인 뽀롱이에게 사살 명령을 내린 것이다.

이런 이해타산에 의한 사살 명령이 뽀롱이뿐일까? 모든 위험을 과장하고 그 과장된 위험으로 대중을 위협해 자신의 경제적 정치적 이해관계를 실현시키려는 의도가 우리에겐 만연해 있지 않은가? 특히 우리 주변의 야생동물의 경우에 말이다. 멧돼지에게 있을 상상의 포악성, 뱀들에게 숨겨진 치명적인 독, 살인의 의도를 계획하고 풀숲에 숨어 있는 진드기 등 이런 미래의 편협한 가능성을 너무나 일반화해 우리 주변에서 수많은 야생동물을 사라지게 하고 있지 않은가?

가능성은 가능성일뿐, 그 가능성이 두려워서 공존하는 것을 피할 수는 없다. 우린 먼저 공존해야 하고 공존을 위해 대상을 관찰하고 그 관찰한 바에 따라 주의와 경계를 해야 한다. 뽀롱이를 사살한 명령은 이 순서를 정확히 역전시켰다. 가능성의 공포 속에서 먼저 경계하고,

개는 온몸으로 웃는다

침범해오는 대상을 사살하고, 결국 우리만 홀로 생태계에 남게 되는 거꾸로 된 경로를 밟고 있는 것이다.

뽀롱이를 아낀 사육사분들의 견해 중 공통적으로 가지는 의문은 "왜 사육장 안의 세 마리의 퓨마 중 뽀롱이만 동물원 밖을 나갔는가?"이다. 같이 있었던 두 마리의 상대적으로 어린 퓨마들 역시 호기심이 8세의 뽀롱이보다 작지 않았다. 그 이유가 무엇일까?

어떤 사육사분의 말씀대로 2013년 2월 서울에서 대전까지 오면서 보았던 동물원 밖 풍경의 잔상 때문이었을까? 분명한 것은 뽀롱이는 우리가 퓨마라고 부르기 이전에 자신의 욕망을 가진 어떤 생명이라는 사실이다.

귀스타브 플로베르의 소설《마담 보바리》의 마지막을 환하게 장식하는 인물이 있다. 오메라는 인물이다. 소설의 마지막 문장, "그는 이제 막 레지옹 도뇌르 훈장을 받았다."의 '그'가 바로 오메이다. 이 소설에서 오메는 보바리 부부의 하강곡선에 비례해서 역으로 상승한다. 약사, 진보주의자, 반교권주의자, 자칭 과학자이자 철학자, 부르주아임을 수치스러워하는 부르주아. 이렇듯 오메의 욕망은 끝날 줄 모르고 그의 목록은 무한히 확장된다. 플로베르 오메의 그 끝없는 탐욕을 설명하기에는 19세기 부르주아라는 사회 경제적 범주로는 부족하다. 플로베르는 소설을 구상하면서 오메의 이름이 '인간'을 어원으로 하고 있다고 밝혔다. "오메Homais=호모Homo=인간Homme!"

뽀롱이에게 사살 명령을 내린 것은 저 약삭빠른 플로베르의 오메라는 인간 아닐까? 저들은 과학적, 이성적, 합리적, 논리적 등등 모든 좋은 단어들을 되뇌이면서 미래의 가능성의 이름으로, 탈출한 욕망들에게 사살 명령을 내린다. 자신의 좁은 이해타산을 근거로 미래를 재단하려는 저 오메라는 인간들의 차가운 명령보다 자신 안에 새겨진 자유의 잔상을 찾아 탈출한 뽀롱이가 더 많은 진실을 담고 있는 것은 아닐까? 사살된 뽀롱이가 멀게 느껴지지 않고 여전히 우리가 그 주변에서 슬픔을 감출 수 없는 이유는, 4시간 30분 만에 사살된 이 뽀롱이의 안타까운 죽음 때문만은 아니다.

개는 온몸으로 웃는다

수리부엉이

부채질할 때 부채질 소리는 동반된다. 하지만 수리부엉이의 날갯짓에서는 거의 아무 소리도 들리지 않는다. 주 깃털의 바깥쪽에는 반대 방향으로 흐르는 부드럽고 미세한 짧은 깃털들이 있어 이 깃털이 주 깃털의 소리와 충격을 흡수하기 때문이다.

수리부엉이의 머리에는 잘 보이지 않지만 바깥으로 2개의 귀가 열려 있다. 바깥귀는 외부의 소리를 흡수하기 위해 자유자재로 움직일 수 있다. 게다가 수리부엉이의 안면부는 마치 접시 안테나처럼 안으로 약간 함몰되어 있어 수리부엉이를 향하는 소리들을 양측 귀로 분배한다. 그리고 양쪽의 귀는 각자의 방향에서 들리는 소리를 흡수한다. 이때 양측 귀에 다르게 도달하는 소리의 크기와 속도 차이를 수리부엉이는 지각할 수 있다. 그 지각능력을 이용해 수리부엉이는 소리만으로 사물의 거리와 외형까지 입체적으로 파악할 수 있다. 박쥐의 반향정위反響定位, echolocation에 버금가는 청각 능력을 가지고 있는 것이다.

수리부엉이의 시각은 어떤가? 주지하듯이 수리부엉이의 눈은 얼굴 면적에 비해 상당히 크다. 이 큰 눈으로 흡수하는 빛의 양과 발달한 눈 안의 시세포는 한밤중에도 대낮처럼 환하게 사물을 볼 수 있게 해준다. 또 정면으로 향해 있는 양측 동공 때문에 수리부엉이는 사물을 입체적으로 파악한다. 그리고 목을 270도까지 회전시킬 수 있어서 목의 방향에 따라 사물을 다양한 각도로 인지할 수 있다.

부끄럽게도 수리부엉이에 대한 이런 지식은 야생동물센터에서 조금씩 공부하면서 알게 된 것들이다. 조류는 이전까지 내가 주로 진료했던 개나 고양이류의 반려동물과는 이렇게 확연하게 달랐다. 이런 무지는 야생동물 자체에 대해서만 해당되는 게 아니었다. 야생동물만의 고유한 생태에 대해서도 나는 너무 몰랐다. 이를테면 반려동물은 보호자가 있어, 환축이 어떤 장애가 있어도 보호자의 도움으로 생존할 수 있다. 반면 야생동물에겐 어떠한 보호자도 없다. 야생동물은 작은 장애에도 생존할 수 없는 경우가 허다했다. 이런 무지는 내가 초기 야생동물 수의사로서 활동하는 데 커다란 장애가 되었다.

내가 센터에 입사 후 며칠 지나 수리부엉이가 구조되어 왔다. 이 수리부엉이를 데려온 농장주는 수리부엉이가 천연기념물이란 사실을 알고 먼 곳에서 달려오셨다.

농장주의 설명은 최근 농장의 가축들이 밤마다 공격당했는데, 아

개는 온몸으로 웃는다

침이면 사체들이 여기저기 널려 있어 야생 고양이나 너구리 등 지상의 야생동물의 소행이라 처음에는 의심하셨단다. 그래서 농가 주변에 덫을 놓았는데, 덫에 걸린 것은 이런 육상 포유류가 아니라 수리부엉이였다. 농장주는 수리부엉이가 야밤의 암흑을 이용해 가축을 급습할 줄은 꿈에도 모르셨단다. 농장주는 비록 자신의 덫에 걸려 부상을 당한 상태지만 천연기념물인 수리부엉이를 방치할 수 없어 아침 일찍 센터를 방문하신 것이다.

구조된 수리부엉이의 크기는 70cm는 족히 넘는 다 자란 개체였다. 양쪽 다리가 모두 무릎 관절 아래로 손상을 입었다. 특히 좌측 경골 아래 부위에는 덫에 걸린 부분에 골절된 뼈가 드러났다. 그곳은 이미 신경과 혈관도 손상을 입은 상태로 추정됐다.

일단 마취를 하고 외고정을 했다. 할 수 있는 한 다리 절단을 피하기 위해 정기적으로 밴디지Bandage를 교체하면서 환부의 상태를 살피면서 양측 다리의 상태가 호전되길 기대했다. 다행히 한쪽은 조금씩 회복되는 기미가 있었다. 하지만 골절된 부분은 점점 더 변성되었다. 외고정을 했어도 그쪽 다리는 통증 때문인지 아예 디디려고 하지 않았다. 어쩔 수 없이 환부를 열고 안의 상태를 확인해봐야 했다.
사실 일반 동물병원이라면 이런 경우 바로 절단을 진행했을 것이다. 왜냐하면 감염된 다리를 통해 환부가 더 커질 수도 있었고 생명까지 위험에 빠뜨릴 수 있기 때문이다. 야생동물의 경우는 어떻게 해야 할지? 하지만 당시 센터에는 이런 경우에 대비해 조언해줄 수의사 등 전문 인력이 없었다. 두 명의 수의사가 있었지만 젊은 수의사는 졸업 후 바로 들어와서 수술 등의 경험도 전무했고 야생동물에 대해서 역시 나만큼 무지했다. 나 또한 지금까지 지역의 반려동물 수의사였다.

야생동물을 수술한 경우는 개업 초창기 조류협회의 요청으로 총에 맞아 부상당한 독수리 날개를 절단한 경우가 전부였다. 그러니 수술에 신중을 기울일 수밖에 없었다. 하지만 수리부엉이의 상태는 더욱 안 좋아졌고 더 이상 수술을 미룰 수는 없었다.

20년 만에 해보는 야생 조류의 수술이었다. 조류에 대한 모든 감각은 이미 사라진 상태였다. 포유류의 수술 경험은 나름 충분했지만 수리부엉이의 수술에서 수술 중 느끼는 환부의 질감은 전혀 달랐다. 이론적으로는 어떻게 다르다는 것을 알고 있었지만, 그 뼈를 직접 다루었을 때 다가오는 감촉은 너무나 생소했다.

수술 과정은 충분히 숙지하고 있었다. 나는 망설임 없이 환부를 노출시켰다. 환부는 생각보다 안 좋았다. 이 다리를 살릴 수 있는 방법은 없었다. 나는 버릇처럼 뼈를 살리는 것을 포기하고 절단의 방법을 선택했다. 물론 어떤 수의사라도 그렇게 선택할 것이다. 하지만 그 절단이 무엇을 의미하는지 수술실에서는 정확히 몰랐다.

개는 온몸으로 웃는다

수술을 무사히 마치고 나왔다. 구조사분들의 표정에서 난감함을 느낄 수 있었다. 다리 한쪽이 없는 수리부엉이가 야생에서 생존할 가능성에 대해 회의적이었기 때문이었다. 나는 급히 야생동물의 구조 사례를 찾아보았다. 찾아본 결과, 다리가 골절된 수리부엉이의 대부분은 안락사 대상이었다. 설령 안락사를 피하더라도, 생존한 개체들은 야생동물의료센터의 부속 조류실에서 인간들의 보호를 받으며 목숨만 이어갔다. 그리고 우리 센터에는 수리부엉이를 보호할 조류장이 없었다. 결국 다른 보호소로 보내야 하는데 그곳도 기존의 보호된 조류 때문에 사정이 여의치 않았다. 어쩔 수 없었다고 하지만 나의 수술은 불필요한 것이었다.

수리부엉이를 이렇게 안락사시킬 수는 없었다. 그래서 나는 보조다리를 만들겠다는 발상을 하게 되었다. 이런 무모한 발상을 해서라도 수리부엉이의 다리 절단에 대한 책임을 지고 싶었다. 먼저 그 지역의 공과대학에 문의해 3D 프린터기로 제작하려 했으나 아무도 시도한 적이 없어 협력해주는 곳을 찾을 수는 없었다. 다행히 대학병원에는 3D로 만든 생체보조기구를 생산할 수 있는 시설이 있었다. 그곳에 수리부엉이의 사정을 말하고 협조를 구했으나 비용 등으로 센터와 합의점을 찾지 못했다.

나는 조류장이 있는 다른 센터에 연락하면서 그동안이라도 양측의 다리로 보행하도록 석고 붕대를 이용해 보조다리를 제작해 부착시켰으나, 그 보조다리는 케이지 안에서는 나름 유용했지만 케이지 밖으로 나와 몸을 크게 움직이거나 방향을 틀면 어긋났다.

그렇게 몇 개월을 보내고 센터의 구성원들과 토의 후 안락사를 하기로 결정했다. 너무나 마음 아팠지만 녀석을 보내주어야 했다. 그렇게 야생 동물구조센터에서의 나의 첫 수술은 안락사로 끝마쳤다.

센터에서 나의 안락사는 멈추었을까? 교통사고 혹은, 유리창에 정면충돌 등의 사유로 부상당해 구조된 야생동물 중 많은 수는 안락사의 대상이었다. 야생상태의 적응이 야생동물 치료의 목표이니, 안락사의 비율은 반려동물과는 비교할 수 없이 높았다. 하지만 단 한 마리라도 다시 자연으로 돌려보내기 위해 지금도 야생동물 수의사들은 포기하지 않고 분투하고 있다.

개는 온몸으로 웃는다

새가 된다는 것은
어떤 느낌일까?

야콥 폰 윅스퀼은 '환경세계umwelt'라는 개념을 제시하면서 생물학에 새로운 방향을 제시했다. 그가 예로 든 게 진드기다. 진드기는 자신의 감각과 더불어 자신만의 '환경세계'를 구축해 그 세계 속에서 기거하며 살아간다는 것이다. '환경세계'는 생물학계뿐만 아니라 현대 철학자들에게 큰 영향을 끼쳤다. 대표적으로 하이데거, 메를로–퐁티, 들뢰즈 등이 윅스퀼의 이 개념을 인용한다. 개략적으로 이들의 주장은 우리 인간 역시 자신의 감각이 구축된 '환경세계' 속에서 살 수밖에 없다는 것이다.

새들 역시 그들의 '환경세계'가 있다. 이 세계는 새들만의 고유한 감각이 만들어낸 세계이다. 그럼 새들의 고유한 감각은 어떤 것이 있을까?

❶ 청각: 올빼미는 양쪽 외이에서 들리는 소리의 차이를 감별해 사물의 외형도 소리로 그릴 수 있다. 조류는 소리를 단순히 듣는 것이 아니라 음의 높이, 박자 등 음악적인 특성까지 감별해낸다.

❷ 시각: 새들은 포유류에 비해 눈 크기가 압도적으로 크다. 그만큼 시각의 기능도 뛰어나며, 또한 양쪽의 눈은 각각 다른 사물을 인식할 수 있다.

❸ 촉각: 우리가 조류의 부리를 보면 딱딱하다고 생각하는데 전혀 그렇지 않다. 부리 아래는 아주 부드럽고 수많은 감각기관들이 모여 있다. 이 감각기관들이 부리로 수면을 헤치거나 진흙을 파헤칠 때 미세한 질료의 차이를 감별해낸다. 그리고 조류의 깃털은 단순히 몸을 보호하는 피부조직이 아니다. 아주 민감한 촉각 기관이다.

❹ 미각: 조류의 미각 능력은 부리 아래 숨겨져 있는 맛봉우리로 추정할 수 있다. 조류는 우리가 느끼는 대부분의 미각을 감각하고 있다.

❺ 후각: 사체 냄새를 맡고 먼저 오는 것은 까마귀나 독수리다. 뉴질랜드의 키위는 시각은 없지만 후각으로 땅속에서 먹이들을 구할 수 있다.

❻ 자기장에 대한 감각: 나침반이나 GPS를 이용하지 않으면서도 어떻게 새들은 대륙과 대륙을 날아다닐까? 그들은 자기장을 느끼는 탁월한 감각 덕분이다.

❼ 정서: 새들의 행동에서 우리 인간이 정서라고 할 수 있는 수많은 장면들이 나타난다. 그들의 구애행위, 놀이문화, 집단 안에서의 힘의 관계 등등 정서는 더 이상 인간만의 영역이 아니다.

개는 온몸으로 웃는다

새들은 우리 인간이 의존하는 모든 감각을 다른 방식으로 보존하고 있다. 그 감각들 중 어떤 것은 인간이 감히 상상도 못할 정도로 민감하다. 또한 이 새들은 자신의 감각에 기반해 고유한 정서를 가졌다는 것은 확실하다.

그리고 새들의 '환경세계'와 우리의 '환경세계' 사이의 우열관계를 정립할 어떤 초월적인 근거는 없다. 우린 각자 다른 세계에서 공존하면서 최선을 다해 살고 있다.

고라니

나는 이제 아무것도 두렵지 않다. 죽음과 삶이 동시에 공존하는 모습을 방금 보고 온 나는 KTX를 타면서 내내 이런 고백을 중얼거렸다. 나는 이제 아무것도 두렵지 않다.

주말은 오후 5시면 야생동물센터의 문을 닫는다. 구조사들과 수의 사들은 입원한 야생동물들에 대한 적절한 처치를 마치고 센터 문을 닫는 것이다. 그러면 다음 날 공휴일에 근무하는 다른 직원들이 센터의 동물들을 돌볼 것이다.

마지막 입원 조류를 살피고 센터에서 나가려는데, 고라니 한 마리가 구조되어 들어왔다. 마침 구조사님은 중요한 약속이 있어서 어쩔 수 없이 그 고라니를 홀로 진료를 보게 되었다.

고라니는 우리나라 〈야생동물법〉에서 유해 야생동물로 지정되어 있다. 이 동물이 농사짓는 분들이 애써 키운 농작물을 먹어 치우기 때문이다. 그래서 한겨울철에는 수렵대상이 되기도 한다. 하지만 야생

개는 온몸으로 웃는다

동물센터에서는 고라니는 대표적 보호종이다.

5월 이후 야생동물의 번식기가 오면 고라니를 비롯한 수많은 야생동물이 본격적으로 활동을 시작한다. 이때 고라니의 로드킬도 상당한 빈도로 발생한다. 이 시기 이렇게 부상당해 야생동물센터에 오는 포유류 중 고라니의 빈도가 가장 높다. 지금 온 고라니도 교통사고를 당해 부상당한 채 도망치다 숲속에서 쓰러져 있는 놈을 지역 주민이 데려온 것이다.

다 자란 고라니에게 접근하는 것은 쉬운 일이 아니다. 고라니의 발버둥으로 수의사와 고라니 모두가 부상당할 수 있다. 대개의 경우 마취를 해서 접근한다. 방금 온 고라니의 상태를 알아보기 위해 마취하려고 다가갔다. 하지만 이 고라니는 신체 반응이 미약했다. 마취 없이 다가가도 무리가 없을 것 같았다. 게다가 함부로 마취를 했다가 마취의 영향으로 혈압이 떨어져 부상당한 고라니가 사망할 수도 있다.

몸무게를 재기 위해 고라니를 담아온 케이지에서 꺼내야 했다. 케이지 밖으로 드러난 고라니의 몸에는 셀 수 없이 많은 진드기가 우글거렸다. 이 진드기들은 고라니의 상태가 얼마나 위중한지를 방증했다. 안전한 방역복을 겹쳐 입고 후지부터 고라니를 천천히 빼냈다.

아! 이 고라니는…! 살아 있는 게 기적이라고 해야 할 것 같았다. 지금까지 수많은 부상당한 동물들을 보았지만, 이 고라니의 상태는 이전에는 전혀 상상조차 할 수 없는 몰골이었다. 한쪽 면의 두개골이 골절되었고 골절된 피부는 다 벗겨져 부서진 허연 뼈가 오염된 채 안와를 드러냈다. 그 안와 안에서, 대뇌의 실질 깊숙한 부위까지 말로 할 수 없을 만큼의 엄청난 수의 구더기가 마치 제 집인 양 스멀스멀 기어 나오고 있었다. 다른 쪽의 다소 성한 안와 주변에도 깊은 상처들이 있고, 고라니는 이미 고통도 잊은 듯 시선을 하늘에 고정하고 있었다. 이 상태를 죽었다고 해야 할지 살았다고 해야 할지 감별이 안 될 정도였다. 이 정도의 부상이라면 안락사를 시행하는 게 이 아이를 위해서도 바람직할 것이라 판단했다.

그러다 머리 아래의 다른 부상 부위를 살피기 위해 버릇처럼 시선을 몸통 아래로 보냈다. 아랫배의 융기가 관찰되었다. 암컷 고라니였고 지금이 5월 말이니 임신했을 수도 있었다. 급하게 초음파를 켜고 아래 배에 초음파 프로브probe를 가져갔다.

그때였다. 옆으로 누워 미동조차 하지 않았던 이 고라니가 갑자기 몸을 털더니 고개를 들고 몸을 일으켰다. 몸을 일으켜 앉은 자세로, 안쪽 안와에서 구더기가 떨어지고 반대쪽 눈은 무언가를 찾듯이 공허한 눈망울에 간절히 힘을 주고 버티고 있었다. 너무 놀라 잠시 움찔했는데, 그 동작을 스스로도 견디지 못해 고라니는 다시 쓰러졌다. 배 쪽에 다가가는 손길에 이 고라니는 민감하게 반응한 것이다. 아니나 다를까! 배 속에는 아직 살아 있는 고라니 새끼가 있었고 그 심장은 아직 뛰고 있었다.

개는 온몸으로 웃는다

순간 이 모든 끔찍한 광경이 다 해석되는 것 같았다. 이 어미 고라니는 임신한 채 교통사고를 당한 것이었다. 편측의 함몰된 두개골은 그때의 충격을 설명해준다. 그 외상으로 발생한 환부는 이미 두개골 아래 실질, 즉 뇌까지 오염된 것이었다. 수많은 구더기들과 진드기들은 이 과정이 이 녀석에게 얼마나 고통스러웠는지 말해주는 것이었다. 하지만 남은 반쪽은 쓰러지지 않았다. 그 이유는 아마도 배 속의 저 아이 때문이리라. 아직 심장이 고동치는 저 배 속의 자신의 아이를 지키기 위해 어미 고라니는 고통 속에서도 생을 포기하지 않았던 것이다.

이 광경이 내게는 너무나 숭고하게 느껴졌다. 죽음과 삶의 모든 것을 아우르는 고라니의 의지에 대해 진심 어린 경외심을 품지 않을 수 없었다. 안락사를 포기하고 나는 이 아이가 지키려는 배 속의 아이를 위해서라도 이 고라니를 살려 보겠다 마음을 먹었다.

먼저 정맥 라인을 잡고 수액을 연결했다. 구더기를 석션기를 이용해 제거하고 주변을 생리식염수로 세정해 환부를 깨끗하게 유지시켰다. 창상을 정리한 후 밴디지Bandage를 한 후 항생제 등 주사를 놓고 외부 기생충을 구충하는 약제를 주사하면서, 최대한 많은 수의 진드기를 제거했다. 그리고 깨끗하게 청소한 입원장 안에 녀석을 입원시켰다. 나는 최선을 다했다.

다음에 오는 수의사를 위해 차트를 정리하고 마지막으로 녀석을 다시 한번 보고 센터 문을 닫았다.

늦은 KTX에 몸을 실었다. 살아났으면 좋겠다는 바람을 가졌지만 내심 어려울 것이라 느끼고 있었다. 고라니의 의지가 기적을 만들지도 모른다는 기대를 막연하게 품고 있을 뿐이었다. 이틀 후 다시 센터에 돌아왔을 때 그 고라니의 사망 소식을 들었다.

삶과 죽음이 그 고라니의 몸에서는 극적으로 공존하고 있었다. 죽음은 유기체의 몸을 분해하는 구더기의 모습을 통해 드러났다. 고라니의 입장에서가 아니라면, 자연은 사실은 두 삶이다. 하나는 구더기로서 다른 하나는 자신 안에 있는 유기체로 구분되는 삶이다. 모든 것은 다른 삶을 위해 사라지는 것이다. 또 다른 삶은 또 다른 삶을 위해! 이 윤회의 사건은 우리에게도 마찬가지이리라.

그런데 그렇게 윤회하는 게 육신이라면, 삶을 지속하려는 의지는 어디로 갔을까? 이 고라니에게 고통을 감당하면서 자신의 삶을 지속시키려 했던 그 의지 말이다.

조오현 스님의 〈재 한 줌〉 이라는 시가 있다.

양산 통도사 영축산 다비장에서
오랜 도반을 한 줌 재로 흩뿌리고
누군가 훌쩍거리는 그 울음도 날려 보냈다

거기, 길가에 버려진 듯 누운 부도

개는 온몸으로 웃는다

돌에도 숨결이 있어 검버섯이 돋아났나
한참을 들여다보다가 그대로 내려왔다

언젠가 내 가고 나면 무엇이 남을 건가
어느 숲 눈먼 뻐꾸기 슬픔이라도 자아낼까
곰곰이 뒤돌아보니 내가 뿌린 재 한 줌뿐이네

한 줌 재뿐인 게 우리 육신이다. 그것은 2018년 5월 입적하신 조오현 스님이나 고라니나 물론 나도 다르지 않다. 그런데 이 시는 다른 풍경을 담고 있다. "돌에도 숨결이 있어 검버섯이 돋아났나" 시인에게 숨결은 돌에도 있다. 부도를 검버섯처럼 물들인 오랜 자국들은 돌이 숨쉬는 현장이다. 이제 시인처럼 곰곰이 생각해보자. 자연과 우리 삶을 채색하는 수많은 자국들은 그런 숨결들 때문 아닐까? 어미라는 고통을 감내하는 로드킬의 고라니도, 남몰래 자신의 시를 벼르는 시인들도, 들풀과 이름 모를 꽃들도, 삼라만상 모든 것이 숨결을 가지고 있어 그 숨결이 삶을 찬란하게 만드는 게 아닐까? 삶은 재로써 순환하는 게 아니다. 수많은 숨결들의 의지로 삶은 항상 다른 모습으로 윤회하게 된다. 만일 그런 의지가 없다면, 그런 숨결이 없다면 자연은 한 줌 재와 다르지 않다. 하지만 단 한 순간도 자연은 한 줌 재인 적이 없었다. 자연은 모든 순간 모든 곳에서 새로움으로 돋아나고 차이 나는 것으로 찬란했다. "한참을 들여다보다가" 시인은 이런 숨결을 보기를 나는 고라니에게서 자연의 본색을 본 듯했다.
삶과 죽음을 넘어서는 어떤 자연의 의지를
잠깐 스치듯 느낀 것 같았다.
이 자연의 거침없는 의지를 야생이라고
부를 수도 있으리라.

원했고, 그 숨결을 간직하고 "그대로 내려왔다."

냉동실에 보내진 이 고라니의 사체는 며칠 후면 동물 사체를 폐기하는 업체를 통해 한 줌 재로 화장될 것이다. 그 재들은 아무 연고 없는 무심한 업체 직원에 의해 적절히 처리되어 다시 자연으로 환원될 것이다. 하지만 어미 고라니의 숭고한 의지는 사라지지 않았다. 적어도 그 고라니의 숨결에 사로잡힌 나에게서 다시 숨 쉬고 있다.

무엇일까? 자신 안에 삶을 붙잡는 힘 말이다. 그것이 사랑일 수도 있고 본능일 수도 있지만 삶에서 그것이 제외된다면 삶은 삶일 수 없을 것이다.

나는 고라니에게서 자연의 본색을 본 듯했다. 삶과 죽음을 넘어서는 어떤 자연의 의지를 잠깐 스치듯 느낀 것 같았다. 이 자연의 거침 없는 의지를 야생이라고 부를 수도 있으리라. 이 야생의 짧은 경험은 내게 삶과 죽음을 넘어선 것 같은 모호하지만 숭고한, 그런 감정을 품게 했다.

웃는 개

전혀 다른 두 종류의 동물이 있다. 한 종류는 광고 모델처럼 대소변 실수 한번 안 할 것 같이 사랑스럽고 앙증맞다. 게다가 너무 영리해 마치 사람처럼 자신의 의사를 분명히 표현한다. 얼굴에는 사람의 희로애락을 귀엽게 담고 있는 것이다. 다른 종류의 동물은 귀엽지만 다가가서 보면 무언가 꼭 부족한 게 하나 이상은 나타난다. 이런 녀석의 대소변 냄새는 한군데에서 나는 게 아니라 집안 곳곳에 이미 가득 배어 있다. 누군가 방문하면 "동물 키우시죠~" 하며 코부터 만진다. 또 산책길에선 킁킁거리며 무언가 꼭 주워 먹는다. 명령어라도 던지면 이해를 못하거나 아예 무시한다. 가끔 명령어를 따를 때면 너무 고마워 눈물이 날 정도이다.

아! 우리가 동물을 입양했을 때 꿈도 야무지게, 모두 우리 동물이 전자의 동물이라 생각했다. 지금 당장이라도 튀어나올 것 같은 광고판 귀여운 동물들 말이다. 그런데 만 하루가 지나지 않아도 우린 우리 동물이 결코 그런 유의 동물은 아니라는 것을 깨닫는다. 행여 시간과 노력 그리고 돈이 들어가면 전자의 동물처럼 될 것이라 기대하지만 천만, 만만, 결코, 단연코! 우리 동물은 그렇게 안 된다. 우리가 같이 생활하고 만지고 뽀뽀하는 동물은 후자의 동물이다. 사는 게 힘들어 쉼과 위로를 받기 위해 동물을 입양했는데, 녀석 때문에 삶은 더 힘들어지고 스트레스는 감당할 수 없는 최대치까지 치솟는다. 이 무슨 운명의 장난이란 말인가!

그런데 말이다. 과연 전자의 동물이란 있기나 한 것일까? 그런 의인화된 동물이 TV나 영화 말고 어디 우리 주변에 돌아다니는 것을 본 적 있는가? 없다. 모두 우리 동물과 비슷한 정도로 영리하거나 멍청하고 속 썩이거나 사랑스럽다. 그렇다면 왜 우리는 있지도 않은 동물과 비교해 속을 끓이는가? 지금 있는 동물에 집중하자. '산책줄과 방석'을 재산 목록 1호로 간직한 동물들 말이다.

"왜 이게 녀석들의 재산 목록 1호이지?"

만일 이렇게 의문을 제기한다면, 당신은 동물들과 충분한 시간을 보내지 못했다. 당장 산책줄을 들어보라! 여러분의 개가 어떻게 반응하는지. 그리고 녀석의 쉬는 방석을 숨겨봐라. 여러분의 고양이가 얼마나 신경질적이 되는지. 산책줄과 방석에서 녀석들이 얼마나 행복해하는지 금방 알 수 있다.

그런데 이 소박한 욕망을 가진 동물이 여러분의 삶과 섞이게 되면,

이상하게도 아주 낯선 행복감이 찾아오게 된다. 우리 동물의 단순하고 소박한 욕망이 우리를 어떤 새로운 세계로 안내하기 때문이다. 산책길에서 마주한 풀냄새도 그렇고, 우리 동물을 매개로 만나게 되는 이웃들도 마찬가지이다.

또 쉼 자체 이외에는 아무런 목적도 없듯이 늘어져 쉬고 있는 녀석들을 보면 전염되듯이 우리도 나른해진다. 그리고 그런 게으른 눈으로 우리를 보고 다가오며 무한한 애정을 몸으로 표현하는 녀석들은 얼마나 따뜻한가! 우린 녀석들과 같이 있으면 낯설고 아주 먼 거리도 감당하며 걸을 수 있다. 또 우린 녀석들과 같이 있으면 24시간 365일, 누군가가 자신을 의지하고 사랑하고 있다는 사실을 알게 된다. 서서히 우리는 녀석들과 함께 새로운 세계로 들어가게 되는 것이다.

이 책의 이야기는 바로 이렇게 만들어진 세계의 이야기이다. 이 이야기에서는 소위 우리 사회에서의 인간적인 강점들, 이를테면 좋은 차와 수많은 부동산들, 높은 연봉 등은 큰 의미가 없다. 산책줄과 방석으로 단순화된 동물과의 삶에서 이런 것들은 겉치장일 뿐이다. 그들에겐 진심과 헌신, 혹은 사랑 등 어쩌면 우리 삶에서 놓치고 있는 주제들이 더 절실하다. 그렇다고 감상적인 이야기도 아니다. 그들 삶 역시 슬픔과 고통, 죽음과 가난 등 절망스런 사연들을 피할 수 없다. 하지만 모두 한 걸음씩 노력하고 있다. 그리고 그 노력이 적어도 내겐 이들의 삶을 감동적으로 경험하게 했다.

개는 온몸으로 웃는다

'웃는 개'는 없다. 기껏 주둥이에 무언가를 가득 물었을 때 끝자락이 올라가 웃는 것처럼 보이는 것뿐이다. 물론 이렇게 안 하고 컴퓨터 그래픽으로 처리해도 웃는 개는 만들어질 수 있다. 하지만 그런 개들 역시 없다. 개들은 사람처럼 웃지 않는다. 해부학적으로 얼굴 피부에 닿는 근육이 없기 때문이다. 그 대신 온몸으로 자신의 느낌을 아낌없이 표현한다. 온몸으로 웃는 것이다.

우리의 동물은 결코 이런 왜곡된 이미지들로는 담을 수 없다. 먼저 우리의 동물과 만나기 위해선 아무래도 먼저 이런 동물 이미지들은 땅속에 묻어버려야 할 것 같다. 이 낯선 동물들과 그리고 이들과 함께 앞으로 펼쳐질 낯선 세계를 위해서는 말이다. 물론 산책줄과 방석은 이들과 떠나는 여행에선 필수품이다. 모두 행복한 여행이 되길, 당신도 당신의 동물도!

개는 온몸으로 웃는다

1판 1쇄 인쇄 2023년 9월 27일
1판 1쇄 발행 2023년 10월 12일

—

지은이 이정섭

—

발행처 문학의숲
발행인 고찬규

—

신고번호 제2005-000308호
신고일자 2005년 10월 14일

—

주소 (04029) 서울특별시 마포구 양화로 7길 84 영화빌딩 4층
전화 02-325-5676
팩스 02-333-5980

값은 표지에 있습니다.
ISBN 979-11-87904-41-0 03810

* 이 도서는 한국출판문화산업진흥원의 '2023년 중소출판사 출판콘텐츠 창작 지원 사업'의
  일환으로 국민체육진흥기금을 지원받아 제작되었습니다.